최약무패의 신장기룡

바하무트

© Yuichi Murakami

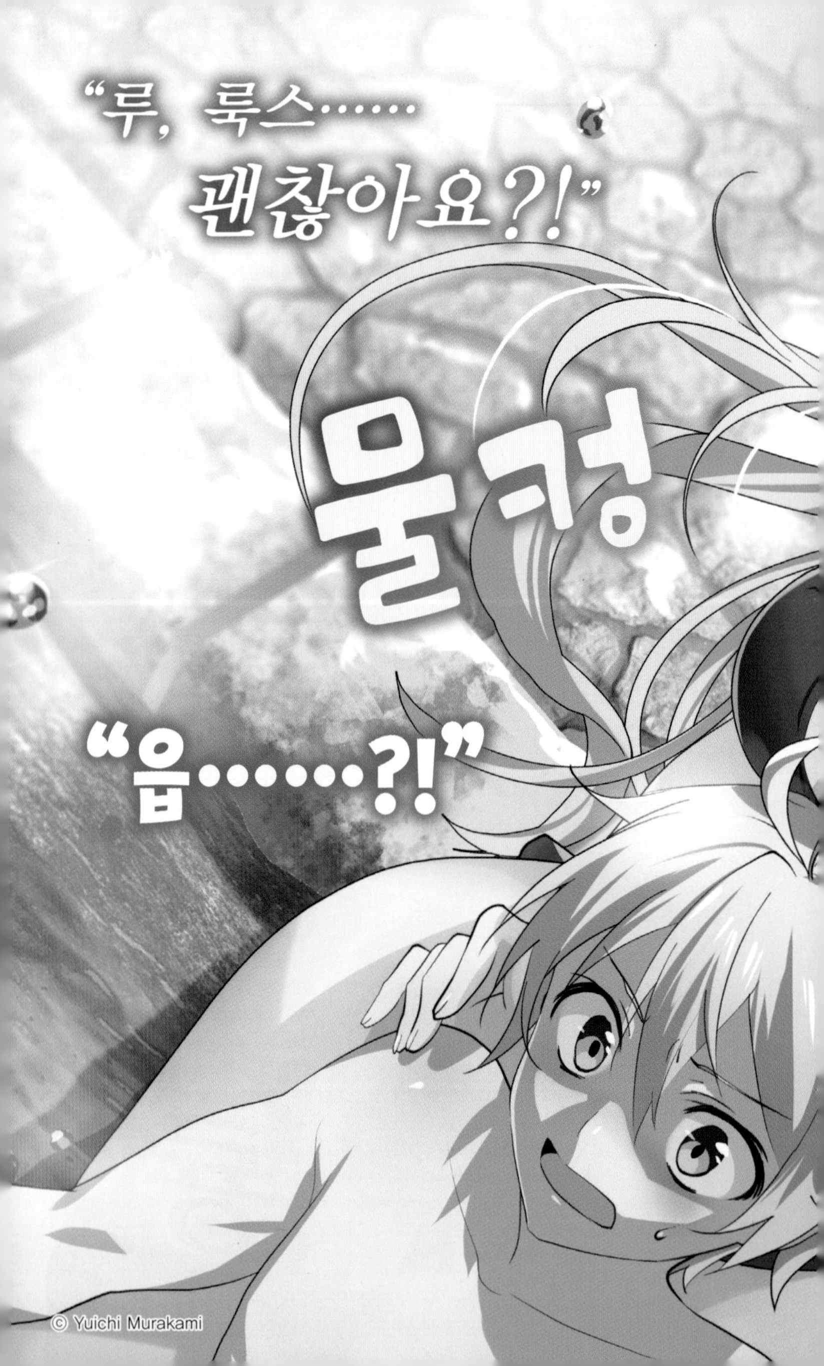
"루, 룩스……
괜찮아요?!"
물컹
"읍……?!"

천의 면적이 적은 수영복을 입은
세리스의 품에 안긴 룩스의 머리가
가슴골에 파묻혔다.

정겨운 향기와 체온, 심장 고동이 직접 전해진다.

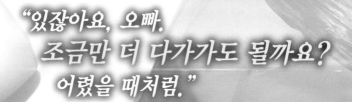

"있잖아요, 오빠.
조금만 더 다가가도 될까요?
어렸을 때처럼."

피트히를 뒤덮은 《티폰》의 형태가,
전과는 다른 형태를 하고 있었다!

어깨와 등에 휘어진 칼날을 연상케 하는 무수한 돌기들이
추가되었고, 팔다리를 뒤덮은 장갑은 한층 더 강화돼서
대형 기룡인 《티폰》을 더욱 거대하게 만들었다.

CONTENTS

UNDEFEATED
BAHAMUT
CHRONICLE

© Yuichi Murakami

최약무패의 신장기룡〈바하무트〉

17

아카츠키 센리 지음
무라카미 유이치 일러스트
원성민 옮김

Character

룩스 아카디아

멸망한 아카디아 제국의 왕자.
『무패의 최약』이라고 불리는 기룡사.

리즈샤르테 아티스마타

아티스마타 신왕국의 왕녀. 붉은 전희(戰姬)라고 불린다.
신장기룡 《티아마트》의 파일럿.

피르히 아인그람

아인그람 재벌의 차녀. 룩스의 소꿉친구이며 학원장의 여동생.
신장기룡 《티폰》의 파일럿.

크루루시퍼 에인폴크

북쪽의 대국, 유미르 교국에서 온 유학생 클래스메이트.
신장기룡 《파프니르》의 파일럿.

아이리 아카디아

구제국 황족의 생존자.
1학년이며 룩스의 친여동생.

세리스티아 라르그리스

『기사단』의 단장, 학원 최강의 3학년. 사대 귀족인 공작가 영애
이며, 신장기룡 《린드부름》의 파일럿.

키리히메 요루카

『제국의 흉인』이라고 불리던 암살자 소녀.
룩스를 주인으로 인정하고 섬기고 있다.
신장기룡 《야토노카미》의 파일럿.

후길 아카디아

라피 여왕을 섬기며 『세계 개변』을 완수하고자 암약한다.
개변기룡 《우로보로스》를 다루는 수수께끼의 강자.

World

장갑기룡《드래곤 라이드》

유적에서 발굴된 고대병기.
그중에서도 희소종이며, 높은 성능을 보유한 것은 신장기룡이라고 부른다.
또한, 장갑기룡의 파일럿은 기룡사《드래곤 나이트》라고 부른다.

유적《루인》

전 세계에서 발견된 일곱 개의 고대유적. 장갑기룡《드래곤 라이드》이 발굴된 이후, 국력을 좌우하는 중요한 거점으로서 각국 간에 세력 다툼이 일어나고 있다.

환신수《어비스》

유적에서 나타나는 수수께끼의 환수. 인류를 위협하는 존재이며, 기룡사만이 대항할 수 있다.

종언신수《라그라뢰크》

한 유적에 단 한 마리만이 존재한다는 초현실적인 힘을 숨긴 일곱 마리의 환신수.

『검은 영웅』

정체불명의 장갑기룡《드래곤 라이드》을 사용하여 단신으로 약 1,200기에 달하는 제국 장갑기룡을 쓰러뜨렸다고 하는 전설의 영웅.

아티스마타 신왕국

리즈샤르테의 아버지인 아티스마타 백작이 아카디아 제국에 대항하여 일으킨 쿠데타가 성공하며 5년 전에 건국된 나라.

아카디아 구제국

세계의 5분의 1을 지배했던 대국. 세계최강이라고 일컬어지던 압도적인 군사력을 바탕으로 압정을 펼쳤으나, 쿠데타로 인해 멸망하였다.
룩스와 아이리는, 이 제국 황족의 생존자.

칠용기성

갈수록 늘어나는 환신수의 위협에 대항하여, 세계협정에 가맹한 각국에서 선출한 대표 기룡사들. 『대성역』에서 벌어진 최종 결전에 패배하여 와해됐다.

이 모든 것은 언제 시작된 걸까?

왕족과 평민, 그리고 노예―라는 같은 사람들을 구분하는 계급이 생겼을 때부터일까.

아니면 좀 더 원시적으로, 두 개의 다른 존재가 태어났을 때부터일까.

―천 년도 더 전에 『열쇠 관리자_{엑스퍼}』 일족을 받아들인 아카디아 황국은 유적_{루인}의 힘으로 세계의 정점에 올라 군림했지만, 그와 동시에 파멸로 향하는 길에 들어섰다.

가장 먼저 공적을 거둔 권력자들은 그들의 욕망을 채우기 위해 힘없는 동포들을 향해 마수를 뻗었다.

『엘릭시르』.

인간에게 잠재된 능력을 각성, 강화하는 비약의 원료로 혈통이 가까운 인간이 가장 적합하다는 사실이 증명됐기 때문에 생명 그 자체를 착취하기 시작했다.

그리고, 계속 학대당하던 아카디아 황국의 백성들은 어느 순간 인내심의 한계를 넘어 황국에게 반기를 들었다.

아카디아 황국의 반항세력.

왕후귀족들은 그들을 『배신자 일족』이라 불렀으며, 대외적으로 국가의 재산을 탐하고 평화를 어지럽히는 『악』으로 간주했다.

천 년도 더 전의 과거에서, 후길은 그런 『배신자 일족』의 어떤 남자의 아들이었다.

장갑기룡을 동원한 두 진영의 전쟁은 참혹하기 그지없었다.

복수심에서 비롯된 증오의 연쇄.

이에 휘말리는 약자들.

지옥의 불가마처럼 타오르는 혼돈 속에서, 후길은 한 소녀와 만났다.

†

그리고— 현재, 심야의 신왕국.

왕성 테라스에서 한 사내가 칠흑같이 어두운 하늘을 올려다보고 있었다.

그 앞에는 순백의 드레스로 몸을 감싼 소녀가 미소짓고 있었다.

"—있잖아요, 후길. 당신은 왜 그때 개와 고양이를 구해주었나요?"

현재 『성식』의 본체는 신왕국 여왕 라피 아티스마타와 융합했다.

하지만 라피의 의식이 잠든 지금, 다시금 『성식』 본연의 모습을 후길 앞에 드러냈다.

"……."

천 년 이상, 수없이 보아온 아샤리아의 모습.

자신이 구하지 못한, 가장 사랑하는 소녀.

『성식』은 사람의 감정을 읽고, 그 감정을 투영하는 시스템이다.

사람의 절망과 슬픔, 분노에 감응하여 엘릭시르라는 힘을 준다.

약자를 구원하기 위해 아샤리아가 만들어낸 인간형 종언신수. ^{라그나뢰크}

과거에 후길의 마음을 감지하고 읽어내어 몇 번이나 눈앞에 나타났다.

수천수만 번을 반복하며 본 소녀의 표정이, 물어보는 말이, 후길의 눈과 귀에 배어 있었다.

"당신은 자신의 손익이나 욕망에 저항하고 자기 자신을 내던지면서까지 약자를 도왔어요. 저는 당신이 익히 알려진 것처럼 지독한 사람이 아니라고, 사실은 곤경에 처한 이를 내버려두지 못하는 상냥한 사람이라고, 누군가를 위해 싸울 용기가 있는 사람이라고 생각해요."

아카디아 황국의 황녀 중에서도 이단이라고 불리던 존재.

후길이 처음으로 아샤리아를 만난 곳은 성곽도시의 뒷골목이었다.

아니, 일방적으로 말을 걸어왔다고 해야 할까.

© Yuichi Murakami

시민들의 불만을 배출하기 위한 폭력의 희생양이 된 약한 동물들.

이들을 지키고자 막아선 후길의 모습을, 소녀는 우연히 근처 건물에서 보게 되었다.

며칠 뒤, 성에서 빠져나와 뒷골목을 다시 찾아온 아샤리아라는 소녀가 후길에게 말을 걸었다.

그녀, 아샤리아는 당시 일곱 명이나 있던 황녀들 중에서 막내였지만 어릴 때부터 특별한 재능을 가지고 있었다.

『열쇠 관리자』가 가진 고도의 기술을 해독하고 학습하여 자신의 발명에 응용하는 기술력.

황국이 세계의 정점으로 군림하게 된 뒤로 백 년 이상 지지부진했던 유적 개발을, 그녀는 고작 몇 년 만에 실현시켰다.

그녀가 차세대 황족의 미래를 짊어진 희망의 별이 아니었다면, 적대 관계인 『배신자 일족』의 남자를 거두어 종자로 삼는다는 억지가 받아들여질 리 없었으리라.

그러나 성에 불려온 후길은 아샤리아를 의심했다.

어째서 레지스탕스의 일원이었던 『배신자 일족』의 아이를 곁에 두는지 이해하지 못했다.

"—머릿속이 꽃밭이로군. 변덕에서 비롯된 선의로 나를 구했다고 생각하나? 네 행동은 아무것도 해결하지 못했다고."

거의 납치당하다시피 성에 끌려온 소년— 후길은 눈을 초롱초롱 빛내는 황녀를 보며 말했다.

황족과 백성은 이해가 상반되는 존재.

서로 증오하고 충돌하며 죽고 죽이는 존재.

그렇게 믿어 의심치 않으며 살아온 후길은 그녀의 미소에 마음을 빼앗겼다.

"무의미한 짓이라고요? 저는 그렇게 생각하지 않는데요. 그럼 당신에게 묻죠. 당신은 어째서 학대당하던 고양이와 개를 구해주었나요? 성인 남성을 상대로, 너덜너덜해진 몸으로 버티면서까지."

"그냥 변덕이야……. 그 녀석들이 마음에 안 들었을 뿐이지."

"동감이에요! 우리, 마음이 잘 맞네요."

시선을 피하며 부루퉁한 표정을 짓는 후길에게 아샤리아라는 이름의 황녀는 활짝 미소 지으며 대답했다.

"너…… 정신이 좀 이상한 거 아냐? 분명 문제가 있어……. 나는 네 적이라고?"

"왜요? 어디의 누가 그런 걸 정했나요? 앞으로 당신은 제 종자입니다. 자아, 사이좋게 지내봐요."

소녀가 살며시 손을 내밀자 후길은 어이없어하며 한숨을 내쉬었다.

그것이 천 년도 더 된 과거에서 시작된 아샤리아와의 만남.

후길에게는 희망의 시작이었으며—.

동시에 무한히 계속되는 절망의—.

Episode 1　　　『창궁사단』

　“갑작스럽지만, 중요한 얘기가 있다. 잠시 들어다오.”

　왕도 로드갈리아에서의 신년 퍼레이드를 무사히 마치고 하루 휴식을 취한 후 다음날 아침.

　『기사단』을 비롯한 왕립 사관 학원^{아카데미} 학생들은 성채 도시^{크로스 피드}로 귀환할 예정이었다.

　그런 룩스 일행이 묵고 있는 고급 숙소에 리샤가 마차를 타고 찾아왔다.

　아니, 리샤만이 아니라 크루루시퍼, 피르히, 세리스, 요루카에 삼화음^{트라이어드}과 아이리까지, 전원이 숙소 1층 로비에 집결했다.

　“엑? 뭐야 리샤 님, 사랑의 고백이라도 하게? 설마 루크찌와— 으읍!”

　그렇게 농담조로 떠드는 티르파의 입을 녹트의 손이 틀어막고, 샤리스는 뒤에서 겨드랑이 밑으로 양팔을 넣고 꽉 조여서 막았다.

　농담할 상황이 아니라고 판단한 것이었다.

　“퍼레이드 다음날, 어마마마— 라피 여왕 앞으로 협박장이 도착했다. 발신인은『창궁사단』이라는 녀석들이지.”

"『창궁사단』……? 처음 듣는 이름인데, 리샤 공주님. 그건 대체—."

군 부사령관의 딸인 샤리스가 곧바로 질문하자 리샤는 작게 탄식했다.

"모른다. 나도 처음 듣는 조직명이지만, 아마도 『용비적』처럼 기룡사(드래곤 나이트)로 구성된 도적 무리로 보고 있다. 그 녀석들이 퍼레이드 기간 중에 『모형 정원(가든)』에서 『그랑 포스』를 훔쳤고, 동시에 학원에 있던 에이릴까지 납치했다."

"—."

퍼레이드의 여운, 혹은 숙취로 느긋하게 있던 학생들의 얼굴에 순식간에 긴장감이 감돌았다.

『그랑 포스』의 존재는 학생들에게 기밀정보로 알려져 있다.

유적의 기동장치인 초고순도 거대 크리스털이자 『대성역(아발론)』을 완벽하게 조종하기 위한 일곱 개의 열쇠 중 하나.

그것을 빼앗겼다는 소식을 듣고 학생들이 동요했다.

"이럴 수가……. 그렇게 힘들게 싸웠는데, 아직도 적이 남아 있다니……."

"에이릴까지 납치당하다니, 이거 위험한 거 아냐?"

"여왕 폐하를 협박하다니, 대체 왜……?"

첫 승리의 기쁨을 부수는 불온한 뉴스에 학생들의 얼굴이 어두워졌다.

그러나 리샤는 의연한 태도로 가슴을 폈다.

"당황하지 마라. 우리 사관후보생은 차세대 신왕국군을 지탱하기 위한 버팀목이다. 그리고 나라를 꾸려가다 보면 새로운 적이 나타날 때도 있는 법이지. 허나 지금은 신왕국도 전력이 부족해. 때문에 『창궁사단』의 정체를 파악할 때까지 우리 『기사단』은 이곳에 남기로 했다. 일단 실마리가 파악되는 대로 귀환할 예정이다만, 그때까지 성채 도시를 부탁하마. 당연하지만 이 이야기는 발설해선 안 된다."

리샤가 말을 마치자 학원장 렐리가 정식으로 향후 일정을 설명했다.

『기사단』의 왕도 체류 기간이 열흘가량 연장될 뿐, 다른 학생들은 기존 일정대로 귀환한다는 방침이었다.

"조심하세요. 저희들도 성채 도시를 지킬 테니까……."

"분명 괜찮겠지? 『기사단』도 다 모여 있으니까. 『칠용기성』들은 이미 돌아간 모양이지만—"

리샤의 연설을 듣고 학생들은 겉으로는 기력을 되찾은 것처럼 보였다.

왕도 시민들에게는 일정을 변경해서 군사 연습이라는 명분으로 체류 기간을 연장한다고 알리려는 듯했다.

리샤는 그 자리에서 일단 해산을 선언한 후 룩스 곁으로 다가갔다.

"룩스……. 바로 『기사단』 멤버들을 모아 성으로 와주겠느냐? 긴히 할 얘기가 있다."

"네. 알겠습니다."

리샤는 조금 전까지 보여줬던 자신만만한 태도와는 정반대로 불안한 표정을 하고 있었다.

그로부터 한 시간 후. 룩스 일행은 마차를 타고 왕성으로 향했다.

그리고 한 발 먼저 성에 돌아갔던 리샤와 왕성 군사 회의실에서 재회했다.

†

"자, 이젠 자세히 얘기해줄 거지? 아까 한 얘기가 전부일리는 아닐 것 같은데."

『기사단』 정예 멤버와 렐리를 포함한 일동이 탁자에 둘러앉은 직후, 맨 먼저 크루루시퍼가 리샤에게 물었다.

"그래……. 솔직히 말해서 나도 두 손 들었다."

나직하게 대답한 리샤는 답답한 표정을 숨기지 않았다.

"일단 힘 닿는 데까지 조사해봤다만, 『창궁사단』에 대한 정보는 아무것도 없어. 하나 있다면 마르카팔 왕국 출신 마피아인 듯한데……."

거기서 일단 말을 멈춘 리샤는 껄끄러워하는 것처럼 모두에게서 시선을 돌렸다.

"그 주모자가 문제야. 행여나 그럴 리는 없겠지만, 만약 사실이라면 걷잡을 수 없는 사태를 맞이하게 될 거다. 그래서 다른 학생들이 있는 자리에서는 말할 수 없었지."

"주모자의 이름을 아는 건가요?"

세리스가 묻자 리샤는 살짝 고개를 끄덕였고, 이윽고 결심한 것처럼 입을 열었다.

"『창궁사단』의 보스는 아르마티 아티스마타. 5년 전에 사별한, 내 동생이다."

"—?!"

리샤는 그 존재와 이름을 룩스 이외의 인물에게는 알려준 적이 없기 때문에 이 자리에 있는 다른 사람들은 처음 듣는 얘기였다.

리샤는 계속해서 사건의 경위를 간략하게 설명했다.

리샤의 동생인 아르마티가 보낸 협박장에는 이렇게 쓰여 있었다.

그녀는 신왕국 건국에 관련된 5년 전의 진상과 당시 라피 여왕이 영걸 아티스마타 백작을 배신했다는 사실을 알고 있다.

뿐만 아니라 여왕이 『대성역』의 독점을 꾀한다고 규탄하며 자신이야말로 정통성을 가진 신왕국의 후계자임을 자처했다.

당연히 문서의 내용과 『창궁사단』의 존재는 신왕국 백성들에게 알리지 않았다.

중신들도 그녀를 어떻게 다뤄야 할지 골머리를 앓는 상황이었다.

"뭔가 또 골치 아파보이는 일이……. 그나저나 왜 하필 이런 타이밍에 나타난 거람……. 에휴, 뭔 생각인지 모르겠네."

티르파는 목 뒤에서 깍지를 끼며 투덜거렸다.

"이런 타이밍이기 때문이겠죠? 오히려 이해가 가네요."

그 옆에서 아이리가 조용히 의견을 냈다.

"Yes. 『창조주^{로드}』라는 성가신 강적이 사라지고 『성식』도 활동을 멈췄습니다. 이제는 『대성역』의 고대 기술과 유산을 각국에 분배하는 일만 남았죠. 그리고 어느 나라건 대규모 군사행동을 벌일 수 없을 정도로 병력을 소모했습니다. 그 틈을 노려 신왕국과 『대성역』을 한꺼번에 빼앗기 위해 움직이기 시작했다고 보는 게 타당할겁니다."

"......."

실제로는 『성식』은 여전히 활동 중이며 라피와 융합했다는 사실을 룩스는 알고 있었지만, 이 자리에서는 아무 말도 하지 않았다.

후길이 보유한 개변기룡 《우로보로스》의 세계 개변으로 인해 반복된 사흘 간의 퍼레이드에서 일어난 온갖 사건— 라피의 암약을 다른 소녀들은 모르기도 했고, 룩스 나름대로 생각하는 바가 있었기 때문이다.

"그—런—게—아—니—라— 끔찍하게 길었던 싸움이 겨우 끝났는데, 바로 또 이런 짓을 벌여서 화난 거야!"

"티르파, 자중해. 오늘은 평소 이상으로 분위기 파악을 못 하는군."

티르파의 머리를 툭툭 건드리며 나무라는 샤리스.

끊긴 대화의 흐름을 다시 이으려는 것처럼 룩스가 고개를 들었다.

"그럼, 리샤 님. 앞으로 어떻게 하실 생각인가요?"

"그, 글쎄다⋯⋯. 여왕 폐하와도 상의해봤는데, 일단 상대의 행동을 지켜볼 것 같다."

『창궁사단』은 『대성역』을 움직이기 위한 중요한 열쇠— 에이릴과 『그랑 포스』를 빼앗았다.

그리고 협박장을 보냈으니 라피 여왕은 다음에는 그들이 요구사항을 밝힐 것으로 예측한 듯했다.

사대귀족에게도 협력을 요청해서 적의 목적을 명확하게 파악할 때까지 『기사단』을 최대한 아껴둘 심산으로 보였다.

이미 다른 기룡사들을 투입해서 왕도와 그 주변을 조사하고 있으니 룩스를 비롯한 『기사단』은 군사 회의에서 작전을 수립한 후에 움직이길 바란다고 했다.

낮에는 투기장에서 훈련하고, 밤에는 수집한 정보를 토대로 작전 회의를 하는 것이 앞으로 열흘 간의 흐름이다.

"열흘⋯⋯? 열흘이라고 정한 이유는 무엇이죠? 『창궁사단』의 전력이 얼마나 되는지는 모르겠지만, 에이릴 씨를 납치하고 『모형 정원』을 공략할 정도의 상대라면 기한을 좀 더 넉넉하게 잡는 게 좋지 않나요?"

아이리의 지당한 질문에 리샤는 팔짱을 끼며 신음했다.

"으음⋯⋯. 나 역시 그게 맞다고 생각한다만, 어마마마께서 무언가 생각하시는 바가 있는 것 같다. 일단은 열흘간 체류해 달라고 하시더군."

"⋯⋯."

대답을 들은 룩스 일행은 더 이상 할 말이 없었다.

신왕국 병사들이 『모형 정원』을 조사해서 얻은 정보의 정밀 조사조차 아직 끝나지 않은 상황이기 때문이다.

"저기, 저도 개인적으로 할 얘기가 있는데, 잠시 괜찮을까요?"

룩스가 그렇게 서두를 꺼내며 자신의 사정을 얘기하자 다들 그를 걱정하며 먼저 돌아가서 쉬라고 재촉했다.

그 직후, 기다렸다는 듯이 리샤가 등을 곧게 펴고 심호흡했다.

"그리고― 더 중요한 얘기가 하나 있다. 어마마마께서 제시하신, 우리가 도전해야 할 시련에 대해서인데."

리샤가 약간 긴장감을 띤 목소리로 입을 열자 풍부한 경험을 자랑하는 『기사단』 일동이 숨을 죽였다.

†

"……휴우."

왕성에서의 회의가 끝나고 몇 시간 뒤.

숙소로 돌아온 룩스는 목욕을 한 다음 잠옷으로 갈아입고 아이리와 함께 쓰는 객실에서 쉬는 중이었다.

퍼레이드 기간에는 틈만 나면 놀러왔던 『기사단』 사람들도 역시 오늘은 오지 않았다.

『창궁사단』과의 전투를 앞두고 언제 움직이게 될지 모르는 상황에 대비하겠다는 의미도 있겠지만, 그와 동시에 조금 전에 들은 룩스의 몸 상태를 배려해준 것이리라.

"방이 이렇게 조용하니까 오히려 위화감마저 드네요. 오빠 주위에 여자가 없다는 이유만으로 그렇게 느끼는 것도, 곰곰이 생각해보면 참 대단해요."

"아니, 그건……."

아이리가 의미심장한 눈으로 째려보자 룩스는 쓴웃음을 지을 수밖에 없었다.

룩스는 얼마 전까지만 해도 그녀들은 『기사단』 동료이니까……」라는 말로 얼버무려왔다. 그러나 사흘간의 퍼레이드를 반복하며 그녀들의 마음을 알게 된 지금은 마냥 웃을 수만은 없었다.

그녀들이 진심으로 룩스를 마음에 두고 있기 때문에.

그리고 유감스럽게도 그 마음에 응답할 수 없기 때문에…….

"저기…… 아이리는 신왕국과 학원을, 이 곳을— 좋아…… 하지?"

룩스가 묻자 옆 침대에 누워있던 아이리가 살짝 고개를 돌려 바라보았다.

"있잖아요…… 우리가 죄인이었다는 걸 벌써 잊은 건 아니죠? 제가 막 성채 도시에 왔었을 때는, 대놓고 괴롭히는 일은 없었지만 늘 가시방석에 앉아 있는 것 같은 기분이었어요."

신왕국 사람이라면 누구라도 룩스와 아이리가 구제국의 황족이라는 사실을 한눈에 알아차릴 수 있을 정도로 두 사람의 용모는 특징적인 만큼 아이리가 불안해하던 것도 당연하다.

"오빠에게 걱정 끼치기 싫어서 얘기 안 했을 뿐이지, 처음에는 다른 사람들이 노골적으로 저를 피했어요. 천덕꾸러기였다고나 할까요? 하긴, 황족은 악인이었으니까요. 그래도 괴롭힘당하지는 않았죠. 트라이어드 덕분에요."

"트라이어드?"

이렇게나 오랫동안 함께 지내왔는데도 처음 듣는 이야기였다.

그러고 보니 아이리와 녹트가 친해진 계기를 들어본 적이 없었다.

기숙사 룸메이트로 알게 됐다는 정도는 알고 있었지만―.

"당시에 이미 유명인사였던 트라이어드에게 렐리 씨가 따로 부탁했거든요. 학원에 적응할 수 있도록, 친구가 되어 지켜줬으면 한다고. 그리고 트라이어드 여러분이 흔쾌히 받아들였죠. 이 사실은 오빠에게 말하지 말라고 당부하기도 했고, 저도 굳이 밝힐 생각은 없었지만요. 제가 얘기했다는 건 비밀로 해주세요."

"……"

그렇게 말하는 아이리의 표정은 어딘가 즐거워 보였다.

속사정을 밝히지 말라고 굳이 당부한 트라이어드의 의도는 룩스도 알 수 있었다.

필시 룩스가 괜한 부담감을 느끼거나 은혜를 입었다고 생각하는 것을 원치 않았으리라.

"어차피 저나 오빠나 언제 죽을지 모르잖아요. 그러니 이참에 그녀들의 평가를 올려둬야겠어요."

"그렇구나. 지금은 아이리도 이 나라 사람들을, 좋아하는구나."

"—."

정곡을 찔린 아이리는 도끼눈을 뜨면서도 얼굴을 빨갛게 물들였다.

그대로 뺨을 부풀리면서 외면했지만, 이윽고 불쑥 중얼거렸다.

"오빠는 얼른 주무세요. 이 이상으로 다른 분들께 걱정을 끼칠 순 없으니까요."

"……응. 잘 자, 아이리."

그 말을 끝으로 룩스는 눈을 감았다.

잠시 후 옆에서는 새근새근 규칙적인 숨소리가 들리기 시작했다.

어젯밤의 일은, 분명 아무도 눈치채지 못했다.

†

"안녕하세요, 룩스. 몸은 좀 어떤가요?"

다음날, 룩스가 눈을 뜨는 동시에 누군가가 방문을 노크했다.

룩스가 잠이 덜 깬 눈으로 문을 열자 문 앞에는 세리스가 서 있었다.

"아, 안녕하세요 세리스 선— 배에에엑?!"

그리고 룩스는 자기도 모르게 그대로 굳어버렸다.

세리스가 홀로 룩스를 찾아온 것은 특별한 일이 아니었지만, 그녀의 모습이 너무나도 특별한 탓이었다.

놀랍게도 메이드 차림이었다.

새하얀 머리띠를 쓰고 검은색을 기조로 한 정통파 시녀복을 입고 있었는데, 그녀의 육감적인 가슴과 허리로 인해 묘하게 배덕적인 분위기가 감돌았다.

　"죄, 죄송합니다! 여, 역시 저에게 이런 옷은 안 어울리지요?"

　평소에는 누구보다 늠름한 그녀는 드물게도 얼굴을 새빨갛게 붉히며 구석으로 시선을 돌렸다.

　룩스는 처음에는 놀라긴 했지만, 이건 이것대로 괜찮은 것 같다고 생각했다.

　"아…… 아뇨, 잘 어울리는데요? 그런데 왜 그런 차림을—."

　"또 트라이어드의 장난에 말려드신 건가요, 세리스 선배. 이런 시기에 도대체……."

　룩스와 같은 방에 있던 아이리가 세리스의 모습을 보자마자 이마를 짚으며 한숨을 푹 내쉬었다.

　아무래도 이 상황에 이르게 된 경위가 예상돼서 어이가 없는 모양이었다.

　"뭐— 너무 뭐라고 하진 마. 일단 장의를 받쳐 입었고, 기공각검^{소드}도 가져왔어. 룩스 군의 경호 준비는 완벽하다고."

　세리스의 뒤에서 불쑥 나타난 샤리스의 미소를 보고 룩스도 자초지종을 파악했다.

　"그런고로 오늘 하루 룩스 군의 시종 역할은 세리스와 내가 맡기로 했어. 잘 부탁하지, 룩스 군."

　"어, 아, 네……."

　룩스는 이 상황이 당황스러웠지만 고개를 끄덕일 수밖에 없었다.

어제 왕성에서 열린 회의에서 룩스는 앞으로 열흘 동안 자신은 싸우지 않고 회복에 전념하겠다고 모두에게 말했기 때문이다.

학원 학생들 그 누구도 눈치채지 못하게끔 룩스 혼자만의 싸움을 성립시키기 위해서.

룩스는 치열한 전투의 피로가 누적된 탓에 당분간 장갑기룡을 다룰 수 없다는 거짓말을 했다.

이 작전의 발단은 그저께 심야로 거슬러 올라간다.

†

마기알카가 소유한 왕도 로드갈리아의 은신처.

얼핏 보기에는 관리되지 않는 귀족의 별장 같은 건물의 지하에서 룩스는 어느 인물들과 작전을 세웠다.

어둑한 응접실에 있는 건 세 사람.

마르카팔 왕국의 마피아 『킬조레이크 패밀리』의 보스이자 『칠용기성』의 대장인 마기알카 젠 반프리크.

개변기룡 《우로보로스》에 의해 반복되는 세계 개변을 알아차리고, 함께 공략하자고 룩스에게 협력을 요청한 인물이다.

지난번 전쟁에서 중상을 입은 탓에 더는 기룡사로서 싸울 수 없게 됐지만, 휘하의 조직력을 동원해서 룩스를 서포트하기로 했다.

에이릴 뷔 아카디아는 『창조주』의 혈족이자 표면적으로는 『대성역』의 중추와 접속된 소녀다.

실제로는 『성식』과 융합한 라피가 『대성역』의 조작 권한을 가졌지만, 그 사실은 세계가 개변된 탓에 이 자리에 있는 이들만 아는 이야기다.

각국의 수뇌부와 중신들은 현재 에이릴이 그 권한을 가지고 있다고 믿고 있었다.

그리고— 아르마 킬조레이크.

리샤의 친동생이자, 신왕국의 영걸 아티스마타 백작의 죽은 것으로 알려진 둘째 딸이다.

5년 전.

당시에 라피 여왕이 구제국의 스파이인 웨이블러에게 정보를 유출하여 구제국군이 아르마의 은신처를 습격했다. 그로인해 아르마는 갖은 고초를 겪다가 마르카팔 왕국에 도착하게 됐고, 『킬조레이크 패밀리』에게 거두어져 기룡사로 활동하기 시작했다.

의지가 강하고 긍지 높은 성격인 까닭에 아티스마타 백작을 배신하고 잠시나마 구제국에 가담했던 리샤와 라피를 증오했고, 『검은 영웅』을 신봉했다.

라피 여왕의 입장에서 보자면 아르마는 대단히 성가신 존재였으며, 신왕국을 상대함에 있어 강력한 비장의 수단이 되어줄 소녀였다.

룩스와 에이릴, 그리고 마기알카와 아르마의 『킬조레이크 패밀리』.

『창궁사단』이란 네 사람의 동맹으로 성립된 조직이다.

그들의 목적은 라피 여왕과 동화한 『성식』을 쓰러뜨리고 후길과 아샤리아의 지배로부터 신왕국을 해방하는 것.

그 목적을 이루기 위해 최후의 전투를 준비하고 있었다.

"이곳에서 회의하는 것도 오늘밤이 마지막이라네, 룩스. 앞으로는 그대가 아르마나 에이릴에게 지시하면, 내가 그것을 『창궁사단』 전체에 전파할 예정일세."

"내 생각에도 그게 좋을 것 같아. 라피 여왕이 앞으로 과감하게 움직일 수 없다는 건 알지만, **그 수단**을 쓴다고 해도 룩스 군이 돌아다니는 건 너무 눈에 띄니까."

마기알카의 의견에 에이릴도 동의를 표했다.

『모형 정원』에서 『그랑 포스』를 분리한 덕분에 『대성역』의 기능은 대폭 약화됐다.

여덟 기의 자동인형^{오토마타}을 기존처럼 운용하기에는 에너지가 부족하기 때문에 룩스를 상시 감시하기는 어려울 것이다.

지금은 요루카가 《야토노카미》의 레이더로 주위를 조사하여 움직임이 없다는 걸 확인하며 움직이고 있지만, 앞으로 룩스의 감시가 강화될 가능성을 생각하면 이렇게 모두가 한자리에 모이는 것은 너무나도 위험하다.

따라서 앞으로는 룩스가 『창궁사단』의 실질적인 리더가 되어 아르마와 에이릴의 도움을 받아 신왕국을 공략하기로 했다.

"응. 앞으로 열흘간의 작전은 생각해 뒀으니까. 그리고 여기온 김에『관』을 빌려 써도 될까?"

『관』이란 건 고대 기술로 제작된 기계 상자로 인간에게『세례』를 베풀어서 육체를 강화하는 장치이다.

얼마 전『모형 정원』을 습격했을 때 회수해왔는데, 아르마가 먼저 자신의 정신력을 강화하기 위해 사용했다.

룩스도 그것을 사용해서 신체능력 일부를 특수하게 강화할 생각이었다.

"알았어. 하지만 정말 조금만 써야 해. 룩스 군은 이미 엘릭시르를 한계치 가까이 투여했으니까……."

에이릴이 걱정스러운 표정으로 룩스를 바라보았다.

몸에 엘릭시르를 적응시키는 육체강화—『세례』는 아무런 제약없이 할 수 있는 것이 아니다.

상당히 고통스러울 뿐만 아니라 허용량을 초과하면 목숨을 잃게 된다.

따라서 룩스에게 허용된 양은 미미했다.

요루카가 왼쪽 눈을 강화해서 상대의 기적을 읽어내는 마안으로 만든 것처럼, 룩스도 육체나 정신의 기능을 특수 강화해서 후길과의 전투를 대비할 수밖에 없었다.

"허나 그건 꽤 무모한 도박이야. 며칠은 부작용 때문에 거동하는 것도 쉽지 않을 테지. 뭣보다도 그런다고 해서 그 후길을 이길 수 있을거라고 생각하지 않아."

"……."

세계 각국이 보유한 최강의 기룡사—『칠용기성』중 여섯

명을 모조리 쓰러뜨린 후길의 힘.

개변기룡 《우로보로스》의 성능은 차원이 다르다.

뿐만 아니라 라피는 이때다 싶은 순간에 강화된 자동인형을 투입할 게 분명하다.

룩스가 『세례』로 강화에 성공한다 해도 전력 차이는 가늠할 수 없을 정도로 크다.

하지만.

"그래도 하겠습니다. 후길을 쓰러뜨리려면 아무리 무모한 도박일지라도 해야할 필요가 있어요. 피할 수는 없습니다."

"……각오는 된 모양이로군. 에이릴, 옆방에 있는 『관』을 작동시키게."

"알겠습니다. 자, 룩스 군. 옷을 벗고 날 따라와."

"뭐어……?!"

"뭘 부끄러워하는 거야? 저번에 내가 목욕하는 걸 엿봤으니까, 이번엔 내 차례야."

미소를 머금은 채 당연하다는 투로 말하는 에이릴에게 쩔쩔매며 룩스는 『관』을 사용했다.

그 후—『세례』는 무사히 성공했고, 회의를 마친 룩스는 숙소로 돌아갔다.

†

그리고 시간은 다시 현재. 룩스와 아이리가 쓰는 객실.

이틀 전의 사정은 당연히 비밀로 한 채, 그저 피로가 누적된 탓에 장갑기룡을 쓸 수 없다고만 말하고 휴식하던 룩스에게 세리스가 찾아온 건 예상치 못한 일이었다.

아니, 누군가가 안부를 확인하러 올 것이라는 예상 정도는 했지만, 온종일 옆에 붙어서 간호해주겠다는 말에는 놀라지 않을 수가 없었다.

심지어 그 말을 꺼낸 것이 메이드 차림의 세리스라니…….

"저기, 폐가 되었나요? 몸도 안 좋을 텐데."

"아, 아뇨! 그럴 리가요. 세리스 선배가 와주셔서 기뻐요."

"……윽!"

룩스의 미소를 본 세리스의 뺨이 순식간에 발갛게 물들고 표정이 확 밝아졌다.

"고마워요. 열심히 봉사하겠습니다."

옆에서 아이리가 형용할 수 없는 도끼눈을 뜨고 쏘아보았지만, 이윽고 녹트와 함께 방문으로 다가갔다.

"아이리, 나가게?"

"두 분에게 방해될 것 같아서요. 그리고 오빠가 쉬는 동안 조사하고 싶은 게 좀 있거든요."

그런 말을 남기고 두 사람은 방에서 나갔다.

룩스는 순간적으로 어떤 위화감을 느꼈지만 제대로 표현할 수 없었다.

그리고 세리스에게 간호 받는 하루가 시작됐다.

Episode 2 여왕과 공주

"으아아아……! 분이 안 풀려!"

『창궁사단』과의 대결을 기다리는 열흘 중 첫 번째 날.

리샤와 크루루시퍼는 화창한 푸른 하늘 아래, 왕도 투기장에서 훈련하고 있었다.

서로 장의 차림으로 장갑기룡을 장착한 상태였지만, 주위에는 경비병이 드문드문 있을 뿐 그 외에는 아무도 없었다.

훈련도 체력을 아끼기 위해 전력이 아닌 가볍게 땀을 흘리는 강도로 진행했다.

그마저도 십여 분만에 끝마치고는 리샤는 성으로 돌아가기로 했다.

"어쩔 수 없잖아. 룩스 군을 간호할 사람은 제비뽑기로 정했으니까."

"그 얘기가 아니다! 아니, 그것도 화나긴 하지만…… 아무튼 그게 아니야. 이런 시기에 나타난 놈들에게 화가 난 거지. 우리의 고백 기간을 방해한 그 놈들에게!"

"제멋대로인 이유이긴 하지만, 나도 동감이야. 덕분에 협정 기간을 다시 연장할 필요가 생겼으니까."

크루루시퍼도 작게 한숨을 흘렸다.

지금처럼 위급한 시기에 룩스에게 고백할 수는 없으므로 기간을 급하게 연장할 수밖에 없었다.

그리고 룩스를 간호할 사람을 제비뽑기로 뽑았고— 거기까지는 괜찮았지만, 신경 쓰이는 점이 하나 있었다.

"그보다 룩스 군에게 그 얘기 안 해도 괜찮겠어? 미래와 관련된 문제라고 생각하는데."

"그건……."

크루루시퍼의 질문에 리샤는 말꼬리를 흐리며 생각했다.

라피 여왕이 비밀리에 꺼낸 제안을 과연 룩스에게도 알려줘야 할 것인가—.

"아니, 됐다. 룩스에겐 비밀로 해야겠어. 말하면 괜히 무모한 짓을 할 게 뻔하니까."

혼잣말하듯 대답하는 리샤의 얼굴은 어딘지 모르게 쓸쓸해 보였다.

"생각해보면 다들 룩스를 너무 의지해. 그 녀석은 강하고, 뭐든지 해내니까 그 녀석도 기대에 부응하려고 싸우게 되지. 그러니 이번에는 우리가 열심히 해야 해."

"응, 그렇지. 너 치고는 웬일로 논리적인 의견이네."

크루루시퍼는 잠시 머뭇거리다가 동의했다.

"무슨 소리냐? 나는 항상 맞는 말만 하거늘."

"네. 네. 그렇다고 해줄게."

여느 때처럼 농담 같은 대답. 그러나 리샤는 자신을 바라보는 크루루시퍼의 시선이 무언의 질문임을 알아차렸다.

─그때 라피 여왕이 한 제안은 정말로 그것뿐이니?

'아무것도 이상하지 않아. 어마마마의 제안은 문제없을 터다.'

리샤는 라피를 믿었다. 자신에게 괴로운 과거를 고백하고, 더욱 깊은 유대를 나누게 된 양어머니를.

라피를 위해서, 룩스를 위해서라도, 신왕국을 지켜내려면 자신 한 몸을 바쳐 최선을 다해야 한다.

리샤는 그 생각을 다시금 가슴에 새겨 넣으며 투기장 훈련을 마쳤다.

†

그 무렵, 룩스가 있는 전세 숙소.

"저기…… 세리스 선배. 그렇게 빤히 안 보셔도 괜찮아요."

"그, 그건 그렇죠. 하지만 룩스를 똑바로 바라보지 않으면 왠지 제 사명을 다하지 못하고 있는 것 같은 기분이 들어서요."

룩스의 간호를 맡은 세리스는 메이드 차림으로 방문 근처에 서서 룩스를 빤히 바라보고 있었다.

평소에는 늠름하고 초연한 태도를 잃지 않는 세리스. 그러나 그렇게 서 있으니 마치 『기다려』라고 명령을 받은 강아지를 보는 것 같았다.

룩스는 단순히 그녀의 존재가 신경 쓰이기도 했지만, 그 이상으로 골치 아픈 문제에 직면하고 있었다.

현재 룩스는 『창궁사단』의 실질적인 리더다.

따라서 마기알카와 에이릴, 아르마에게 지시를 내려야 하는데, 그러려면 편지를 쓰거나 작전을 생각해야만 한다.

접선하려고 시도하는 협력자들에게 지시할 수 있겠다 싶은 타이밍에 신호하기로 했지만, 지금 같은 상황에서는 그것도 여의치 않았다.

그래서 룩스는 지금 상황에 골머리를 앓고 있었다.

"걱정하지 마세요. 보시다시피 지금의 저는 거의 못 움직이니까요."

쓴웃음을 지으며 대답한 룩스는 양손을 흔들어서 계속 감시당하느라 긴장된다는 의사를 전달했다.

그 정도면 세리스도 납득해줄 거라고 생각했는데, 그녀는 오히려 진지한 표정으로 룩스를 바라보며 입을 열었다.

"부담스러울지도 모르겠습니다만…… 일단 여왕 폐하께서도 친히 부탁하신 일이에요. 열흘 동안 가능한 한 룩스에게서 눈을 떼지 말아 달라고 하셨습니다."

"—네?"

그 대답을 듣고 룩스는 살짝 숨을 삼켰다.

이 밀착 간호는 리샤 일행의 자발적인 행동이 아닌 라피 여왕의 지시.

라피는 얼마 전 룩스에게서 죄인의 목걸이를 벗겨줄 때도 위협을 가했는데, 아직도 그가 『창궁사단』과 관련된 인물일지 모른다는 의심을 버리지 않은 모양이었다.

'여왕 폐하는 여전히 날 경계하고 있구나. 당연하겠지. 물증이 없을 뿐, 정황증거를 보면 내가 『창궁사단』의 관계자일 가능성이 높으니까.'

『모형 정원』을 습격해서 『성식』의 분신을 격퇴할 수 있을 만큼 실력이 뛰어난 기룡사는 전 세계를 통틀어 몇 명 되지 않는다.

무엇보다도 룩스가 세계 개변을 한 번 눈치챘다는 사실도 알고 있다.

제반 사정을 생각해서 이제는 신왕국의 영웅인 룩스에게 위해를 가하지는 않겠지만, 그래도 위험 요소로 간주하고 있다는 뜻이다.

그리고 감시하는 사람이 친한 동료라면 더욱 뿌리치기 쉽지 않다.

룩스는 피로가 누적된 탓에 싸울 수 없는 상태라는 핑계를 대면 감시하는 눈이 줄어들 거라고 생각했지만, 그것은 큰 오산이었다.

감시를 계속 당하는 것 자체는 예상 범주 안이었지만, 라피 여왕의 지시로 향후 활동에 대한 선택의 폭이 줄어들고 말았다.

'이게 여왕 폐하의 전략……? 아니면 후길의 계략인가?'

잠시 생각해본 룩스는 후자는 아닐 거라고 판단했다.

룩스가 아는 한 후길은 지배자에게 하나부터 열까지 모조리 지시하는 타입은 아니다.

누군가를 이끌고 성장시키는 과정에서 대략적인 길을 제시하는 경우는 있어도, 근본적인 방침은 전적으로 본인에게 맡긴다.

『약자를 계속해서 구원한다』라는 사명과 인간이 선택한 결과를 끝까지 지켜보는 역할을 완수하려 하는 후길은 그 자신의 의지를 역사에 크게 개입시키지 않는다.

그렇다면 이것은 여왕의 판단.

그것도 『성식』과 융합하여 어마어마한 능력과 자신감을 갖고 다시 태어난 라피의 계략이라고 봐도 무방할 터다.

"一."

룩스는 문득 지금까지 싸워온 조직의 수장들을 떠올렸다.

헤이즈는 이 세상에 만연하는 인간에게 복수하기 위해서, 『창조주』로서 위엄을 보이기 위해서 그 특이성을 과시하는 듯한 전략을 밀어붙였다.

그리고 왕권을 손에 넣기 위해 『용비적』을 용병으로 고용해서 합리적으로 이용했다.

리스테르카는 겁쟁이로 보일 정도의 신중함과 헤이즈, 에이릴 같은 혈육마저 내치는 냉철함을 발휘해서 오로지 『대성역』을 차지할 기회만을 노렸다.

―그렇다면 라피 여왕은?

『성식』과 융합했는데도 힘에 취해 방심하기는커녕 지금으로선 행동에 어떠한 빈틈도 보이지 않는다. 그녀가 원하는 것은 과연 무엇일까.

『창궁사단』이라는 침략자를 어떻게 대처할까.

주어진 열흘 안에 그녀의 의중을 파악하고 전략을 꿰뚫어 보지 않는 한 승산은 없다.

'……'

룩스 측의 목표는 현재로서는 크게 세 가지다.

첫째로 폐도 게르니카에서 신왕국으로 이동한 것으로 보이는 『대성역』이 숨겨진 장소를 파악하고 찾아내는 것.

둘째로 그 『대성역』의 시설인 『원(院)』이라는 서고에서 《우로보로스》 혹은 『성식』 자체의 약점을 찾아 대책을 세우는 것.

그리고 리샤 일행 모르게 후길과 『성식』을 쓰러뜨리는 것이 최종 목적인데, 현재 룩스는 『세례』를 받아 육체를 강화했기 때문에 앞으로 2, 3일 동안은 만족스럽게 움직일 수 없는 상태다.

그동안 아르마 일행에게 지시를 내려야 하지만, 여왕이 먼저 손을 쓰는 바람에 이렇게 봉쇄되고 말았다.

'그렇다면 어떻게든 세리스 선배의 눈을 돌리는 수밖에 없어.'

룩스는 자신에게 감시가 붙으리라는 것을 예상했기 때문에 아르마 일행과 연락하기 위한 수단은 다양하게 준비해 두었다.

다만 밀착감시 당하는 상황이 바람직하지는 않으므로 세리스를 살짝 유도해서 정보를 캐낼 필요가 있었다.

"죄송하지만 잠시 혼자 있게 해주실래요? 생각에 집중하고 싶어서요."

"그, 그건…… 제가 있으면 안 되나요? 그, 상담 정도라면 해줄 수 있을 거라고 생각합니다만."

세리스는 당연하다는 것처럼 물고 늘어졌지만 룩스에게도 생각이 있었다.

세리스 일행은 라피 여왕에게서 어떠한 지시를 받았는가.

대화 도중에 직접 물어보지 않고 라피 여왕의 제안이나 목적을 알아낼 생각이었다.

"아뇨, 그건 아니지만 이렇게 부탁할게요. 절대 방 밖으로는 안 나갈 테니까요."

"하지만, 그건……."

세리스는 난처한 표정으로 손가락을 맞대고 꼼지락거렸다.

아무래도 평소에는 늠름한 모습을 주로 보여줘서 그런지, 이렇게 나이에 어울리는 행동을 할 때면 평소와 갭이 느껴져서 귀여웠다.

"기다려 봐, 세리스. 네 성실함은 분명 표창감이지만, 1분 1초도 쉬지 않고 빤히 쳐다보면 룩스 군도 곤란하지 않겠어?"

두 사람의 대화를 듣고 있었는지 방 밖에 있던 샤리스가 중간에 끼어들었다.

룩스는 그것만으로 자신이 최소 두 명에게 감시당하고 있다는 사실을 알아냈다.

'역시 이상해. 아마도 날 경호하라는 명령을 받았겠지만, 그 정도로는 이렇게까지 할 이유가 없을 거야.'

룩스가 복잡한 처지에 놓인 것은 사실이지만 이렇게까지 엄중하게 행동할 필요는 없다.

라피에게서 룩스를 밖으로 내보내면 안 되는, 혹은 눈을 떼면 안 되는 명확한 이유를 들었을 터다.

어쩌면 자동인형도 있을지도 모르지만, 변장했거나 멀리 떨어진 곳에 몰래 숨어 있을 것이다.

그러나 『모형 정원』에서 『그랑 포스』를 탈취했기 때문에 지금은 세계 개변이 불가능하다.

즉, 사람들이 자동인형의 존재를 눈치 챌 수 있기 때문에 너무 수상한 행동을 보이면 눈에 띨 수밖에 없다.

그렇기 때문에 『기사단』 사람들을 이용한 것이겠지만―.

"하지만 샤리스. 당신도 알고 있잖아요? 그, 그것을……."

세리스는 말끝을 흐렸다.

청렴결백한 성격 때문에 거짓말을 끝까지 밀어붙이지 못하고 얼버무렸다는 걸 알 수 있었다.

'뭘까. 진상을 파악하고 신왕국을 되찾기 위해 필요한 일이라는 건 알지만…… 내키지가 않아.'

신뢰하는 소녀들의 성격과 사고를 분석해서 숨기는 것을 캐내는 행동.

5년 전에는 구제국을 무너뜨리기 위해 각오를 다졌지만, 지금의 룩스는 그녀들을 그런 눈으로 보고 싶지 않았다.

분명 그것은 룩스에게 소중한 동료가 생겼다는 증거이리라.

'하지만 그렇기 때문에― 이 싸움에 그녀들을 끌어들일 수는 없어.'

실패했을 때 죄를 뒤집어쓰는 것은 자신 하나면 충분하다.

룩스는 그렇게 생각하며 다시금 각오를 다졌지만―.

"세리스, 이 나이대의 남자애들은 다양한 욕구를 해소해야 한다고. 룩스 군도 혼자 있고 싶을 때가 있을 거야."

'어라······?'

방 바로 밖에서 펼쳐지는 샤리스와 세리스의 대화를 들으며 룩스는 살짝 고개를 갸웃했다.

"그, 그렇습니까?"

"그렇다니까. 구체적으로 어떤 거냐면, 속닥속닥······. 예전에 우리 트라이어드랑 외출했을 때도 그런 책에 관심있는 것 같더라고."

"······잠깐?!"

무언가 이상한 방향으로 오해하고 있다는 사실을 깨달은 룩스의 얼굴에 경련이 일어났다.

"그러니 이 기회에 적극적으로 대시하는 것도 나쁘지 않을 걸? 마침 아이리도 나갔으니까 쉽게 함락될지도 모른다고."

'저기요, 다 들리거든요······.'

얼토당토않은 오해이지만, 결과적으로 혼자 있게 해줄 것 같으니 정정하지 않는 편이 좋을까?

룩스는 복잡한 심정으로 선배 소녀들의 대화를 들었다.

"그런 불순한 짓은 할 수 없습니다! 이런 시기에—."

세리스는 내용이 얼추 예상되는 샤리스의 제안을 거절했다.

사실 메이드 차림으로 간호하는 시점에서 이미 문제인 것 같지만, 적어도 앞으로 열흘 동안 룩스와 선을 넘을 생각은 없는 듯했다.

이윽고 이야기가 정리되었는지 메이드 차림의 세리스가 방으로 들어왔다.

"루, 룩스. 부탁대로 전 잠시 방에서 나가 있겠어요. 짬짬이 상황을 보러 오긴 하겠지만, 혹시 도움이 필요하면 불러주세요. 바로 달려올 테니까."

"아, 네……."

그 말을 끝으로 세리스는 다시 방 밖으로 나가려다가, 도중에 멈춰서 뒤를 돌아보았다.

"그, 그리고 말이죠…… 만약 제가 해주었으면 하는 게 있다면…… 너, 너무 저속한 것만 아니라면 도와드릴 테니까, 말해주세요!"

얼굴이 홍당무처럼 달아오른 세리스는 그렇게 말하고 꾸벅 인사한 후 방에서 나갔다.

잠시 굳어버렸던 룩스는 방문이 닫히자 한숨을 푹 내쉬었다.

"샤리스 씨한테 완전히 속아 넘어갔구나……."

그 추측은 거의 확실하겠지만, 그럼에도 실제로 그런 말을 듣고 가슴이 뛰는 것은 어쩔 수 없는 남자의 습성이리라.

정말로 아무 일 없이, 그녀들과 평온한 일상을 즐길 수 있다면 좋으련만.

'미안해요, 세리스 선배. 모두들—.'

겨우 감시에서 해방된 룩스는 가볍게 기지개를 켜는 척하며 창문을 통해 숙소 주위를 확인한 후, 침대 머리맡에 둔 컵의 위치를 옮겼다.

그리고 몇 분 후.

소리 없이 눈앞의 커튼이 흔들리더니 학원 교복을 입은 소녀가 나타났다.

『제국의 흉인』이라고 불리며 두려움을 사던 고도국 최강의 암살자─ 키리히메 요루카.

신왕국은 『기사단』 멤버에게 소집 명령을 내렸지만 그녀만은 예외였다.

애초에 요루카는 『기사단』 일원이나 다름없는 대우를 받고 있긴 하지만, 대외적으로는 기룡사로 인식되지 않고 룩스의 심복으로 활약하고 있다.

저번 표창식 때도 룩스는 요루카에게 출석할 것을 권했지만 거절당했다.

따라서 그녀는 룩스와 그의 동료들 사이에서도 톱클래스의 실력을 갖추었지만, 신왕국 입장에서는 여전히 미지의 존재였다.

그녀의 강점을 꼽자면 특장형 신장기룡 《야토노카미》의 탁월한 성능과 본인의 은밀행동 능력이 뛰어나다는 것이다.

상대의 기척을 감지하고, 동시에 자신의 기척을 지우는 것에 능하다.

무엇보다도 신왕국이라는 체제에 속박당하지 않고 룩스라는 개인에게 충성을 다하는 위치에 있다.

그래서 룩스는 자신이 움직일 수 없는 이 상황이 오기 전에 미리 그녀를 불러서 신호를 몇 가지 정해 두었다. 조금 전에 컵 위치를 옮긴 것도 그런 신호 중 하나였다.

『부르셨사옵니까, 주인님. 시키실 일이 있다면 무엇이든 말씀해주시어요.』

치맛자락을 붙잡고 살짝 들어 올리며 소녀는 공손히 고개를 숙였다.

서로 색이 다른 두 눈동자.

가히 인간의 영역을 넘어선 요사스러운 색기에 자기도 모르게 흠뻑 빠져들 것 같았다.

참고로 바깥에 있는 사람들에게 들키면 안 되므로 목소리는 내지 않았다.

대신에 입술을 읽어서 대화했다.

룩스는 독순술이 가능할지 미리 요루카와 시험해봤는데, 그녀는 고향에서 은밀한 임무를 수행했던 만큼 그것도 할 줄 알았다.

그래서 나머지는 룩스가 하기에 달렸지만, 요루카의 입술을 보고 외우는 것까지는 어떻게든 마스터했다.

즉 신왕국과 싸우기 위한 최대의 조커는 바로 그녀다.

저번 전쟁에서는 싱글렌에게 당한 후유증에 피로까지 겹쳐 충분히 활약하지 못했지만, 이제는 완쾌되었으니 마음껏 싸울 수 있다.

『몇 가지 부탁할 일이 있는데, 괜찮을까?』

『제 의사를 확인하실 필요는 없답니다. 이 몸은 오로지 주인님을 위해 존재하는 것이니까요.』

두 사람은 조금 전처럼 소리를 내지 않고 입술만을 움직여 대화했다.

라피는 만전을 기하기 위해 룩스의 활동을 방해하려는 것처럼 보이지만, 현시점에서는 견제 영역을 넘어가진 않을 것이다.

그래서 룩스는 자신이 필요 이상으로 신중하게 행동하도록 유도해서 속도를 늦추려는 책략으로 판단하고 망설임을 떨치고 행동하기로 했다.

현재 라피는 공공연하게 움직일 수 없는 자동인형과 『기사단』 말고는 보유한 패가 없다.

에이릴과 『그랑 포스』 수색에도 인원을 투입해야 하는 이상 아무래도 『대성역』 쪽은 소홀해질 수밖에 없을 것이다.

그래서 룩스는 열흘 안에 그곳을 찾아 공격할 계획이었다.

열흘이라는 기한으로 인해 궁지에 몰린 것은 라피일 것이다.

왜냐하면 저번 세계 개변이 불완전하게 끝나서 시간이 지남에 따라 차츰 모순점이 드러날 수밖에 없기 때문이다.

『주인님께서 예상하신 대로 그곳에는 참극이 닥쳐왔더군요. 그녀들에게 편지를 보내시겠사옵니까?』

요루카가 말한 그녀들이란 물론 『창궁사단』의 주요 멤버들이다.

『응. 우선 상대의 전력을 파악한 뒤에 양동 작전을 펼칠 생각이야. 그러니 예정대로 그녀들에게 전달해줘.』

구체적으로는 리샤의 여동생, 아르마 킬조레이크.

에이릴 뷔 아카디아.

마기알카 젠 반프리크. 이렇게 세 명이다.

목소리를 내지 않는 대화인 만큼 누군가 감시할 것 같진 않았지만, 만일에 대비해서 신중하게 일을 진행했다.

룩스가 하려는 일은 사실상 쿠데타나 다름없다.

앞으로 하게 될 온갖 행동에 목숨을 걸어야 한다.

『그리고 하나만 더 부탁해도 될까? 아이리에 대한 건데—.』

룩스는 작전 내용을 적은 편지와 정보를 요루카에게 전달한 다음 입을 열었다.

『만약에 내게 무슨 일이 생기면, 동생을 데리고 도망쳐 줘. 가능한 한 아이리를 지켜주고, 그게 무리라면 너 혼자만이라도 살아줬으면 해. 이기적인 부탁이지만…….』

『…….』

룩스가 이 싸움에서 패배하여 죽거나, 혹은 역적으로 처형당할 경우의 이야기다.

적어도 엉겁결에 이 일에 말려드는 거나 다름없는 유일한 혈육만큼은 지켜주고 싶었다.

물론 질 생각으로 싸우는 것은 아니었지만 적이 너무나도 강했다.

룩스는 요루카를 도구로 취급하고 싶지 않았지만, 결국 가혹한 명령을 내릴 수밖에 없는 현실에 죄책감을 느꼈다. 그러나 이 상황에서는 그녀에게 의지할 수밖에 없었다.

『—네, 알겠사옵니다.』

룩스의 부탁에 요루카는 고개를 끄덕였다.

『……그래. 고마워.』

룩스는 그렇게 대답하며 미소 지었지만, 속으로는 도무지 납득이 가질 않았다.

『예상 밖이신가요? 제가 그 지시를 순순히 따르는 것이.』

"……."

정곡이었다.

요루카는 룩스와 만나 실력을 겨룬 이후로 그에게 충성을 맹세했다.

하지만 그녀는 어디까지나 룩스라는 인물 자체를 섬기고 있다.

그런 그녀가 룩스가 죽을지도 모르는 상황을— 그리고 죽은 뒤의 지시를 흔쾌히 받아들일 거라고는 솔직히 생각도 못 해보았다.

『아무래도 그렇지. 요루카는 분명 반발할 거라고 생각했거든.』

『어째서 그렇게 생각하셨는지요?』

룩스의 시종을 자처하는 소녀는 아담한 입술로 미소 지으며 그를 올려다보았다.

『그건…… 읍?!』

뭐라 말하기 힘든 감정을 토로하려는 찰나에 무언가가 룩스의 입술을 틀어막았다.

따뜻하고 매끄러우면서 부드러운 감촉.

소녀의 달콤한 향기에는 피와 철의 냄새가 섞여 있었다.

"……."

지금까지 목소리를 내지 않고 입술만을 움직여 대화해왔는데, 하마터면 놀라서 소리를 내버릴 뻔했다.

"음…… 후우."

그렇게 십여 초가 흐른 후, 요루카는 포갰던 입술을 조용히 떼었다.

그녀의 뺨에는 발그레한 홍조가 떠올라 있었고, 룩스를 올려다보는 보라색 눈동자는 감정의 고조로 인해 반짝거렸다.

『요루카…….』

룩스는 기습적인 입맞춤에 당황했지만, 그래도 어떻게든 목소리를 죽이고 중얼거렸다.

그러자 그녀는 티 없이 맑은 미소를 지으며 살며시 룩스의 손을 잡았다.

『주인님. 저 같은 것에게 빚을 지웠다고 생각하실 필요는 없사옵니다.』

『얼굴에, 드러났어?』

『네. 무척이나.』

"……."

요루카의 즉답에 룩스는 다음 말을 이을 수가 없었다.

『저는 더없이 영광스러울 따름이어요. 주인님께서 저를 비장의 수단으로 여겨주셔서, 다른 누구에게도 말할 수 없는 명령을 내려주셔서, 희열을 억누를 수 없을 정도로 몸이 달아올랐답니다.』

"……."

요컨대 방금 전의 키스는 요루카 자신의 충동을 행동으로 옮긴 것인 듯했다.

생각해보면 그럴지도 모른다.

룩스가 그의 유일한 혈육인 아이리를 누군가에게 맡긴다는 것은 그 사람을 진심으로 신뢰한다는 방증이다.

그런 룩스의 마음을 헤아릴 수 있는 자아가 어느새 요루카에게도 싹튼 것이리라.

『주인님을 죽게 놔두진 않을 것이옵니다. 하오나 제가 그 명령을 받아들임으로써 안심이 되신다면, 기꺼이 그리 하겠사와요. 그러면 주인님— 사모하옵니다.』

쪽, 하고.

룩스의 뺨에 살짝 입을 맞춘 후 요루카는 조용히 방에서 나갔다.

어떤 소리도 내지 않는 움직임에 새삼스럽게 감탄하면서 룩스는 왠지 모르게 꿈을 꾸는 것 같다는 생각을 했다.

"요루카…… 나는……."

그녀는 신년 퍼레이드를, 사흘간의 루프를 기억하지 못할 것이다.

그러니 그 축제 때 룩스에게 고백하고 사랑을 맹세한 사실도 잊었으리라.

그럼에도 그녀에게 싹튼 마음의 불꽃은 꺼지지 않았다.

오직 룩스만이 알고 있었다.

그녀의— 그녀들의 마음을.

신왕국과의 전쟁이 어떤 결말을 맞이하게 될지 룩스도 상상할 수 없었다.

하지만— 허락된다면 딱 하나만큼은 끝내두고 싶었다.

'—세리스 선배, 요루카, 크루루시퍼 씨, 피이…….'

그 사흘 동안 모두에게서 받은 마음.

그녀들에게 감사의 뜻을 전하기 전까지는 죽을 수 없다고 룩스는 강하게 맹세했다.

†

룩스가 숙소에서 다양한 책략을 짜내고 있던 무렵.

크루루시퍼와 함께 투기장에서 가벼운 훈련을 마친 리샤는 왕성으로 돌아와 자신의 방에서 생각에 잠겨 있었다.

다른 사람과 있을 때는 다부지게 행동했고, 피로 때문에 움직이지 못하는 룩스에게도 약한 모습을 보여주지 않았지만 속으로는 짓누르는 듯한 공포에 시달리고 있었다.

"어떻게 된 거지……? 아르마가 살아 있었다니…… 게다가 어마마마의 비밀을 알고, 원망하고 있다니—."

리샤는 소파에 깊이 몸을 묻은 채 파랗게 질린 얼굴을 푹 숙였다.

마침내 평화를 손에 넣었고, 퍼레이드에서도 공주의 사명을 무사히 완수해냈다고 생각했다.

그런데 5년 전의 해묵은 인연이 또다시 수면 위로 떠올랐다.

원래대로라면 죽은 줄 알았던 동생이 살아 있다는 사실을 기뻐해야 하지만, 아르마가 신왕국의 평화를 위협하는 적으로서 정체를 드러냈기 때문에 왕녀로서 머리가 아픈 상황이었다.

게다가 막고 싶어도 사태는 이미 움직이기 시작했다.

에이릴이 납치당했고 『모형 정원』에서 『그랑 포스』가 사라졌다.

그녀가 이끄는 『창궁사단』의 목적은 아직 불명이었지만, 협박장에 적혀 있던 『신왕국』의 죄를 폭로하겠다— 라는 문장이 마음에 걸렸다.

제삼자는 이해할 수 없는 내용이었지만, 리샤는 짚이는 것이 있었다.

아르마의 성격은 굳이 따지자면 아버지와 비슷했다.

영주의 딸이라는 명예를 중시하였고, 당시에 악정을 펼치던 구제국을 바꾸려고 했던 아버지를 존경했다.

리샤도 이성적으로는 아버지의 방침에 동의했다. 그러나 구제국의 인질로 붙잡힌 그녀는 아버지가 대의를 위해 자신을 버렸다는 사실을 알게 됐을 때 스스로 목숨을 끊지 못하고 도망치고 말았다.

그리고 아버지를 배신하고 구제국에 붙어 암살자로 살아갈 것을 결심했다.

예전의 아르마는 분명 리샤를 잘 따랐다. 그러나 리샤가 아버지를 배신한 이상 그녀를 증오하는 건 당연하다 할 수 있었다.

아르마가 리샤와 같은 상황에 처했다면, 분명 명예롭게 죽는 길을 선택했을 테니까.

"한심하군……. 당분간은 룩스에게 의지하지 않겠다고 맹세한지 얼마나 됐다고……."

지금까지 숱한 난관을 극복해온 리샤는 자신감을 얻었다고 생각했다.

나름대로 자신의 나약함을 인정하고 극복했다고 생각했다.

그러나 이렇게 생각지도 못한 위기와 맞닥뜨리자 자신이 한없이 약하다는 사실을 실감하지 않을 수 없었다.

'룩스……. 너라면 이럴 때 어떻게 했을까?'

신왕국의 문제.

납치당한 에이릴의 문제.

그리고 동생 아르마의 원한을 어떻게 해결해야 좋을지 몰라 시름하고 있을 때.

똑똑.

"리샤. 잠시 들어가도 될까요?"

작은 노크 소리가 울린 후에 온화하고 나긋나긋한 목소리가 들렸다.

"어, 어마마마……? 네, 들어오세요."

문이 열리고 드레스 차림의 라피 여왕이 방에 들어왔다.

그녀의 모습은 평소와 다를 바 없어 보였지만—.

'이 감각은, 대체 뭐지…….'

퍼레이드 다음날 이후로 간혹 라피의 모습이 흐릿하게 보일 때가 있었다.

시력이 떨어진 것이 아니라 라피라는 존재 자체가 어째서인지 다른 것으로 보이는 듯한 착각.

현재의 라피가 아닌 리샤 또래로 보이는 어린 소녀의 그림자가 어른거리는 느낌이었다.

'……그 정도로 지쳤단 말인가? 나 참, 현실 도피도 정도껏 해야지.'

자조적으로 웃는 리샤 옆에 라피가 앉았다.

누구나 혼란에 빠질 만한 이 상황에서도 라피는 흔들리는 모습을 보이지 않았다.

"아르마가 살아 있었다니 깜짝 놀랐어요. 『모형 정원』의 관문을 지키던 기룡사의 진술에 따르면 얼굴까지는 확인 못한 듯한데— 어차피 봐도 모르겠군요."

"전혀 관계없는 가짜라면 좋겠지만…… 만약 그녀가 진짜라면—"

"유감스럽지만 설득에 응하지 않는다면 쓰러뜨릴 수밖에 없겠죠."

"그건……!"

라피가 눈을 내리뜨고 나지막하게 말하자 리샤는 자기도 모르게 벌떡 일어섰다.

하지만 그녀의 양어머니인 여왕은 부드럽게 웃고는 살며시 리샤의 손을 잡고 속삭였다.

"물론, 저도 당신의 동생이자 제 조카인 그 아이를 죽이고 싶진 않아요. 하지만 누구든 간에 가까스로 손에 넣은 평화를 깨뜨리려는 자를 내버려둘 수는 없어요. 모름지기 왕족이라면 그런 떳떳하지 못한 일도 해야 하죠."

"그, 건……."

리샤도 머리로는 알았다.

—아니, 안다고 생각했다.

아르마가 신왕국의 적으로서 그녀 나름의 대의를 내세우고 덤빈다면, 동생이라고 해서 묵과할 수는 없다.

혈통으로 인한 권력투쟁과 지배자는 불가분의 관계다.

그 사실을 모르는 건 아니지만, 피를 나눈 혈육에게 손을 대야 한다는 것이 이토록 괴로운 일이었을 줄이야.

'룩스는 이런 각오를 하면서까지 구제국을 바꾸려고 했던 건가…….'

리샤는 자신의 기사인 소년의 결의를 떠올리고 의기소침했다.

"못하겠나요? 그럼 제게 맡기세요. 당신의 손이 더러워질 일은 없을 거예요."

라피가 부드러운 표정으로 그렇게 말하자 리샤의 내면에서 열기가 솟아올랐다.

그것은 리샤 자신의 가슴속에 깃든 긍지에서 비롯된 것이었다.

"……아니요! 기다려주세요! 제가 하겠습니다!"

"괜찮겠어요?"

라피가 확인하자 리샤는 망설이지 않고 고개를 끄덕였다.

"제가 우유부단했어요. 아르마의 원한은 제가 해결해야 할 문제입니다. 만약 제 기사가 같은 상황에 처한다면, 결코 도망치지 않고 맞서 싸우겠죠."

"룩스 말이죠? 당신은 정말로 그를 좋아하는군요."

라피가 지적하자 리샤의 뺨이 확 달아올랐다.

"네……. 그 녀석은— 아니, 그는 전혀 알아주지 않지만요."

리샤는 고개를 끄덕이면서 불만스러운 것처럼 볼을 부풀렸다.

그 모습을 본 라피는 자못 우스운지 작게 소리 내며 웃었다.

"그렇지 않아요. 그도 분명 당신을 좋아할 거예요."

"그럴, 까요?"

"그럼요……. 그가 당신처럼 기특하고 열심히 노력하는 여자아이를 신경 쓰지 않을 리가 없어요."

흔한 위로나 다름없는 말이었지만, 어째서인지 그런 말을 듣는 것만으로도 리샤는 마음이 편해졌다.

부드러운 분위기가 잠시 방 안을 채웠다. 그런데—.

"윽……?!"

"리샤, 왜 그래요?"

"아, 뇨. 아무것도, 아닙니다."

갑자기 옆자리의 라피에게서 농밀한 죽음의 냄새가 풍기는 것 같았다.

하지만 아무래도 착각인 모양이었다.

'방금 그 기척은 뭐지……? 어마마마가, 마치 사람이 아닌 다른 존재처럼 느껴졌는데…….'

생물로서의 본능을 강렬하게 자극하는 모골이 송연해지는 공포.

리샤는 그간 쌓은 전투 경험으로 그 감각이 무엇인지 알고 있었다.

흡사 환신수(어비스)…… 아니, 종언신수(라그나뢰크)의─.

"여왕 폐하, 여기 계십니까?!"

갑자기 방 밖에서 병사의 목소리가 들려와 리샤는 퍼뜩 현실로 돌아왔다.

"들어오세요. 무슨 일인가요?"

여왕이 부드럽게 대답하자 아직 어린 소년병이 다급하게 뛰어 들어왔다.

"『창궁사단』이 왕도의 부유층 거주구역에 나타났습니다! 여왕 폐하, 혹은 리샤 님과 교섭하기를 원한다고 합니다! 『그랑포스』도 갖고 있는 모양입니다."

"뭣……! 벌써 움직이기 시작한 건가!"

선전포고를 하자마자 행동에 나섰다.

적의 목적은 아직 불명이지만 라피 여왕과 리샤를 지명한 것을 보면 두 사람의 신병을 노리는 것이리라.

"제가 가겠습니다. 폐하께서는 백성들이 말려들지 않도록 군대에 지원 요청을 내려주세요."

"부탁할게요, 리샤. 아 참, 그리고─ 한 발 먼저 그것을 받은 당신도 그렇지만, 그녀들의 강화는 좀 더 시간이 걸릴 것 같아요. 특히 그 아이의 몸은 조금 복잡해서 말이죠."

의미심장한 어조로 말하는 라피를 향해 리샤는 고개를 끄덕였다.

룩스를 호위하고 있는 세리스, 요양 중인 피르히를 제외하면 현재 『기사단』에서 움직일 수 있는 사람은 리샤와 크루루시퍼밖에 없다.

상대의 실력을 파악하기 위해서라도 자신이 앞장서서 행동해야만 한다.

"―눈을 뜨거라, 개벽의 시조여. 홀몸으로 군세를 이루는 신들의 용왕이여. 《티아마트》!"

방에서 뛰쳐나간 리샤는 흉벽에 내려서며 검대에서 기공각검을 뽑아 신장기룡 《티아마트》를 소환했다.

무수한 장갑을 몸에 장착한 후 망설이지 않고 현장 구획을 향해 날아올랐다.

"폐하. 저희는 어떻게 하면 되겠습니까? 그리고― 나르프 재상의 모습도 보이지 않습니다만."

"리샤를 지원해줄 기룡사를 파견해주겠어요? 나르프 재상에 관해서는 나중에 얘기하도록 하죠. 짚이는 게 있으니까요―."

"……옛!"

전령으로 온 병사는 라피에게 인사하고 즉시 달려나갔다.

그 모습을 지켜보는 여왕의 등 뒤에 두 인물이 나타났다.

"『창궁사단』 녀석들이 움직이기 시작했나 보군요. 예상이 빗나갔나요?"

억양 없는 목소리로 물어본 것은 『대성역』을 관리하는 자동인형 아샤리아.

순백의 머리카락과 회색 눈동자를 가진 그녀는 장의를 입고 있었다.

그리고 그 옆에는 검은 외투를 걸친 후길이 서 있었다.

"시련이 빨리도 찾아왔군요, 폐하. 필요하다면 무엇이든 명령하십시오."

은발 사내는 그렇게 말하며 정중히 고개를 숙였다.

"후훗, 믿음직스럽군요."

라피는 미소 지으며 후길 쪽으로 돌아섰다.

"일반 병사에게 은밀하게 지켜보라고 명령했는데, 룩스는 여전히 숙소에서 쉬고 있나 봐요. 수상쩍은 움직임은 전혀 보이지 않더군요."

"그렇다면 『창궁사단』 문제는 제 어리석은 아우와 관계없다고 보십니까?"

"아니요, 그렇지는 않아요. 룩스라면 어떻게든 병사의 눈을 피해 『창궁사단』에 명령을 전달하고도 남을 거예요. 그들이 한패라면 말이죠."

"호오…… 확신이 있습니까? 당신이 직접 죄인의 목걸이를 벗겨줄 때, 당신의 정체를 알아차렸는지— 어리석은 아우를 시험해보셨지요?"

저번 퍼레이드.

《우로보로스》의 세계 개변이 불완전하게 끝난 마지막 날, 라피 여왕은 자신이 『성식』과 융합했다는 증거를 룩스에게 드러내 봤지만, 아무런 반응을 보이지 않았다.

따라서 원래대로라면 룩스를 향한 의심은 이것으로 풀렸을 테지만—.

"저는 룩스의 정체를 알고 있으니까요—. 당신 덕분에 말이죠."

라피는 빈정거림이 섞인 미소를 지으며 후길에게 대답했다.

5년 전, 구제국이 『검은 영웅』의 손에— 정확히는 후길의 계획으로 무너졌을 때.

《우로보로스》의 영향으로 룩스의 기억에서 세계 개변에 대한 내용은 지워졌지만, 그 후 신왕국 정권을 탄생시키고 룩스와 아이리에게 은사를 내리는 과정에서 라피는 룩스야말로 후길의 인도로 혁명을 계획한 주모자라는 사실을 알게 됐다.

여러 도움을 받았다곤 하나, 고작 열두 살 소년이 제국을 무너뜨렸다는 사실에 경계심을 품게 됐다.

그만한 위업을 이룬 사람이라면 라피를 속이고 신왕국을 적으로 돌리는 정도는 일도 아닐 것이다.

그리고 그가 엄청난 강적을 격퇴하는 모습을 지금까지 몇 번이나 보아왔다.

라피는 이 세상 그 누구보다도 룩스를 높게 평가했으며, 방심할 수 없는 상대로 인식하고 있었다.

그를 적대하는 입장이 된 지금, 그것을 믿고 있었다.

"—기대되네요."

그렇게 중얼거린 라피의 입가에 희미한 미소가 떠올랐다.

"저와 리샤의, 신왕국의 진가를 시험받을 순간이 왔어요. 그가 어떻게 이 상황을 타파할지 보고 배워야 해요."

"그렇다면 **자매** 몇 명을 보낼까요?"

아샤리아의 진언에 라피는 고개를 끄덕였다.

자매란 아샤리아 이외의 자동인형 일곱 명을 가리킨다.

유적의 통괄자인 그녀들은 『대성역』을 수호하기 위해 라피의 수족으로 집결했고, 성능이 강화된 기룡사로 거듭났다.

"감시를 맡기기에 알맞은 사람으로 부탁해요. 어디 보자……한 명이면 충분하겠군요. 인력을 낭비할 수는 없으니까."

이미 여러 차례 세계를 개변한 데다 『그랑 포스』까지 빼앗겼기 때문에 자동인형을 움직일 힘도 저하됐다.

자동인형 『여덟 연주자』를 비장의 수단으로 남겨두어야 하는 이상 지금은 대놓고 움직일 수는 없었다.

"지금은 그녀 하나면 충분하겠죠. 당장은 적이 『대성역』의 위치를 특정하는 걸 막아야 해요. 그리고 제 충동도 억눌러야 하고요—."

라피는 회춘한 자신의 용모에 딱 어울리는 드레스 차림으로 빙그레 웃었다.

조금 전 리샤와 대화하는 도중에 이미 징후가 드러났다.

『성식』과 융합하여 일곱 마리 라그나뢰크의 능력을 흡수한 육체는 세계를 멸망시킬 수 있는 절대무적의 능력을 가졌다.

그러나 힘이 강하면 강할수록 소모도 커지는 법이다.

따라서 채우기 위해서는 가야만 한다.

그때 **다 먹지 못한 먹이만으로는 어차피 부족하니까.**

"그럼 왕성은 맡기겠어요. 후길, 아샤리아."

"네. 안심하고 다녀오시길."

아샤리아가 인사하자 라피는 밖으로 돌출된 테라스 쪽으로 이동했다.

몇 초 후, 라피는 연기처럼 사라졌다.

†

"으으, 긴장돼 죽겠네……. 룩…… 그 분은 『기사단』 전원이 오진 않을 거라고 예상하셨지만—"

강화형 범용기룡 《엑스 와이번》을 장착한 두 명의 기룡사가 왕도 상공에서 비행하며 대화하고 있었다.

한 명은 금발의 소녀, 아르마 킬조레이크.

영걸 아티스마타 백작의 차녀이자 마기알카가 거느린 조직 『킬조레이크 패밀리』의 차기 두목 후보.

경애하는 『검은 영웅』의 정체가 룩스라는 사실을 알고 그의 휘하에 들어간 뒤로, 대외적으로는 『창궁사단』의 리더로 활동하게 됐다.

"아르마도 참. 말실수 안 하게 조심해. 우리의 목숨이 걸려 있으니까."

옆에서 아르마의 실언을 나무란 사람은 얼굴을 전부 뒤덮는 가면을 쓴 『창조주』 소녀, 에이릴 뷔 아카디아다.

『성식』과 융합하여 세계 개변을 통해 지배를 꾀하는 라피에게 대항하기 위해서, 『모형 정원』에서 구출된 에이릴은 룩스와 함께 신왕국과 싸울 것을 결심했다.

그 이후로 룩스의 지시에 따라 움직이게 된 그녀는 은신처에 숨어서 아르마를 보좌하고 있었다.

『킬조레이크 패밀리』도 나름대로 기룡사를 꽤 많이 보유했지만 기본적으로 전투에 참가시킬 예정은 없었다.

신왕국의―『기사단』의 톱클래스들은 격이 다르게 강하기 때문이다.

기습을 가하건 다수가 한꺼번에 공격하건, 진지하게 맞붙으면 아마 시간벌이조차 안 될 것이다―.

마기알카가 그렇게 말한 이상 따를 수밖에 없었다.

물론 아르마는 『모형 정원』에서 룩스의 실력을 똑똑히 확인했기 때문에 불만을 품지 않고 순순히 납득했다.

"그리고 알지? 리샤 공주와 만나도 너무 흥분하면 안 된다? 이번에 우리가 맡은 임무는 어디까지나―."

"양동과 견제잖아? 잘 기억하고 있어."

아르마는 중간에 말을 자르고 끼어들었다.

룩스 진영과 라피 진영은 저마다 상대에게 원하는 것이 있다.

라피는 열흘이 지나 세계 개변의 주박이 완전히 풀리기 전에 『그랑 포스』를 되찾기를 원하고 있다.

왜냐하면 지난번 세계 개변이 불완전하게 끝나는 바람에 앞으로는 시간이 지남에 따라 라피의 외모 변화와 지난번 루프에서 저지른 죄가 밝혀지게 될 것이기 때문이다.

따라서 아르마 일행이 모습을 드러내면 『그랑 포스』를 되찾으려고 덤벼들 것이다.

어떻게든 그녀들을 제압하려고 기를 쓰리라.

그리고 자동인형은 너무 눈에 띄는데다 유적의 힘을 쓰기 때문에 대놓고 움직이지는 못할 터다.

"그 분에게 받은 첫 임무야. 반드시 완수하겠어."

"응. 나는 예정대로 움직일 테니까, 뒷일은 부탁할게."

아르마가 진지한 표정으로 중얼거리자 에이릴도 고개를 끄덕였다.

『구제국파』와 관련된 귀족들이 다수 살고 있는 부유층 구역.

그 중앙대로에 도착한 아르마가 기룡의 확성 기능을 사용해서 목소리를 증폭했다.

아직 낮이라 남녀노소의 모습이 보였다.

"—신왕국 백성들이여, 들으라! 내 이름은 아르마 아티스마타! 영걸 아티스마타 백작의 둘째 딸이다! 나는 라피 여왕과 신왕국의 악행을 폭로하기 위해 이곳에 왔다!"

낯선 기룡사가 나타나자 사람들 사이에 동요가 퍼졌다.

"뭐야 저게?"

"아르마 아티스마타……. 영걸 아티스마타 백작의 딸이라고?"

"라피 여왕 폐하의 악행을 폭로하겠다니……."

사람들은 명백하게 불온한 기척을 느끼고 떨면서도 멀리 떨어져 있는 소녀를 바라보았다.

아이를 동반한 여자들 중에는 집이나 건물로 숨는 사람도 있었다.

"여왕의 죄— 유적을 둘러싼 싸움이나 『창조주』와의 결전에서 무능한 모습을 보여준 것도 그렇지만, 무엇보다도 큰 죄는 지켜야만 하는 백성을 살육한 것이다."

아르마는 기공각검을 뽑아서 지상의 한 부분을 가리켰다.

"이 근처에 사는 제군들은 이미 알고 있겠지? 『구제국파』라 불리는 원로 집정관들이 모조리 실종된 사건을! 그 범인이 바로 라피 여왕이다. 그들이 살던 저택은 잿더미로 변했고 위병까지 전부 희생됐지. 그리고—."

아르마가 더욱 목소리를 높이려는 찰나, 바람을 가르는 소리가 고막을 때렸다.

"음……!"

《엑스 와이번》을 두른 에이릴은 즉시 중형 블레이드를 들어 올렸다.

첫 번째, 두 번째, 세 번째 그림자에 몸을 숨긴 네 번째 비행물체.

거대한 화살촉을 연상케 하는 투척병기는 에이릴이 잘 아는 신장기룡의 특수 무장이었다.

"도착했나 보네. 아르마, 이제부터가 중요한 승부처야. 부디—."

"이성을 잃지 말라고? 쓸데없는 걱정이야."

연이 깊은 상대가 나타나자 아르마의 입가에 오만한 웃음이 걸렸다.

"저게 신장기룡 《티아마트》인가……. 역시 신왕국 공주님이로군, 언니. 나랑 다르게 좋은 걸 갖고 있어."

그녀의 시선 몇 십 메르 앞, 중앙대로 상공에는 리즈샤르테가 체공 중이었다.

『창궁사단』, 아르마 킬조레이크의 출현과 선전포고 연설을 듣고 가장 먼저 이곳으로 날아온 것이다.

"아르마……. 정말로 너냐? 지금까지 어디 있었지?"

리샤는 미심쩍은 표정으로 아르마를 노려보며 추궁했다.

그러자 아르마는 코웃음 치며 대답했다.

"아무것도 모르나 보네, 언니. 고모에게 속고 있는 거야, 아니면 그냥 맹목적으로 따르는 거야? 그러고도 아버지의 유지를 잇는 신왕국의 공주라니, 어처구니가 없군."

"……무슨 소리냐?! 대체 무슨 얘길 하는 거지?! 어째서 동생인 네가, 신왕국과 우리를 적대하는 건데!"

아르마는 리샤의 반응을 유심히 관찰했다.

'역시, 라피가 이상하다는 걸 눈치채지 못했나…….'

"아직 첫날이니 어쩔 수 없나……. 뭐, 조만간 알게 될 거야. 언니가 신뢰하고 숭배하고 있는 존재야말로 만악의 근원이라는 걸."

아르마가 쌀쌀맞게 대꾸하자 리샤는 매서운 눈초리로 그녀를 쏘아보았다.

"그 발언은 철회하는 게 좋을 걸. 그리고 사실대로 말해라. 『창궁사단』이란 놈들과 함께 에이릴을 납치하고, 『모형 정원』의 『그랑 포스』를 훔친 건 너지?"

"어폐가 있네, 언니. 납치한 게 아니라 사로잡힌 『창조주』를 구출했을 뿐이라고."

"평화를 깨뜨린 주제에 정의를 논할 셈이냐?"

리샤는 한 발짝도 물러서지 않았다.

군중들이 지켜보는 가운데 왕녀로서 의연한 태도를 취했다.

도발하면 넘어올 것이다.

그렇게 예측하고 작전을 세운 룩스의 감이 적중했기 때문에 아르마는 내심 만족했다.

과거에 아버지를 배신하고 구제국에 붙은 언니에게는 특별한 감정을 가졌지만, 지금은 『검은 영웅』의 명령이 절대적이었다.

"글쎄, 과연 누가 정의일까? 내가 언니에게 가르쳐 줄게."

"어디 한번 해보시지!"

검대에 손을 뻗어 기공각검을 뽑아 드는 리샤.

그 순간 《티아마트》 주위에 체공 중이던 특수 무장 《공정요새》가 불을 뿜고 바람을 가르며 아르마에게 날아갔다.

"잠깐 못 본 사이에 꽤 거칠어졌는걸."

아르마는 중형 블레이드를 들고 자세를 잡으며 네 개의 《레기온》을 피했다.

《엑스 와이번》의 기본성능은 신장기룡과 비교해도 크게 밀리지 않기 때문에 기동력으로는 충분히 대항할 수 있다.

따라서 무기를 휘두르지 않고도 피할 여유가 있을 터였다.

그러나—.

『뒤쪽이야! 아르마!』

"······뭣?!"

에이릴의 용성에 반응한 아르마가 뒤를 돌아보았다.

수백 메르 떨어진 후방의 상공. 소리 없이 나타난 푸른색 신장기룡이 저격총을 들고 즉시 방아쇠를 당겼다.

냉기를 머금은 한 줄기 섬광이 백은의 궤적을 그리며 아르마에게 육박했다.

"저 기룡사는—?!"

신장기룡 《파프니르》의 특수 무장 《동식투사》가 방어 불가능한 동결탄을 쏘아냈다.

장벽으로 튕겨낼 수 없고, 가드 하더라도 장갑 째로 얼려서 움직임을 봉쇄하는 공격.

게다가 뒤에서 저격했기 때문에 제대로 반응조차 하지 못했다.

"조금 전의 《레기온》은 회피를 유도해서 저격 포인트로 유인하는 게 목적이었나······!"

하지만 에이릴이 아르마 앞으로 블레이드를 투척해서 간발의 차이로 동결탄을 막아냈다.

비록 무장을 하나 잃긴 했지만 아르마가 당하는 것보다는 나았다.

"조심해라, 크루루시퍼! 『모형 정원』을 공략할 만한 실력은 되는 녀석들이라고!"

"그래, 명심할게."

"크윽······!"

리샤와 크루루시퍼는 서로 신호를 주고받으며 재차 연계 공격을 펼쳤다.

시가지이니만큼 두 사람 다 무장의 위력을 낮춘 듯했지만, 그래도 제대로 맞으면 일격에 끝장이리라.

'젠장……! 내가 정신이 나갔지. 이런 녀석들과 호각으로 싸울 수 있을 거라고 생각하다니.'

두 사람의 맹공을 필사적으로 막아내는 아르마의 입가에 자조 섞인 미소가 떠올랐다.

그러나 애초에 리샤와 그 동료들에게 우위를 점할 수 있을 거라고는 생각하지 않았다.

원래부터 연세에 몰리는 게 목적이었다.

공격을 피하면서 민첩하게 몸을 뒤집은 아르마는 《엑스 와이번》으로 날아올라 바로 옆으로 도망쳤다.

건물 뒷골목을 누비는 것처럼 지그재그로 비행하면 차폐물로 인해 저격을 봉쇄할 수 있다.

"도망칠 생각이냐?! 아르마!"

리샤와 크루루시퍼가 곧바로 추격에 나섰다. 그녀들의 신장기룡은 덩치 탓에 움직임이 제한되는 편이었지만— 두 사람은 유유히 아르마를 앞질렀다.

'큭…… 뭐가 이렇게 빨라!'

단순히 가속력만 뛰어난 게 아니다.

기룡조작의 숙련도가 이상하리만치 높기 때문에 그녀들의 움직임이 더욱 빠르게 느껴지는 것이다.

하지만 내심 식은땀을 흘리면서도 아르마는 목적지로 두 사람을 유도하는데 성공했다.

"누가 도망을 쳐? 가르쳐주려는 거라고. 이 나라와 여왕의
죄를 말이야! 《기룡포효》!"

아르마가 도착한 곳은 크고 고풍스러운 서양식 저택의— 화
재 현장이었다.

《엑스 와이번》의 머리에서 충격파가 방출되면서 지면에 쌓
여 있던 잔해 무더기를 사방으로 흩뿌렸다.

그 아래— 까맣게 탄 지면에서 무수한 손이 뻗어 나왔다.

"뭐, 야……! 이건!"

"사람의…… 시체?!"

리샤와 크루루시퍼는 기룡을 장착한 채 그 처참한 현장을
내려다보았다.

십여 구 남짓한 불에 탄 시체가 역겨운 악취를 풍기고 있었다.

"세계 개변의 주박이 불완전하게 끝난 지금이라면 너희도
인식할 수 있겠지? 이건 신왕국 여왕 라피에게 암살당한 자
들의 흔적이다!"

"……뭐라고?"

리샤는 미심쩍어하는 표정으로 지면을 내려다보았다.

당황과 혼란. 그러나 좌우로 고개를 젓고 망설임을 떨쳐냈다.

"그럴 리 없어! 어마마마만큼은 그런 짓을 할 리 없어—! 헛
소리 집어치워라!"

리샤가 다시 기공각검을 들어 올리자 주위에 빛의 입자가
소용돌이치며 추가 무장이 소환됐다.

거대한 포, 《일곱 개의 용머리》. 그리고 총 열두 기로 늘어난 투척병기 《공정요새》.

그 두 개의 강력한 중압감에 아르마는 피부를 찌르는 듯한 감각을 느꼈다.

'엄청난, 위압감이야……! 솔직히…… 무서워!'

다음 순간, 아르마는 방향을 틀고 날아올라 전속력으로 도주를 개시했다.

아르마는 이곳에서 쓰러질 수는 없었다.

과거의 원한에 사로잡혀서 분노와 증오에 몸을 맡기고 싸우려고 했던 자신을, 룩스가— 진짜 『검은 영웅』이 구원해주었으니까.

†

"—있잖아, 아르마. 이제 복수는 그만두지 않을래? 리샤 님을, 라피 여왕 폐하를 용서해줄 순 없을까?"

"……."

며칠 전.

『모형 정원』에서 에이릴 탈환작전을 완수하고 마기알카의 은신처로 돌아온 룩스는 아르마가 리샤의 여동생이라는 사실을 알고 그렇게 타일렀다.

『검은 영웅』을 동경하고 신봉하던 소녀는 살짝 난처해하는 표정으로 고개를 돌렸다.

객관적으로 보면 룩스의 말이 옳을지도 모른다.

리샤는 자신이 원해서 구제국 측에 가담했던 것이 아니다. 살아남기 위해서 그 길을 선택할 수밖에 없었다.

그리고 아르마와 아티스마타 백작을 팔아넘긴 라피 여왕의 행동도 악의에서 비롯된 것이 아니다. 그녀는 웨이블러라는 구제국 스파이에게 홀려서 속아 넘어간 끝에 모든 것을 잃었다.

"두 분 모두 너처럼 고통스러운 시간을 보내셨어. 괴로워하셨지. 라피 여왕 폐하도, 리샤 공주님도 계속 자신의 입장에 대해 고민하셨지."

과거에 저지른 죄의 무게와 짊어진 책임을 고민하면서.

그럼에도 저항하기 위해 싸웠다.

자신들의 책임을 다하고자 신왕국에서 필사적으로 살아왔다.

"그러니, 용서해줄 순 없을까? 적어도 그 점으로 네가 두 분을 원망하지 않았으면 해. 이렇게 부탁할게."

"……어째서."

잠시 고개를 숙이고 있던 아르마는 다시 룩스를 올려다보았다.

이해가 안 된다는 듯한, 납득할 수 없다는 듯한 표정으로.

"어째서 당신은, 그런 말을 할 수 있는 건가요?"

아르마의 목소리에 분노나 비꼼은 섞여 있지 않았다.

그저 구제국의 죄인으로 살아온 룩스가, 많은 사람들의 증오의 대상으로 살아왔을 소년이, 아르마의 복수를 말리려고 하는 것에 의문을 품고 있었다.

"어째서, 그렇게까지 그녀들을 구하려 하고…… 타인에게 상냥함을 베풀 수 있는 거죠?"

"두 사람의 마음을 아니까."

그 질문에 룩스는 그렇게 즉답했다.

"지난 1년 가까이 그녀들과 함께 지내면서 지켜봐 왔으니까. 그래서 그렇게 생각하게 됐어. 무슨 일이든 자신의 눈으로 보고, 알고자 하지 않으면 시작되지 않아."

"……."

"그녀들이 진심으로 너를 버린 건지, 아니면 그렇게 할 수밖에 없는 상황이었는지―. 그것을 용서할 수 있을지, 네 눈으로 확인해 봐."

'어떻게― 이럴 수가 있지?'

아르마는 그 말을 듣고 한동안 고개를 들 수 없었다.

괴롭고 고통스러웠던 몇 년. 그 가혹한 세계에서 살아남기 위해 아르마는 마음의 버팀목이 필요했다.

그러나 이 소년―『검은 영웅』은 적마저 구하고자 했다.

과거에도, 지금도.

그 고결함과 강한 의지가 마음을 뒤흔들었다.

"알겠…… 습니다."

몇 분을 진득하게 생각해본 후 아르마는 결론을 내렸다.

지금까지 자신의 마음속에 담아뒀던 복수심을 버리는 건 쉬운 일이 아니다.

그러나 맞서기 위해서 그와 함께 싸워보겠다고 결심했다.

†

'나는 부러워……! 그 사람의, 『검은 영웅』의 기룡사로서의 실력과 강한 마음이!'

그리고 지금— 아르마는 리샤와 크루루시퍼라는 신왕국 굴지의 기룡사 두 명에게 쫓기면서, 사명을 완수하기 위해 필사적으로 목적지로 향하고 있다.

원거리 공격에 특화된 두 사람의 공격을 피하기 위해 인근 숲으로 뛰어들어 나무를 엄폐물로 삼았지만, 그럼에도 1초마다 치명적인 공격이 날아왔다.

그리고 크루루시퍼의 통상탄 저격이 마침내 아르마의 《엑스와이번》에 명중했다!

"……이런?!"

빽빽한 나무 사이를 누비듯이 비행하는 것만 해도 고등 기술인데, 심지어 그 틈을 노려 저격에 성공했다.

아르마는 균형을 잃고 추락하는 와중에도 그 신기에 경탄하지 않을 수가 없었다.

어떻게든 지형지물에 부딪히지 않고 착륙했지만, 완전히 발이 묶이고 말았다.

"상대의 선택지가 회피나 도주 중 하나라면, 장애물이 아무리 많더라도 위치를 쉽게 파악할 수 있지."

신장기룡 《파프니르》를 장착한 크루루시퍼가 아르마의 머리 위에서 천천히 내려왔다.

"큭……!"

아르마는 반사적으로 《엑스 와이번》의 블레이드를 들어 올렸지만 장갑팔의 손목을 저격당해 무장을 놓치고 말았다.

그것으로 승패가 결정됐다.

"공격과는 다르게 방어나 회피는 최단거리를 최대한 빠른 속도로 움직여야 해. 그래서 행동 패턴을 몇 번 보면 쉽게 예상할 수 있지. 그리고 추가로 주위 지형만 파악해 두면 저격은 충분히 가능해."

"《재화의 예지》—《파프니르》의 미래 예지력인가……!"

강화형 범용기룡 《엑스 와이번》도 성능면에서는 신장기룡과 큰 차이가 없지만, 신장을 능수능란하게 사용하는 실력자가 상대라면 그 근소한 차이가 승패를 가르는 중요한 요소가 된다.

"당신에게 어떤 대의명분이 있는지는 모르겠지만, 난동은 그쯤에서 멈추는 게 어떨까? 모두가 필사적으로 싸워서 힘겹게 얻어낸 평화이니까."

"……훗, 평화라."

아르마는 궁지에 몰렸음을 자각하면서도 코웃음 쳤다.

"그 평화라는 건 정말로 존재하는 걸까? 남의 문제점은 쉽게 눈치 채면서, 자신들이 처한 상황은 전혀 눈치채지 못하는군."

"……? 잡담할 여유가 있을까? 이제 그녀도 여기에 도착했는데."

어느새 크루루시퍼 근처까지 온 리샤가 《세븐스 헤즈》로 아르마를 조준했다.

협공할 생각이었는지 리샤는 반대 방향으로 돌아서 접근했다.

아르마는 크루루시퍼에게 당했지만, 만약 그녀의 공격을 피했다면 《티아마트》의 《천성》으로 중력 공격을 가해서 사로잡는 전술이었으리라.

『기사단』 두 사람은 짧은 교전을 통해 실력 차이를 대강 파악했을 테지만, 조금도 방심하지 않는 그녀들의 전투 방식에 아르마는 다시금 위협을 느꼈다.

'신왕국 전복……. 정체를 숨긴 채로 이 녀석들과 자동인형에게 보호받는 라피 여왕과 후길을 쓰러뜨리는 건 상당히 어렵겠어.'

"장갑을 해제하고 투항해라. 안 그러면 여기서 날려버리겠다! 《엑스 와이번》의 장벽으로는 못 버틸걸!"

이미 《세븐스 헤즈》의 거대한 포구에는 에너지가 집중되어 있었다.

친언니가 죽음이라는 운명을 안겨주는 무기를 겨누고 있다는 공포.

뿐만 아니라 기공각검에도 손을 얹고 있는 모습을 보건대 상황에 따라 신장도 병용할 생각인 듯했다.

궁지를 타개할 수단이 전혀 없는 절망적인 상황.

하지만.

"진심으로 내가 이렇게 당하기 위해서 나타났다고 생각하는 건 아니겠지?"

궁지에 몰렸으면서도 아르마는 당당한 표정으로 기공각검을 들어 올렸다.

"음?!"

『기사단』 두 사람이 긴장한 찰나, 검은 열풍이 순식간에 눈앞을 통과했다.

"뭐지⋯⋯?! 증원인가?!"

"아니야! 아마도 처음부터 여기에 숨어 있었을 거야!"

리샤의 외침에 크루루시퍼의 목소리가 겹쳐졌다.

시선 유도.

리샤와 크루루시퍼는 아르마의 기공각검을 경계하느라 의식이 그쪽으로 쏠렸다.

실력으로는 자신들이 압도하고 있지만— 아니, 압도하고 있기 때문에 오히려 묘한 움직임을 주시하고 말았다.

유적 『모형 정원』을 공략하고 에이릴을 납치했다는 사전 정보 때문에 필연적으로 그만한 실력을 감추고 있을 거라고 생각하게 됐다.

아르마는 그 의식을 거꾸로 이용해서 두 사람이 자신에게 주의를 쏟게 유도했고, 소년의 기습을 완벽하게 만들었다.

"으, 아앗⋯⋯!"

환창기핵이 위치한 어깨 장갑이 정확하게 잘려 나가며 리샤가 장착한 《티아마트》의 출력이 급격히 내려갔다.
포스 코어

당초 예정은 추락하는 리샤의 장갑이 해제되기 직전에 땅에 있는 아르마가 날아올라 그대로 리샤를 납치해서 아지트로 데려가는 것이었다. 그러나—.

"—제기랄!"

"……이런?!"

장갑이 해제되기 직전. 리샤는 반사적으로 손에 쥐고 있던 《티아마트》의 기공각검을 아르마에게 집어던졌다.

조금 전과는 반대로 이번에는 리샤의 행동에 아르마의 주의가 흩어졌고, 그 순간을 놓치지 않고 크루루시퍼의 《파프니르》가 쏜 동결탄이 아르마의 《엑스 와이번》에 직격했다.

"크윽!"

리샤와 아르마의 장갑이 해제되어 동시에 전투 불능 상태에 빠진 직후, 아직 멀쩡한 두 기룡사가 대치했다.

"아무래도 당신이 그녀의 비장의 수단인가 보네. 그러니— 자기 소개를 부탁해도 될까?"

《파프니르》를 두른 크루루시퍼의 질문에 눈앞의 기룡사는 대답하지 않았다.

칠흑의 거대한 장갑을 장착한 신장기룡 사용자. 얻을 수 있는 정보는 그게 다였다.

'이 사람은……? 그는 대체—.'

그 얼굴과 목소리는 크루루시퍼가 아는 사람인 것 같았다. 그러나 어째서인지 그것을 떠올릴 수도, 알 수도 없었다.

무슨 이유 때문인지 크루루시퍼는 지금 눈앞에 있는 소년의 정체를 인식할 수 없었다.

"—너희에게 가르쳐 줄 이름은 없어. 그저 내 사명을 다할 뿐이다.”

“그래, 당신이 『창궁사단』이라는 무리의 진짜 리더라는 건 알겠네.”

아무리 허를 찔렀다지만 상당히 먼 거리에서 가속하여 순식간에 리샤를 기습하고 전투 불능 상태로 만들었다.

크루루시퍼는 그 실력을 경계하면서 검은 장갑의 기룡사와 대치했다.

‘모든 준비가 끝났어! 이제부터가 진짜야!’

룩스는 그렇게 마음을 다잡으면서 눈앞의 크루루시퍼를 응시했다.

여기까지는 계획대로 풀렸다.

리샤 외에 다른 『기사단』 멤버 중 누가 올지는 몰라도, 누가 오든 강적이라는 건 알고 있었다.

크루루시퍼는 어째서 룩스의 정체를 인식하지 못하는 것일까?

그 이유는 눈가를 가리는 가면만이 아니라 룩스가 세운 **어떤 작전**에 기인한다.

신왕국 사람들에게 들키지 않고 후길과 『성식』을 쓰러뜨리기 위해 준비한 작전이다.

이미 『관』을 이용해 『세례』를 받아 룩스의 신체는 강화됐다.

아직 완벽하게 적응한 건 아니었지만 사용할 수 있는 시간과 일손이 부족했다.

여기서 과감하게 도전에 나서서 성공시키지 않으면 도저히 후길에게는 닿을 수 없을 터였다.

"얘기할 생각이 없다면, 얘기하게 만들어야겠네. 당신을 사로잡은 뒤에 말이야."

살짝 체념 섞인 어조로 중얼거린 직후, 《파프니르》의 장갑 팔을 민첩하게 움직이며 저격총의 방아쇠를 당겼다.

"큭……?!"

총구를 내린 상태에서 상대의 허를 찌르는 찰나의 저격.

동결탄을 막기 위해 반사적으로 대거를 던져 방패로 삼았지만, 일련의 동작으로 인해 빈틈이 생기고 말았다.

"《파프니르》의 특수 무장에 대해서도 이미 대책을 세운 모양이네 그렇다면 이건 어떠려나?"

타앙!

이번에는 에너지를 집중한 통상탄으로 저격하는 크루루시퍼.

하지만 그 저격 목표는 룩스와 《바하무트》가 아니라 주위를 철창처럼 둘러싼 높다란 거목의 밑동이었다.

일부가 크게 뜯겨 나간 나무는 천천히 안쪽으로 기울어지듯이 쓰러졌다.

지면에 있는 맨몸의 리샤와 아르마에게 정신이 팔린 순간, 중형 블레이드를 든 《파프니르》가 룩스 눈앞으로 육박했다.

"……크윽!"

원거리 전투가 특기인 《파프니르》가 자신에게 불리한 분야인 접근전을 시도했다.

룩스는 자신이 아는 크루루시퍼의 인상과 전혀 다른 전술에 놀라 눈을 의심했다.

'아니, 생각해보면 당연한가…….'

사방에 차폐물이 널린 깊은 숲이라면 우발적인 요소가 늘어나므로 미래 예지가 쉽지 않다.

그리고 뛰어난 기동력을 활용한 교란 및 정밀사격도 봉쇄된다.

따라서 다소 불리할지라도 접근전에서 활로를 찾는 것도 충분히 생각해볼 법한 선택지다.

실제로 크루루시퍼는 기룡 검술 단련도 게을리하지 않았다.

그래서 룩스는 몇 분간 방어를 굳혀야 했지만—.

'……기회야! 이거라면 나도 그녀의 움직임을 쉽게 읽을 수 있어!'

룩스는 크루루시퍼의 실력을 알고 있지만, 지금 그녀는 눈앞의 상대가 룩스라는 사실을 모른다.

다시 말해 룩스의 장점인 공격 간파를 시도하기 쉬운 상황이었다.

크루루시퍼의 참격을 하나하나 튕겨내며 룩스는 《폭식》[리로드 온 파이어] 발동을 준비했다.

《파프니르》는 특수 무장인 일곱 개의 방패—《용린장순》[오토 실드]의 자동 방어기능에 보호받고 있기 때문에, 극한으로 가속한 참격으로 단숨에 승부를 낼 생각이었다.

그러나—.

"—기룡포효[하울링 로어]!"

크루루시퍼를 감싼 머리 장갑에서 발생한 충격파의 소용돌이가 룩스에게 엄습했다.

지금 같은 밀착 전투 상황에서는 하울링 로어를 사용한 본인까지 휘말리게 된다. 때문에 룩스는 그녀가 하울링 로어를 쓰지 않을 것이라고 예측했지만─.

"헛……?!"

근거리에서 발생한 충격의 여파를 막기 위해 크루루시퍼의 눈앞에 일곱 개의 방패가 전개됐다.

"《오토 실드》의 자동 방어기능을 이런 식으로 활용하다니!"

일방적으로 뒤로 튕겨나간 룩스를 향해 크루루시퍼가 저격총을 겨누었다.

"당신들의 계획이 막 시작된 참에 미안한데, 이걸로 끝이야."

무자비한 한마디와 함께 크루루시퍼는 저격총의 방아쇠를 재빨리 당겼다.

─터엉!

자세가 완전히 무너진 룩스의 어깨 장갑에 통상탄이 빨려드는 것처럼 착탄했다.

†

"아르마! 저 녀석은 대체 뭐냐?! 저 크루루시퍼랑 대등하게 맞서 싸울 수 있는 상대는 세상을 뒤져봐도 거의 없다고!"

"……훗. 그냥 동료라고. 네 녀석이야말로 주변에서 널 떠받들어준다고 자만하지 마시지."

한편, 공중에서 펼쳐지는 격전과 다른 편.

크루루시퍼와 룩스가 공중에서 치열한 격전을 펼치는 한편.

숲의 탁 트인 장소에서 리샤와 아르마가 대치했다.

몸을 보호하던 장갑이 해제된 두 사람은 장의 차림으로 기공각검을 들고 있었다.

환창기핵에 타격을 입은 두 사람의 장갑기룡은 당분간 사용할 수 없기 때문에 아르마는 조금 전 리샤가 던진 《티아마트》의 기공각검을 주워 들고 자세를 잡았다.

기룡사와 기룡사가 검을 들고 일대일로 맞붙는 기묘한 구도.

하지만 지금 같은 2 대 2 상황에서 서로 한 발짝도 물러설수 없는 입장인 이상, 이 대결의 승패는 큰 의미를 가졌다.

어느 쪽이건 먼저 상대를 제압해서 인질로 삼으면 동시에 상공의 승패도 결정된다.

자매는 그 의미를 똑똑히 알고 있었다.

"왕립 사관 학원에서 교과서적인 검술을 배운 것 같긴 한데, 과연 이 엉망진창인 지형에서 제대로 싸울 수 있을까?"

아르마는 검투에 익숙하지 않을 리샤를 동요시키기 위해 조롱조로 말했다.

그러나 리샤는 검대에서 기공각검을 뽑아 들고 묵묵히 아르마를 응시했다.

"아니면, 이런 싸움도 익숙한가 보지? 신왕국을— 아버지를 배신하고 구제국의 암살자가 된 언니는."

"큭⋯⋯?!"

뼈아픈 과거를 지적받은 리샤는 아랫입술을 질끈 깨물었다.

"5년 전, 내가 숨어 있던 은신처를 습격한 구제국 병사들이 알려줬지. 언니가 배신했다는 사실을. 라피 여왕 때문에 아버지가 죽은 것도 알지?"

"알아……. 네 분노는 정당해. 하지만! 그 분노를 지금의 신왕국에 표출해서 무고한 백성들까지 말려들게 하다니, 그 행동에 대체 무슨 의미가 있다는 거냐!"

언성을 높이며 기공각검을 휘두르는 리샤.

아르마는 《티아마트》의 기공각검으로 그 공격을 막고, V자를 그리는 것처럼 움직여서 리샤가 휘두른 검 끝을 흘려 넘겼다.

아르마는 공격을 유도하기 위해 일부러 도발한 후 반격을 노린 것이었다.

두 사람의 검이 어긋난 순간, 아르마는 돌진해서 나무줄기 방향으로 밀어붙였다.

"크윽!"

리샤의 자세가 무너지자 아르마는 그 틈을 놓치지 않고 리샤 위에 올라타 목덜미에 칼끝을 들이댔다.

†

"―《폭식》!"
리로드 온 파이어

"웃……?!"

크루루시퍼의 정밀 사격이 룩스의 장갑을 꿰뚫은 것처럼 보인 찰나, 신장에 의한 진홍색 빛이 《바하무트》의 장갑에서 용

솟음쳤다.

자신을 중심으로 충격 에너지의 영향력을 압축 강화— 첫 5초 동안은 위력이 대폭 감소한다.

덕분에 간신히 충격을 견뎌낸 룩스는 자세를 가다듬고 머리 위에 있는 크루루시퍼를 향해 날아올랐다.

"—《재화의 예지》!"
<small>와이즈 블러드</small>

크루루시퍼도 즉시 《파프니르》의 신장을 기동한 후, 다시 무장을 중형 블레이드로 바꿔 들고 근접 전투 태세를 갖추었다.

'이게 크루루시퍼 씨의 새로운 전술인가!'

우선 미래 예지력으로 원래는 다소 불리한 근접 전투를 압도하고, 틈을 노려 하울링 로어로 상대를 후방으로 날린다.

그리고 상대의 자세가 무너지고 거리가 벌어진 순간을 놓치지 않고 필살의 저격을 확실하게 명중시켜 승부를 낸다.

접근전 상황에서도 《오토 실드》가 있으니 다소 무리하더라도 피해를 입을 걱정은 없다.

그동안 회피·저격에만 의지하던 크루루시퍼가 선보이는, 명백히 진화한 전투 스타일이었다.

"이런……?! 당신, 대체 누구야?"

하지만 크루루시퍼는 몇 합을 겨뤄본 후 룩스를 날려버리는 대신 후방으로 몸을 날려 거리를 벌렸다.

《재화의 예지》의 미래 예지력에 힘입어 원래는 압도해야 할 접근전에서도 패배를 예감한 것이었다.

"그 신장기룡 《바하무트》와 《폭식》……. 당신이 싸우는 스타일을, 나는 알고 있어. 대체, 당신은 누구야—?"

"……."

지금의 크루루시퍼가 룩스의 정체를 알아차릴 리는 없었다.

그럼에도 은연중에 룩스라는 사실을 느낀 듯한 반응을 보이자 룩스는 입을 다물었다.

룩스는 그녀들을 끌어들이지 않기 위해서 홀로 싸우겠다고 결심했다.

그런 한편으로 신왕국을 지키기 위해 그녀들이 일치단결한 것은 무척 기뻤다.

그러나 라피는 『기사단』을 효율적으로 움직여서 『창궁사단』을 궁지에 몰아넣으려고 할 터였다.

그러므로 요루카를 제외한 『기사단』 정예를 한 명씩 격파해서 잠시 싸울 수 없게 한 후에 라피와 후길을 노려야 한다.

그것이 룩스가 앞으로 열흘 내에 끝내야만 하는 계획의 제1단계다.

'미안해, 크루루시퍼 씨.'

룩스는 분명 그녀를 좋아했다.

하지만 이제는 그 마음을 전하는 것조차 여의치 않으리라.

현실에 일어난 사흘 간의 퍼레이드는 세계 개변으로 인해 그녀의 기억 저편으로 사라져버렸다.

"하아아앗!"

《폭식》의 효과가 끝난 순간, 룩스는 기룡조작 오의— 신속^퀵 제어를 발동했다.

드로우

자동 방어 무장 《오토 실드》의 전개 속도를 앞지른 대검의 일섬이 《파프니르》의 어깨를 갈랐다.

†

　"신왕국 백성들을 말려들게 하는 의미? 그럼 너희는— 라피 고모와 언니는 어째서 여왕과 공주가 된 건데?"

　상공에서 룩스의 일격이 작렬한 직후. 아르마와 리샤의 싸움도 끝을 앞두고 있었다.

　리샤 위에 올라탄 아르마가 그녀의 목덜미에 기공각검 끝을 들이댔다.

　"특히 고모는 정보를 유출해서 아버지를 함정에 빠뜨렸고, 그 탓에 일가친척 모두가 희생됐어. 그런데 어떻게 태연자약한 모습으로 신왕국에서 잘 지낼 수 있는 걸까? 바로 자신을 지키고, 이익을 얻기 위해서야. 그런 족속들 입에서, 백성들을 말려들게 하지 말라는 말이 나와?"

　"아르마……."

　"내 몸에는 말야…… 공포가 배어 있어. 믿었던 가족에게 배신당해서 지옥을 맛보았지. 그래서 더는…… 진심으로 남을 믿지 못하겠어. 믿는 척을 해도, 은연중에 두려워하고 있지. 내 세계는 여전히 어둠으로 가득해."

　아르마는 자학적인 미소를 지으며 밑에 깔려 있는 리샤를 내려다보았다.

믿었던 고모와 언니에게, 혈육에게 배신당했다. 그녀들이 아버지를 살해한 거나 다름없었다.

사람을 믿을 수 없게 된 마음의 상흔.

그것이야말로 『킬조레이크 패밀리』에 몸담은 아르마를 복수로 내몬 동기다.

고통을 억누르고 살기 위해서는 분노로 마음을 덧칠할 필요가 있었다.

그것을 버팀목 삼아 아르마는 살아왔다.

예전의 아르마라면 이 순간 리샤의 목을 찔렀을지도 모른다.

하지만 지금은 동경하는 『검은 영웅』에게— 룩스 아카디아에게 설득당한 아르마는 리샤의 반응을 그저 가만히 지켜보았다.

"그렇군……. 내가 공주인 이상, 백성들과 무관할 수는 없는 노릇인가. 그렇다면 내 손으로 널 처리하겠다! 널 구하지 못한 사람으로서, 책임을 지겠다!"

"뭣……?!"

리샤의 강렬한 시선을 받고 아르마의 얼굴에 동요가 일었다.

바로 그때. 머리 위에서 싸우던 크루루시퍼의 저격탄을 맞고 부러진 나무가 리샤와 아르마 옆으로 쓰러졌다.

아르마는 반사적으로 피하려고 했지만 나무 줄기에 다리가 깔리고 말았다.

"으윽! 아아악……!"

다행히 지면이 경사진 탓에 각도가 얕아 으스러지진 않았지만 움직임이 완전히 봉쇄당했다.

반대로 아무 영향을 받지 않은 리샤는 재빨리 《티아마트》
의 기공각검을 주워 들었다.

'아뿔싸! 안 돼, 이대로라면—!'

우연한 사태로 인해 형세가 역전되었다.

상황은 끝을 앞두고 있었다.

머리 위에서 격전을 벌이고 있는 크루루시퍼를 구하기 위해
서 적어도 리샤는 아르마를 인질로 삼을 것이다.

혹은 운이 나쁘면 이 자리에서 『창궁사단』의 주모자로 나선
자신을 죽일지도 모른다.

아르마가 그렇게 생각했을 때, 리샤가 자신의 검대에서 새
로운 기공각검을 뽑았다.

"아르마, 가만히 있어! 섣불리 움직이면 다리를 다친다! 《와
이엄 클로》!"

"……?!"

리샤가 소리치며 정신을 집중하자 거대한 장갑팔만으로 구
성된 장갑기룡이 소환됐다.

《티아마트》를 강화하기 위한 유닛 파츠인 《와이엄 클로》는
범용기룡 《와이엄》을 개조해서 만든 것이지만, 다른 일반 무
장과는 달리 그것 자체에 동력인 환창기핵이 내장돼 있다.

따라서 원래 용도와 다르더라도 사용자만 곁에 있다면 간단
한 동작은 할 수 있다.

"대체, 뭘 하려고—"

"됐으니까 움직이지 마. 다리 부러져도 모른다."

리샤는 기공각검을 눈높이로 든 채 정신조작으로 《와이엄 클로》를 움직였다.

거대한 손톱이 달린 장갑 팔이 아르마의 다리 위에 쓰러진 거목을 가볍게 들어 올렸다.

"......"

경사면을 굴러 내려간 거목이 둔중한 소리를 냈다.

천천히 일어난 아르마는 눈을 동그랗게 떴다.

절대적으로 유리한 상황을 포기하면서까지 동생인 자신을 구해준 리샤의 모습을, 아르마는 멍하니 바라보았다.

"이깟 행동으로, 자신이 지은 죄를 청산하려는 거야?"

"아무도 그런 말 한 적 없어. 내 죄도, 과거도 사라지지 않아. 하지만 내 나름대로 무엇을 할 수 있을지 생각하고 맞서지 않으면 대답을 얻을 수 없다는 걸, 그 녀석이 가르쳐주었지."

"......그 녀석?"

아르마는 물어본 뒤에 그 상대가 룩스이자 『검은 영웅』이라는 사실을 깨달았다.

"내가 공주로서 해야만 하는 일은 너를 설득해서 말리는 거다. 하지만 내 용기가 부족했던 탓에, 네게 상처를 남기고 말았지. 하지만 아버지를 배신해서 연명한 이 목숨을, 나는 아버지가 바란 신왕국을 위해 쓰려고 한다!"

리샤의 올곧은 말에 아르마는 고개를 숙였다.

"아르마. 날 믿어달라고 하진 않겠어. 하지만 네 행위에 미래는 있는 거냐? 내가 잘못된 길을 걷고 있다면, 언제든 비판을 받아들이겠다. 하지만 그것만으로는 부족하다면…… 힘을 써서 누군가를 말려들게 한다면, 나는 몇 번이든 널 막아서겠어!"

"……."

아르마는 리샤의 눈빛을 보고 아무 말도 할 수 없었다.

실제로 마주 대하고.

싸운 끝에 질문하고, 대답을 듣고.

언니의 각오를 알게 된 지금, 아르마가 리샤를 원망할 이유는 완전히 사라졌다.

'결국, 『검은 영웅』님 말씀대로 됐구나…….'

리샤를 시험해보라는, 그것으로 납득할 수 있을지 확인해봤으면 한다는 룩스의 말.

그 말을 들었을 때는 납득가지 않았지만, 이렇게 검을 부딪치고 서로 진심을 털어놓은 지금은 순순히 받아들일 수 있었다.

하지만 그것과 별개로 『창궁사단』으로서의 임무는 아직 끝나지 않았다.

라피 여왕과 융합한 『성식』을 제거하고, 『시작의 영웅』으로서 세계를 개변하는 후길을 격파해야 한다. 그러기 위해서는 일단 리샤를 데려가야만 한다.

신왕국을 무너뜨리는 죄를 리샤와 『기사단』이 짊어지는 것을 막기 위해서라도 여기서 붙잡을 수밖에 없었다.

리샤를 구속하기 위해 아르마가 손을 뻗은 그 순간— 누군가의 목소리가 들렸다.

"《용교박쇄》." ^(파일 앵커)

"뭣……?!"

억양 없는 소녀의 나직한 목소리와 거의 동시에 튀어나온 와이어가 아르마의 몸을 순식간에 휘감고 바로 옆 수풀 속으로 끌고 갔다.

채 1초가 지나기도 전에 일어난 일이라 그 자리에 있는 어느 누구도 반응하지 못했다.

'피이?! 여기에 와 있던 건가?!'

─아니면 지금 막 달려왔다고 생각하는 게 타당할까.

제아무리 룩스라고 해도 『기사단』의 정예 세 명을 동시에 상대하는 건 힘들다.

지금이 물러날 때였다.

"큭……!"

룩스는 자신의 강타에 자세가 무너진 크루루시퍼를 내버려 두고 《바하무트》를 저공으로 움직여서 멍하니 서 있는 리샤를 노렸다.

"뭘 하려는 거냐! 꺼지지 못할까!"

손에 든 《티아마트》의 기공각검을 반사적으로 휘두르는 리샤. 하지만 룩스는 장갑팔로 그것을 튕겨냈다.

충격으로 검대와 함께 기공각검 네 자루가 리샤의 허리에서 떨어져서 주변에 뿔뿔이 흩어졌다.

아르마를 빼앗겨버렸지만 현재로선 그녀를 되찾는 것은 불가능에 가깝다.

그래서 룩스는 리샤 납치에 성공하자 그대로 쏜살같이 도주했다.

"이런······?! 놓치지 않겠어!"

그 모습을 본 크루루시퍼가 황급히 뒤를 쫓으려고 했지만, 미리 《폭식》으로 시간을 압축 강화한 룩스의 스피드는 따라잡을 수 없었다.

신왕국군과 『창궁사단』.

대립하는 집단의 중심인물이 각 진영의 손에 넘어간 것으로 인해 이 자리의 전투는 일시적으로 중단됐다.

†

"······크, 윽! 젠장, 놓지 못해!"

룩스가 리샤를 데리고 떠다는 모습을 본 아르마는 겉으로는 분한 것처럼 날뛰면서도 속으로는 안도의 한숨을 내쉬었다.

피르히의 출현에 놀라긴 했지만, 일단 상정한 범위 내의 일이었다.

제일 위험한 케이스는 아르마 혼자 살해당하거나 신왕국 수중에 떨어지는 것이었지만, 공주인 리샤와 교환할 수 있다면 문제는 없다.

『창궁사단』의 실질적인 리더는 룩스다. 그리고 왕녀라는 카드를 손에 넣었으니 앞으로 교섭이 수월할 터였다.

"몸부림치면 위험해. 내 기룡, 손톱이 있으니까. 그런데……
당신의 이름, 뭐야?"

"……아르마 아티스마타다."

"공주님의 동생, 이었지. 왕궁으로 데리고 갈 거니까 얌전히
있어줘."

신왕국으로서는 리샤가 납치당했으니 신위기 상황일 텐데
도 눈앞의 소녀는 동요하는 모습을 보이지 않았다.

말투와 분위기만 독특한 게 아니라 적인 아르마와도 스스럼
없이 대화하는 특이한 소녀였다.

"……하아, 골치 아프게 됐네. 대체 그 검은 기룡사는 정체
가 뭘까—."

한편, 룩스의 추격을 단념한 크루루시퍼가 아르마와 피르히
쪽으로 다가왔다.

크루루시퍼는 얌전해진 아르마를 힐끔 처다본 후 피르히의
얼굴을 물끄러미 바라보며 말했다.

"너, 예정대로라면 더 오래 걸릴 텐데. 이제 괜찮은 거니?"

"응. 『세례』의 피로는 풀렸어. 『관』…… 이제 비어 있으니까,
다음 사람 차례."

'뭐……?! 『세례』라고?'

두 사람이 태연하게 나누는 대화 속에서 어떤 단어를 캐치
한 아르마가 전율했다.

『관』이란 유적의 중요한 장치 중 하나로 육체를 강화하는

기능을 가졌다.

아르마도 시운전삼아 비교적 가벼운 강화를 받았지만, 엘릭시르를 사용한 강화의 경우 신체에 상당한 부담을 주기 때문에 죽음의 위기가 존재한다.

그런 것을 신왕국 정예들이 차례차례 받고 있다. 다시 말해 라피 여왕은 『창궁사단』 대책으로 그녀들을 직접 투입할 계획이라는 뜻이다.

'큰일났군. 이 사람들까지 『세례』로 강화된다면, 각개 격파해야 하는 룩스 씨는 상당히 고전하게 될 거야.'

조금 전 전투에서도 리샤와 크루루시퍼는 전력을 다하지 않았다.

룩스에게 남은 카드는 요루카와 에이릴, 그리고 마기알카와 『킬조레이크 패밀리』의 기룡사 정도다. 하지만 부하 기룡사들은 크루루시퍼나 피르히, 세리스를 상대할 만한 전력은 아니다.

이제부터는 더욱 아슬아슬한 줄다리기를 하게 될 것이다.

그렇게 생각하며 바짝 긴장한 아르마 앞에서 크루루시퍼와 피르히도 의견을 나누었다.

"이제, 어떻게 해?"

"적의 행선지도 모르고, 붙잡은 그녀의 처우도 생각해야 해. 일단 도성으로 돌아가서 라피 여왕 폐하와 상담해야 할 것 같네. 그리고— 이런 것도 건네받았고."

피르히의 질문에 크루루시퍼가 손가락을 들어 올리며 대답했다.

그 손가락 사이에는 사라진 《바하무트》가 남기고 간 종이 한 장이 끼어 있었다.

Episode 3　종자의 결투

　왕도 로드갈리아. 왕성의 한 방에서 후길은 어떤 환영을 보고 있었다.

　후길 아카디아는 잠을 잘 필요가 없다.

　범인은 결코 견딜 수 없을 정도의 『세례』로 강화된 육체는 더는 수면조차 필요하지 않았다.

　따라서 밤에는 그저 창문 너머로 달과 별을 바라볼 때가 많았다.

　그럴 때마다 환각이, 뇌에 새겨진 광경이 눈앞에서 재생됐다.

　지금도 그 시절의 기억을 보고 있었다.

　"―후길. 왕성 생활은 좀 익숙해졌나요?"

　수천 년 전. 아카디아 황국의 성내.

　견고한 석조 회랑에는 후길과 황녀 아샤리아가 있었다.

　그녀는 『배신자 일족』으로 적대시하던 후길을 자신의 종자로 받아들였고, 측근으로 삼기 위한 교육을 받도록 했다.

　이는 물론 이례적인 일이었지만, 이 아샤리아라는 소녀는 원래는 절대로 불가능하다고 여겨지는 일을 성사시킬 수 있을 정도의 권력을 갖고 있었다.

"익숙해졌냐고? 하루하루가 끔찍해. 배를 곯을 일만 없다 뿐이지 살기에는 최악이야. 네 은혜에 어떻게 보답해야 할지 모르겠군. 이런 개목걸이까지 차게 되다니. 『쐐기』라는 죄인의 목걸이지? 내가 대체 뭘 잘못해서 이런 걸 채우는 건데."

"그런가요. 분명 익숙해질 테고, 언젠가는 목걸이를 벗을 수 있을 거예요. 하루라도 빨리 모두에게 인정받을 수 있도록 열심히 해봐요!"

"⋯⋯사람 말을 전혀 안 듣는군."

후길은 기가 막히다는 투로 중얼거리며 외면했다.

『열쇠 관리자』라는 일족과 손잡고 번영한 아카디아 황국에서는 서서히 계급사회의 격차가 벌어졌고, 황족의 압정은 극심해졌다.

『세례』로 육체를 강화하여 긴 수명과 특별한 능력을 손에 넣었지만, 그것을 위해 필요한 엘릭시르라는 소재의 원료는 인간— 동포의 목숨이었다.

따라서 계급이 낮은 이들은 귀족에게 사냥 당했다.

노동력만이 아니라 목숨마저 착취당했다.

너무나도 포학한 왕후 귀족에게 반기를 든 레지스탕스. 황족은 그 중심 인물들의 혈육을 『배신자 일족』으로 칭해 적대시했고, 오랫동안 싸움이 계속됐다.

그런 상황에서 아샤리아가 배신자 일족의 아이인 후길을 거두었고, 그렇게 기묘한 관계가 시작됐다.

황족과 그 관계자들은 아샤리아 공주의 변덕이라고 했고, 후길도 그렇게 생각했다.

　하지만 그런 주변 상황과 정반대로 후길은 공주의 측근으로서 기룡사로서의 재능을 눈부시게 꽃피웠다.

　"—후길. 당신의 부대에 저항조직의 진압을 부탁해도 될까요? 다른 사람을 보내면 몰살해버려서 말이죠. 아, 붙잡을 필요는 없어요. 붙잡히면 결국 죽게 되니까."

　후길이 14세가 되어 달리 겨룰 자가 없을 만한 기룡사가 된 날, 아샤리아가 그런 명령을 내렸다.

　아샤리아의 지혜는 후길도 인정했지만, 그녀가 이따금 이런 위선적인 모습을 보이는 것은 여전히 마음에 들지 않았다.

　"내게 『배신자 일족』 진압을 맡기는 걸로 모자라서 살려서 놓아주라니. 악취미도 이쯤 되면 존경스러울 정도로군."

　"싫어요? 저는 후길도 그걸 원하는 줄 알았는데—."

　"……그게 무슨 뜻이지?"

　후길이 미심쩍어하는 표정으로 되묻자 아샤리아는 의미심장하게 미소 지으며 말했다.

　"여기서만 하는 얘기인데, 사실 저는— 당신들과 화평을 맺을 생각이에요. 서로 증오하고, 약한 누군가가 희생당하기만 하는 세계를 바꿔보지 않을래요?"

　그렇게 고백하는 소녀의 자신만만한 미소가 눈에 새겨졌다.

　"허무맹랑하군. 고작 한 사람이 세상을 바꿀 수 있을 것 같아?"

후길은 부정적으로 대답하면서도 한순간 마음을 빼앗겼다.

두 사람의 도전은 거기서부터 시작됐다.

†

"곤란하게 됐네요. 설마 리샤가 납치 당하다니―."

후길의 의식이 현실로 돌아왔다.

왕성에 있던 라피는 리샤가 『창궁사단』의 기룡사에게 납치 당했다는 내용의 보고를 신왕국 병사를 통해 지금 막 들은 차였다.

《우로보로스》에 의한 세계 개변의 주박이 풀리는 데 걸리는 시간은 열흘. 지금까지 사흘이 경과했다.

『관』을 이용해서 『기사단』의 정예 멤버를 차례로 강화했고, 문제없이 『세례』에 성공했다.

한 차례 엘릭시르를 투여한 경험이 있으며 신체와 정신을 모두 단련해온 소녀들이기에 가능한 것이었지만, 그 요인 중 하나로 룩스를 연모하는 마음이 있다는 것도 알고 있다.

지금까지 수없이 무리해온 룩스를 대신해 자신들이 몸을 바쳐 이 사건을 해결하겠다는 강한 의지가 뒷받침된 덕이었다.

하지만 그것을 제외한 현재 상황은 라피의 예측대로 흘러가지 않았다.

크루루시퍼와 피르히의 보고에 따르면 아르마 아티스마타를 훨씬 상회하는 실력의 기룡사가 있었다고 한다.

그것까지는 예상한 바였다. 문제는 세리스 쪽에서 룩스가 숙소에서 한 발짝도 나가지 않았다는 보고가 들어왔다는 점이었다.

"어리석은 아우가 움직인 낌새는 처음부터 없었나 보군요. 그 외에 일반 병사들에게도 감시를 맡기셨겠지요?"

"네, 물론 『기사단』 사람들 몰래 말이죠."

세리스에게 룩스를 감시하라고 단단하게 당부하는 한편, 대외적으로는 룩스를 경호한다는 명목으로 시민으로 변장시킨 병사들에게 숙소 주위를 감시하라고 명령했지만— 결국 룩스의 외출은 확인되지 않았다.

그럼에도 불구하고 라피의 마음속에는 기묘한 확신이 있었다.

크루루시퍼를 격파하고 리샤를 납치한 『창궁사단』의 복병은 필시 룩스라고 생각해도 틀림없을 것이라고.

"왜 그렇게까지 어리석은 아우를 의식하시는 겁니까? 『창궁사단』이라는 무리에 숨은 실력자가 있더라도 이상할 건 없지 않습니까?"

"당신이 그런 말을 할 처지인가요? 저보다 당신이 훨씬 더 룩스를 신경 쓰는 것처럼 보이는데요."

라피는 쓴웃음을 지으면서 후길에게 대꾸했다.

그리고 일단 소파에서 일어나 허리를 꼿꼿이 펴고 후길을 마주 보았다.

"이런 입장이 되어보니 비로소 알겠어요. 지배자로서, 룩스 아카디아를 적으로 두는 것만큼 성가신 문제는 없다는 걸.

어쨌거나 아르마 아티스마타를 확보했지만, 지금은 『대성역』의 기능이 불완전하니 세뇌하기도 쉽지 않겠죠. 그냥 꽁꽁 가둬놓아야겠어요.”

라피는 『창궁사단』의 검은 기룡사가 크루루시퍼에게 남기고 갔다는 편지를 눈앞에 들어 올려서 읽었다.

거기에는 『창궁사단』의 인질 교환 제안이 적혀 있었다.

장소는 며칠 후에 『창궁사단』이 지정하겠다. 그때 아르마가 무사하지 않으면 리샤의 목숨을 보장할 수 없다.

또한, 『그랑 포스』를 걸고 맞붙기를 원한다.

요약하자면 그런 내용이었다.

“상대도 알고 있나 보네요. 제가 이 거래를 받아들일 수밖에 없다는 걸…….”

앞으로 7일 후면 현재 로드갈리아에 작용 중인 세계 개변의 주박이 풀리고, 라피의 외모 변화에 위화감을 느끼는 이들이 생길 것이다.

아니, 『성식』과 융합한 라피에게는 **그것보다 더욱 우려해야 하는 무시무시한 문제가 있었다.**

반드시 이 전쟁에서 승리하여 『그랑 포스』를 회수하고, 다시 『대성역』^{아발론}과 《우로보로스》로 《영겁회귀》^{엔드리스}를— 완전한 세계 개변을 이룩해야 한다는 점이다.

“일이 잘 풀리는가 싶으면 어딘가 막히기 마련인데, 이번에도 어김없네요. 제가 국가의 지도자가 돼서 힘겨워하던 때와 아무것도 달라진 게 없군요.”

라피는 작게 한숨을 쉬고 낙심한 것처럼 어깨를 움츠렸다.

"그럼 그만두시겠습니까?"

자동인형 아샤리아가 불쑥 물었지만 라피는 고개를 저었다.

"설마요. 마지막까지 싸워야죠. 하지만 리샤를 되찾아야 하니까 아르마에게 너무 심하게 굴 수는 없겠네요."

"쓰시려는 겁니까? 라그나뢰크의 능력을."

"살짝만요. 장난을 친 조카를 교정해주려는 것뿐이에요. 꽤나 괴로운 과거를 보냈다는 그 아이에게 제 기억을 보여줄까 해서요. 맞다— 슬슬 영양도 보충하러 가야겠군요. 저번에는 다 먹지 못했으니까."

그렇게 중얼거리는 소녀의 홍채는 요사스러운 일곱 빛깔을 띠었다.

일곱 마리 라그나뢰크의 능력을 흡수해서 완전체가 된 『성식』과 융합한 라피는 각 개체의 능력을 자신의 의지대로 사용할 수 있었다.

또각또각 발소리를 울리면서 아르마를 가둬 둔 지하 감옥으로 향하는 라피.

사용할 능력은 대악마 라그나뢰크— 이블리스의 정신오염이다.

능력을 사용할 때 에너지가 대량으로 소모되기 때문에 지금은 남발할 수 없지만, 실험해볼 필요가 있었다.

아르마는 『세례』로 강화하여 정신간섭에 대한 저항력이 높아졌는지 정신오염으로 치명적인 영향은 줄 수 없었다.

아르마의 정신이 무너져서 거래에 차질을 빚게 될 가능성도 있는 만큼 무모한 짓은 피해야 했다.

따라서 지금은 이 힘을 써서 아르마를 조금 괴롭혀줄 심산이었다.

얼마 안 가서 소녀의 신음소리가 왕성 지하 감옥에 메아리치기 시작했고, 몇 시간 뒤에는 그 목소리도 들리지 않게 됐다.

†

"후우……."

지금 룩스는 『기사단』 멤버들만이 남아있는 고급 숙소의 대욕탕에서 느긋하게 욕조에 몸을 담그고 있었다.

리샤를 납치해서 추격을 뿌리치고 『창궁사단』 멤버와 약속한 집합장소에 들른 후 룩스는 무사히 숙소로 돌아왔다.

세리스— 또는 다른 감시자의 눈을 속이고 출입할 수 있는 것은 학원 사람들은 모르는 어떤 수단을 쓴 덕택이었다.

언젠가는 그 방법을 눈치채겠지만 아직은 들킬 수 없었다.

룩스가 정체를 숨긴 채 신왕국을 상대하기 위해서 필요한 방법이지만, 정신적으로 상당히 피로했다.

그래서 무사히 숙소로 귀환한 뒤로는 몸을 제대로 못 가눌 정도였다.

렐리가 힘을 써서 통째로 빌린 이 숙소의 목욕탕은 학원 대욕탕보다는 못해도 나름대로 넓은 편이었다.

덕분에 한숨 돌리고 피로를 풀기에는 발군의 효과를 발휘했다.

'아르마가 납치당한건 유감이지만, 리샤 님을 확보한다는 목적은 달성했어.'

대(對) 신왕국 작전은 현시점에서는 간신히 합격점이라고 볼 수 있었다.

세계 개변이 해제되는 예정일까지 앞으로 7일.

아르마가 걱정되었지만, 현 상황에서 더 이상의 인식 개변은 할 수 없는 이상 너무 거친 짓은 하지 못할 터다.

한편, 이번에 확보한 리샤는 『킬조레이크 패밀리』 아지트에 돌아온 에이릴이 돌보기로 했다.

에이릴의 눈동자에 깃든 『세례』의 힘은 예전에 룩스 일행에게 자신을 코랄이라는 소년으로 보이게 한 것처럼 리샤가 모르는 사람으로 오인하게 할 수 있다.

일단은 그것으로 잘 넘어갈 터다.

크루루시퍼에게 전한 편지는 미리 준비해 둔 것 중 하나로, 《그랑 포스》를 건 결전의 선전포고였다.

결전의 예정일은 9일째가 되는 날. 그때까지 끝내 둬야 하는 일이 몇 가지 있다.

신왕국으로 이동했을 『대성역』의 위치를 파악하는 것.

그 건에 관해서는— 현재로서는 요루카에게 의지할 수밖에 없었다.

룩스는 일단 쉴 필요가 있었다.

며칠 전, 능력을 강화하는 『세례』로 인해 신체에 큰 부담을 받아 컨디션에 문제가 생겼다.

하지만 그 덕분에 기룡사로서 한 단계 더 높은 경지에 오를 수 있을 것이다.

"남은 건, 피이구나. 괜찮으려나."

그녀는 퍼레이드 기간 중에 라그나뢰크의 씨앗을 품은 상태로 과격한 전투를 치른 탓에 고열로 몸져누웠다.

그래서 이번 전투에는 참전할 수 없을 거라고 생각했지만, 그 탓에 기습을 허용하고 말았다.

몸이 회복되었다면 다행이지만 만약 피르히와 싸우게 된다면 다소 무리해서라도 전력을 쏟을 수밖에 없다.

그녀의 몸에 부담을 주지 않기 위해서는 최대한 빨리 신장기룡을 사용불능으로 만들 수밖에 없다.

룩스가 그렇게 각오를 다지면서 욕조 안에서 몸을 늘어뜨리고 있는데—

"저기, 룩스⋯⋯. 물 온도는 괜찮은가요?"

평소보다 살짝 톤이 높은 세리스의 목소리가 욕탕 문 너머에서 들려왔다.

곰곰이 생각해보면 기묘한 상황이다.

하지만 극한의 긴장에서 풀려나 휴식을 취하면서 나른해진 룩스는 그 위화감을 알아차리지 못했다.

"—네. 아주 딱 맞아요."

"그, 그럼, 저도 들어가도 괜찮을까요⋯⋯?"

"네, 들어오세…… 어라?"

기본적으로 다른 사람의 말에 동의하는 자세가 몸에 밴 룩스는 반사적으로 그렇게 대답했고, 1초 후에 뇌리에 의문이 떠올랐다.

―그러나 때는 이미 늦었고, 경악스러운 광경이 눈앞에 펼쳐졌다.

드르륵― 미닫이 문이 천천히 소리를 내며 열리더니 세리스가 욕탕에 들어왔다.

그것도 정열적인 빨간색 수영복을 입고.

"……어, 어어어어어?!"

몇 초 동안 멍하니 눈을 끔뻑이던 룩스는 욕조 속에서 기겁했다.

수면에 작게 일어난 파문이 그의 심리를 대변해주었다.

"저, 저기, 등을 닦아주러…… 왔습니다. 아무래도 거동이 불편하면, 씻을 때 고생할 테니까―."

"잠깐만요?! 아니, 그건―."

"하하하하하. 선배의 호의는 순순히 받아들이라고. 제아무리 네가 강한 남자아이라고 해도 학원 내에서는 우리 후배이니까."

"여긴 학원 외부인데요?!"

문 밖에서 들려온 샤리스의 말에 딴죽을 걸었지만, 연기하는 듯한 소녀의 드높은 웃음소리만이 돌아왔다.

그것으로 현재 상황을 파악할 수 있었다.

확실히 제대로 움직일 수 없을 만큼 약해졌다고 속이긴 했지만, 그래도 화장실 정도는 혼자서도 갈 수 있다고 얘기해뒀다.

그런데도 이렇게 목욕 수발을 들어주겠다고 제안한 것은 100퍼센트 확률로 샤리스가 오지랖을 부렸기 때문이리라.

지금은 다시 룩스에게 고백할 수 없는 상황이긴 하지만, 아마도 그녀는 세리스가 룩스를 좋아한다는 사실을 알고 있을 것이다.

'하지만 아무리 그래도 그렇지, 이런 짓을—.'

리샤가 『창궁사단』에 끌려간 사안의 소관은 크루루시퍼에서 라피 여왕으로 넘어갔다. 그래서 이 숙소에 있는 멤버들은 아직 모른다.

속사정을 모르기 때문에 할 수 있는 짓궂은 장난…… 아니, 세리스의 친구인 샤리스 입장에서 보자면 절묘한 배려라고 해야 할까.

어쨌거나 룩스는 황급히 세리스를 말리려고 했지만—.

"으……?!"

눈앞에 다가온 수영복 차림의 세리스를 보고 룩스의 머릿속은 백지로 변했다.

그녀의 수영복은 일전에 리예스 섬 합숙에서 입었던 것보다 노출이 심해서 자그마한 붉은 옷감에 가려지지 않은 살색에 압도당했다.

가늘고 긴 리본처럼 생긴 옷감 두 개의 라인이 풍만한 가슴을 각각 뒤덮었고, 복부는 전부 다 드러내고 있었다.

어떤 면에서는 어설픈 알몸보다 선정적인 모습일지도 모른다.

룩스 본인의 의지와 관계없이 침이 목구멍을 넘어갔고, 귀까지 피가 몰려 달아올랐다.

"세, 세리스 선배. 그 수영복은—."

"아, 그게, 따로 챙겨온 게 없어서, 티르파의 지인 가게에서 가져온 겁니다. 그런데 지금은 남은 게 이것뿐이라고 해서……"

'……분명 거짓말이야!'

룩스는 확신했지만, 지금 말해봐야 아무 의미 없었다.

"너, 너무 신경 쓰지 마세요. 룩스의 몸이 걱정돼서 왔을 뿐입니다. 아무 짓도 안 할 거예요."

애초에 달리 무엇을 할 여지가 있다는 것일까?

룩스는 그렇게 생각했지만, 이런 상황에서는 정색하고 강하게 저항할 수도 없었다.

신왕국군과의 결전 예정일까지 룩스는 자력으로는 거의 움직일 수 없는 몸이라고 가장할 필요가 있기 때문이다.

"죄송합니다, 세리스 선배……"

내면의 목소리와 현실의 말이 일치했다.

세리스의 배려심에 거짓말을 돌려주는 꼴이었지만, 이 상황에서 그녀의 도움을 딱 잘라 거절하는 것도 부자연스러웠다.

"그럼, 실례하겠습니다. —앗!"

세리스는 우선 룩스를 욕조에서 꺼내기 위해 정면에서 양쪽 겨드랑이 밑으로 손을 넣고 힘을 주었다.

그러나 온몸에서 힘을 빼고 있던 룩스의 몸이 의외로 무거웠던 것일까. 잠시 균형을 잃은 세리스는 급히 힘을 줘서 버텨 섰지만, 그 여파로 룩스는 그녀의 품속에 깊이 파고들었다.

물컹.

"읍······?!"

천의 면적이 적은 수영복을 입은 세리스의 품에 안긴 룩스의 머리가 가슴골에 파묻혔다.

그리고 물에 젖은 맨살끼리 찰싹 달라붙는 감촉에 온몸에 소름이 돋는 듯했다.

"루, 룩스······ 괜찮아요?! 몸은―."

룩스의 심장이 쿵쾅쿵쾅 경종을 울리고 눈이 빙글빙글 돌았다.

다른 의미로 몸이 어떻게 될 것만 같았지만 솔직하게 말할 수는 없었다.

그런 혼란 속에서 정신을 불태우는 듯한 업화를 견디고 있는데, 다시 문이 열리는 소리가 나더니 이번에는 샤리스까지 들어왔다.

그녀는 예전에 리예스 섬의 해변에서 입었던 것과 같은 수영복을 입고 있었다. 하지만 모래사장이 아니라 목욕탕에서 보니 또 다른 인상이 느껴졌다.

세리스나 피르히에 비하면 가슴이 작은 편이었지만, 스타일이 좋은 몸인 건 분명했다.

"어이쿠······. 혼자서는 힘들 것 같아서 도와주러 왔는데, 내가 눈치가 없었나?"

"아니, 샤리스 씨까지 뭐 하시는 건데요?!"

샤리스는 세리스에게 안겨 있는 룩스를 보고 뺨을 붉게 물들이며 시선을 돌렸다.

그 사이에 어찌어찌 자세를 바로잡은 세리스는 룩스를 데리고 세면장으로 이동해서 의자에 앉혔다.

허리에 수건을 두르는 것만은 간신히 늦지 않았다.

"그렇게 화내지 마. 이것도 자그마한 흑심……이 아니라, 후배를 위한 친절이니까. 그래서 나도 이렇게 창피를 무릅쓰고 도와주러 온 거라고."

"네…… 그렇군요."

더는 딴죽을 걸 기력도 없었다.

"하지만 지금 생각해보니 좀 지나친 것 같기는 하네. 미안하다, 룩스 군. 남자에게는 기쁜 걸 넘어서 오히려 괴로운 상황이라는 걸 깜빡했어."

"저, 저기…… 그럼, 어떻게 하면 될까요?"

대화를 따라가지 못한 세리스가 당황하면서 물어봤다.

평소의 세리스답지 않게 부끄러워하며 우물쭈물거리는 모습에 룩스의 가슴 속 충동도 고양됐지만— 심호흡을 하고 잡념을 떨쳐냈다.

"어디 보자, 일단 예정대로 몸을 닦아볼까? 아, 룩스 군. 앞쪽은 혼자서 할 수 있지? 꼭 도와주길 원한다면, 나중에 이 누나에게 부탁하라고."

"저기 말이죠……."

룩스는 샤리스의 놀림에 한숨을 푹 내쉬었고, 그런 그의 등을 세리스가 쓱쓱 닦았다.

그 후에 룩스를 다시 욕조에 담갔다가 탈의실까지 옮기는 역할은 샤리스가 맡기로 한 듯했다.

세리스의 상황을 얘기하자면, 그녀에게도 자극이 너무 강했는지 끝난 뒤에 멍하니 천장을 바라보며 욕조에 잠겨 있었다.

그런 그녀를 놔두고 룩스는 샤리스에게 부축받으며 탈의실로 이동했다.

"세리스는 분명 룩스 군을 좋아하고 있을 테니까, 사이가 가까워질 계기를 만들어주려는 의도였는데— 장난이 좀 지나쳤던 모양이네. 미안하게 됐어."

샤리스는 한 발 먼저 반소매 셔츠와 반바지라는 홀가분한 옷차림으로 재빨리 갈아입었다. 그리고 속옷을 입은 룩스의 머리를 수건으로 구석구석 닦아주면서 겸연쩍은 쓴웃음을 지으며 사과했다.

그 모습을 본 룩스는 독기가 빠져나가 고개를 숙일 수밖에 없었다.

결국 룩스가 멀쩡하게 움직일 수 있다는 사실은 들키지 않고 끝났으니까.

만약 연기 중이라는 걸 의식하지 않았다면, 방금 전 같은 상황에서 무언가 사고를 치게 됐을지도 모른다.

그만큼 자극적인 해프닝이었다.

"괜찮아요…… 그것보다 세리스 선배가 저를, 그러니까—"

문 너머에서 작은 목소리로 대화하고 있으므로 욕탕에 있는 세리스에게는 들리지 않을 것이다.

하지만 그녀가 없는 곳에서 이런 얘기를 하는 것에 룩스는 약간 죄책감을 느꼈다.

"왠지 샤리스 씨답지 않네요. 오늘은 평소보다 훨씬 말이 많은 것 같달까……."

그녀가 장난을 좋아한다는 건 익히 아는 바다. 하지만 이런 점에 관해서는 한 걸음 물러난 스탠스를 취한다고 생각했다.

"그래? 응, 그렇군……. 분명 그럴 거야."

그 말을 들은 샤리스는 다정하면서도 아쉬움이 묻어나는 목소리로 대답하며 룩스의 머리를 부드럽게 쓰다듬었다.

의자에 앉아 있는 룩스 바로 뒤에 서 있던 샤리스가 살며시 룩스의 머리를 끌어안았다.

아니, 어루만지는 것처럼 조심스럽게 머리카락을 쓸어 올렸다.

"너와 세리스가 맺어지면 우리도 흔쾌히 포기할 수 있을 거라고 생각하거든. 적어도 나는, 말이지."

"네……?"

소녀가 꺼낸 뜻밖의 말을 듣고 룩스는 고개를 갸우뚱했다.

그 직후, 뒤통수에 꾸욱하고 눌리는 가슴의 볼륨감을 느끼고 반사적으로 몸이 덜컥 들썩였다.

"잠깐, 샤리스 씨?! 이게 무슨—?!"

"싫으면 말해줘. 이걸 어떻게 설명해야 하나. 페도 게르니카의 전투 당시 싱글렌 경의 보좌관에게 패배해서 죽기 직전까지 갔을 때, 온갖 생각을 했거든. 나는 이제까지, 그저 가식을 부려왔을 뿐이라고."

샤리스는 취한 듯한 어조로 계속해서 속삭였다.

"세리스처럼 모범적으로 살아오진 않았어. 군 부사령관의 딸이라는 입장은 별개로 치고, 내 나름대로 자유롭게, 원하는 대로 즐겁게 산다고 생각했지. 하지만 다 가식이었던 거야. 이 퍼레이드에서 늦게나마 그걸 깨달았다고. 역시 처음 만났을 때부터 한눈에 반했다는 사실을."

"샤리스, 씨?"

"하아…… 하지만 네 마음 속에 있는 건 그 다섯 명 중 누군가라는 걸 알아. 아, 에이릴까지 넣어서 여섯 명인가."

룩스의 머리카락을 다 닦은 샤리스는 그의 머리를 톡톡 두드리고 자신의 어깨를 빌려주었다.

"그냥 넋두리이니까 괘념하지 마. 그런 미래도 있으면 좋겠다고 생각했을 뿐이야. 자, 이만 널 방에 바래다주고 다시 돌아와야겠군. 더 늑장 부리다간 세리스가 욕조에서 기절할지도 모르니까."

"……네. 그러네요."

제아무리 룩스가 둔하다고 해도 이렇게까지 얘기한다면 눈치채지 못할 리가 없다.

성격이 좋고 털털한 연상 선배인 샤리스가 룩스를 적잖이 좋아했다는 것을.

사이좋은 선후배 관계의 연장선이라고 생각했지만, 아마도

© Yuichi Murakami

그녀 역시 그런 마음을 줄곧 품어왔던 것이리라.

사교성 좋은 연장자이기에 한 발 물러나 여유로운 시점으로 주위를 지켜보았고, 그 결과 자신의 감정을 아슬아슬한 순간까지 깨닫지 못했다.

요령이 좋지만, 요령이 없었던 소녀.

그런 점이 왠지 모르게 자신과 닮았다고 생각한 룩스는 살짝 마음이 아팠다.

"그런데 룩스 군, 키스해도 될까?"

"네?!"

룩스를 부축하며 복도를 걷던 샤리스가 어른스러운 미소를 지었다.

몸에 닿은 소녀의 가슴 감촉과 그녀가 애용하는 장미 향수의 향을 불현듯 의식한 룩스는 가슴이 펄떡 뛰었다.

"하하, 농담이야. 여기서 그랬다간 다들 화낼 테니까."

그렇게 말하며 앞으로 향하는 샤리스의 눈에는 룩스의 방 앞에서 기다리는 아이리와 녹트가 보였다.

하지만 두 사람의 표정에는 룩스의 목욕을 도와준 것에 대한 불평불만이 아닌 진지한 기색이 어려 있었다.

"오빠. 할 얘기가 있어요. 아직 몸도 안 좋은 오빠에게 이 얘기를 하는 게 맞나 고민했지만……."

아무래도 라피 여왕에게서 리샤가 납치당했다는 소식을 전달받은 듯했다.

연상 소녀들과 맞닿은 마음.

지금은 그 여운에 잠길 틈도 없었다.

그저 자신에게 호의를 품고 대해준 샤리스에게 속으로 감사를 표하면서, 리샤가 끌려갔다는 사실을 처음 안 듯한 표정을 짓고 이후의 대책에 대해 상담하기로 했다.

✝

렐리 덕분에 통째로 빌린 고급 숙소에서 리샤가 『창궁사단』에 납치당했다는 사실과 그 대응책에 대해 얘기하고 있을 무렵.

부유층 거주구역. 해가 저물어 어둠이 내려앉은 그곳에 한 소녀가 서성이고 있었다.

우적우적, 혹은 후루룩거리는 소리를 내면서 몇 분 전까지 인간이었던 것의 고깃덩이를 먹고, 피를 들이켰다.

그 끔찍하고 처참한 지옥도에 눈살을 찌푸리는 군중은 존재하지 않았다.

주로 『구제국파』라 불리던 원로 집정관과 연이 있는 자— 직계 가족, 친인척, 시종 등 이곳에 살던 수백 명의 주민들은 한 명도 빠짐없이 불타버린 저택에 모여들었고, 순서대로 잡아먹혔다.

"……."

후길은 허무한 표정으로 그 광경을 지켜보았다.

이것이 완전체가 된 『성식』이 세계붕괴의 방아쇠라고 불리는 이유였다.

압도적인 파괴력과 능력을 자랑하는 인간형 라그나뢰크. 그러나 그 에너지원으로서 항상 사람을 포식할 필요가 있다.

그것은 일찍이 후길의 벗이었던 소녀— 아샤리아가 원래 예정했던 기능이 아니다.

그녀가 창조하고자 했던 한 구제 시스템은 그것을 빼앗으려한 타인에 의해 독이 섞였고, 전혀 다른 존재로 변해버렸다.

그 사실을 아는 이는 현재 이 세계에서 후길뿐이다.

이른바 지금의 『성식』은 불완전한 꿈의 잔해.

『시작의 영웅』이라 불리던 후길과 『구제의 여신』이라 불리던 황녀 아샤리아.

천 년 전부터 두 사람이 계속 쫓았으며, 그리고.

……철퍽철퍽. 찔꺽찔꺽. —꿀꺽.

물론 『성식』과 일체화한 라피도 식인 본능에 사로잡혔다.

잡아먹을 인간을 구별할 정도의 이성은 간신히 남아있지만, 굶주림이 심해지면 닥치는 대로 사람을 잡아먹는 괴물로 변화한다.

그러나 그것보다도 더욱 불가해하며 무시무시한 현실은.

사람을 잡아먹는 그녀의 곁으로 잡아먹히기 위해 스스로 찾아오는 사람이 끊이질 않는다는 점이었다.

시체에 파리가 모이는 것처럼 휘청휘청 라피의 곁으로 다가가 가축처럼 도살당했다.

그녀의 손은 인간의 몸을 수프에 적신 빵처럼 가볍게 찢어서 무심하게 집어삼켰다.

몇 메르 앞도 보이지 않는 칠흑 같은 어둠 속에서 악몽 같은 광경이 떠올랐다.

그리고 그 지옥의 풍경을, 지금 막 목격한 사람이 있었다.

'도대……체, 저 괴물은 뭐지?!'

마르카팔 왕국 출신 청년 기룡사는 마기알카의 지시에 따라 『대성역』의 위치를 찾기 위해 신왕국 각지를 탐색, 조사해왔다.

여담이지만 조사 임무에는 《드레이크》 사용자만 투입됐고, 나머지 멤버는 대기 중이었다.

적과의 압도적인 전력 차이를 고려해서 교전도 허가되지 않았으며, 들키면 전력으로 도망치라는 명령을 받았다.

『기사단』의 정예는 물론이거니와 개조된 자동인형들도 기사단 이상으로 무시무시한 전력을 갖추고 있기 때문이다.

하지만 이 청년이 라피 여왕의 비밀을 목격한 것은 거의 우연이었다.

단서라고 부를 만한 것이 너무 없었기 때문에 범행현장에 뭔가 남아있지 않을까 싶어 돌아온 것이 행운이었고, 불행이었다.

"당신은, 『창궁사단』의 일원인가요?"

"헉……?!"

갑자기 라피가 수풀에 숨어 있는 청년 쪽으로 빙글 돌아서

더니 부드럽게 미소 지었다.

인간의 자아를 되찾은 소녀의 얼굴은 온화했으나 입가와 드레스는 온통 검붉은 피로 더러워져 있었다.

'내가 숨어 있다는 걸 어떻게 알아차린 거지?《드레이크》의 은폐 기능이 작동 중인데!'

"남이 식사하는 모습을 엿보다니 매너가 썩 좋지 않으시네요. 질문에 대답하지 않는 것도 불경하고요. 하지만 가장 큰 문제는 당신이 어리석다는 점이에요. 당신은 내심 자신이 살아남긴 글렀다는 걸 알면서도 스스로 목숨을 끊으려 하지 않고 있어요. 누군가가 도와주러 오지 않을까. 제가 그냥 보내주지 않을까. 그런 희망에 매달리고 있지요. 아니면 그저— 이 여자는 넘겨짚고 이런 소릴 하는 것뿐이고, 사실은 정확한 위치까지 파악 못 한 건 아닐까? 하고 그런 헛된 소망을 품은 걸 수도 있겠네요."

라피 여왕은 천천히, 발소리조차 내지 않으며 청년에게 다가갔다.

열여섯 살 정도로 보이는 단아한 소녀로 변모한 라피 여왕은 청년의 눈동자를 물끄러미 들여다보며 웃었다.

"하지만 당신의 마음은 잘 안답니다. 왜냐하면 예전에 저도 그랬거든요. 자신이 죽어야만 하는 상황일지라도, 실제로 실천하는 건 무섭죠. 죽는 건…… 무서워요. 너무나도 무섭습니다."

"……"

달콤하게, 다정하게, 마음속에 스며드는 듯한 목소리.

그것을 듣고 있기만 해도 청년의 의식이 멀어지고, 기분 좋은 감각에 머릿속이 텅 비어간다.

"그러니 기회를 드리죠. 제게 협력하세요. 당신이 아는 정보를 전부 다 털어놓는다면, 당신을 제 곁에 두고 유용하게 써 드리겠어요. 어떤가요?"

"아, 아아아아아아아악······!"

라피는 살며시 손을 뻗어서 멍하니 선 채로 숨조차 제대로 쉬지 못하는 청년의 이마와 머리를 쓰다듬었다.

소리로, 빛으로, 맞닿은 살갗의 감각으로.

오감을 통해 타인의 정신을 오염시키는 라그나뢰크 이블리스의 능력.

세뇌해서 자백시키는 것은 불가능한 까닭에 공포로 위협해서 입을 열게 했다.

청년이 실낱같은 이성을 유지한 건 거기까지였다.

갓난아이가 어머니에게 자기 자신을 맡기는 것처럼, 자아를 내팽개치고 모든 것을 맡겼다.

겨우 몇 분 간 라피와 대화한 후, 그의 목숨은 먹이가 되어 삼켜졌다.

'······.'

그리고 그 자리에는 또 다른 인물과 기룡 그림자가 있었다.

너무나도 끔찍한 『성식』의 포식 장면을, 소녀는 눈썹 하나 까딱하지 않고 지켜보았다.

검은 옷의 소녀— 키리히메 요루카는 청년의 죽음에도 전혀 동요하지 않고, 그저 상황을 냉정하게 분석했다.

같은 특장형에 속하지만 신장기룡인 《야토노카미》는 은폐 능력이 훨씬 뛰어나다.

뿐만 아니라 청년보다 몇 키르 이상 떨어진 곳에 있었기 때문에 라피에게 들키지 않고 상황을 지켜볼 수 있었다.

영상기록을 남기기에는 거리가 너무 멀었지만, 그래도 룩스에게 보고하기에는 충분했다.

오히려 청년이 붙잡힌 뒤로는 두 사람의 대화를 한 글자도 놓치지 않는 것만을 의식했다.

'저건 위험하군요. 가까이 다가가면 정신이 오염될 테고, 미약한 기척이라도 새어나가는 즉시 눈치챌 것이어요.'

완전체로 거듭난 『성식』은 요루카조차 죽음을 예감할 정도로 위험한 기척을 내뿜고 있다.

필시 지금까지 상대해본 라그나뢰크보다 몇 배는 강력한 능력을 지녔으리라.

라피의 식인 행위는 에너지를 보급하기 위한 것. 즉 며칠 뒤의 결전에 대비해서 힘을 비축하는 중이라고 봐도 틀림없을 것이다.

더 늦기 전에 『대성역』의 위치를 파악해야 하지만 어떤 단서도 찾지 못했다.

요루카가 어떻게 해야 할지 생각을 정리하고 있는데, 갑자기 풀숲이 바람에 흔들렸다.

"……."

그것 자체에 딱히 이상한 점이 있는 것은 아니었다. 그러나—.

콰악! 콰악! 콰악!

기묘한 직감을 따라 요루카가 반사적으로 뒤로 물러난 찰나, 직전까지 그녀가 서 있던 지면에 무수한 침이 꽂히며 구멍을 만들었다.

"……? 무슨 수로 피한 것이오? 제아무리 『세례』를 받은 강화인간이라고 하나, 완벽하게 허를 찔렀을 터인데. 후학을 위해 가르쳐주실 수 있겠소이까?"

정신을 차려보니 거대한 녹색 장갑으로 뒤덮인 기룡사가 칠흑 같은 밤의 어둠 속에 섞여 있었다.

몸에 딱 달라붙는 장의와 감정이 배어 있지 않은 무기질한 표정.

그리고 머리에서 돋아난 개미 더듬이처럼 생긴 기계 더듬이는 그녀가 자동인형이라는 것을 나타냈다.

"처음 보는 얼굴이로군요."

"그렇구려. 처음 뵙겠소. 나는 제1 유적 『탑^{루인 바벨}』을 관리하는 통괄자^{기어 리더}, 요스 토크라고 하오."

"저는— 이름을 댈 정도의 사람은 아니에요."

정중하게 이름을 밝힌 자동인형에게 요루카도 태연하게 대답했다.

"헌데 귀공은 이곳에서 무얼 하고 계셨소?"

요스 토크는 더욱 추궁했다.

지금까지 자동인형들은 《우로보로스》의 신장—《영겁회귀》

의 인식 개변 덕에 정체를 숨기고 남몰래 않고 암약할 수 있었지만 현재는 불가능한 상황이다.

따라서 요루카는 여기서 요스 토크와 조우한 것이 어떤 사실을 시사함을 알아차렸다.

"아하. 『대성역』이 숨겨진 위치와 관계있는 것이로군요? 이곳은—."

"……."

요루카의 중얼거림에 요스 토크는 어떤 반응도 보이지 않았다.

하지만 감정 없는 자동인형의 얼굴이 아주 살짝 경직된 것 같았다.

"……귀공은, 그 『창궁사단』이라는 패의 일원이오?"

"그게 무엇인가요? 특이한 이름이로군요. 저는 모르는 얘기랍니다."

"아무래도 힘으로 물어보는 수밖에 없을 것 같구려……. 한 수 겨뤄보지 않겠소? 검은 옷의 검사여."

이 이상의 문답은 무의미하다고 판단했는지 요스 토크가 에메랄드색 신장기룡을 활주시켰다.

"이 신장기룡의 이름은 《펠루다》. 만만치 않을 것이오!"

중량급 육전형 기룡이 지면을 활주하며 맹렬한 기세로 돌격했다.

반면에 요루카는 후방으로 크게 도약한 후 다시 은폐 기능을 작동했다.

"싸움의 기본을 모르는 모양이구려? —기룡해방^{브레이크 퍼지}!"

그 순간 요스 토크가 장갑기룡의 기본기능, 브레이크 퍼지를 사용했다.

"……?!"

인기척 없는 개발구획의 어둠 속에 숨으려던 요루카는 속으로 저도 모르게 고개를 갸우뚱했다.

충격파를 방출하는 기술인 하울링 로어와 다르게 자신의 장갑을 일부 해제하는 브레이크 퍼지는 전투 초반에 거리낌 없이 쓸 만한 기술이 아니다.

자신의 장갑을 산탄처럼 쏘아내는 이 기술을 쓰면 그만큼 방어력이 떨어지기 때문에 양날의 검이나 다름없다.

세리스의 경우에는 장갑 해제 부위와 양을 제한해서 쏘아내고, 방어를 도외시한 특공형으로 전환하기 위해서 사용한다.

혹은 수세에 몰렸을 때 긴급피난 용도나 다수의 장갑기룡을 바꿔가며 사용할 때 빈틈을 없애기 위해 쓰는 것이 정석인데—.

카카카캉……!

광범위로 사출된 장갑의 탄환.

요루카는 도약해서 회피하며 남은 산탄을 카타나형 블레이드로 어렵지 않게 튕겨냈다.

하지만 공격에 대응한 탓에 은폐가 풀려서 그 모습이 드러나고 말았다.

"깊이 생각하지 않고 공중으로 피한 것이, 귀공의 어리석음이라오."

공중에 떠서 무방비해진 요루카를 쫓아 요스 토크와《펠루
다》도 뛰어올랐다.

거대한 철퇴를 번쩍 들어 올리고 무서운 속도로 내려쳤다.

—하지만.

"그건 오해랍니다. —《공답》."

공중에서 위아래가 거꾸로 뒤집힌 요루카의 입가에 희미한
미소가 떠올랐다.

칠흑 같은 허공을 박차고 옆으로 몸을 날려서 회피할 수 없
을 것 같던 철퇴를 피하는 동시에 블레이드를 옆으로 휘둘러
《펠루다》를 베었다.

"……이런?!"

《공답》이란《야토노카미》의 네 다리의 장갑에 내장된 특수
무장으로 발바닥에서 바람을 방출해 허공을 박찰 수 있게 해
준다.

즉 일반적으로 비행형 기룡을 제외하면 무방비해지는 낙하
중에도 유연하게 대응할 수 있다.

"설마 공중을 박차고 피하면서 공격으로 연결하다니. 예사
롭지 않은 실력이구려."

"칭찬해주셔서 영광이어요. 그런데— 꽤 여유로우시군요.
당신은 이미 패했는데도—."

요스 토크의 감탄에 요루카가 대답한 다음 순간, 《펠루다》
의 장갑 일부에 불가사의한 보라색 문자가 스르르 떠올랐다.

요루카가 다루는《야토노카미》의 신장—《금주부호》.
                                    스펠 코드

접촉한 타인의 장갑기룡의 제어권을 빼앗아 조종하는 특수 능력이 조금 전 요루카의 공격으로 발동해서 요스 토크의 《펠루다》를 지배하에─ 두지 못했다.

"끝났다고? 무슨 말씀이신지?"

"……?!"

키잉! 날카로운 금속음이 울리고 《펠루다》에서 재차 장갑 산탄이 발사됐다.

요루카는 카타나형 블레이드를 끝까지 휘두른 직후라 무수한 산탄을 전부 튕겨낼 수 없는 상황이었기 때문에 이번에는 장벽으로 막아냈다.

"제어권을 빼앗기기 전에 접촉한 부분의 장갑을 해제해서 피한 것이군요?"

두 번째 브레이크 퍼지.

본디 이런 식으로 장갑을 쏘아내면 그만큼 부품이 부족해지기 때문에 당연하게도 장갑기룡의 구동조차 여의치 않게 된다.

하지만 눈앞에 있는 《펠루다》의 외관은 거의 변하지 않았다. 원래부터 거대한 몸체가 조금 줄어든 정도에 불과했다.

요루카는 바로 그 점이 《펠루다》의 특성일 거라고 추측했다.

"─그렇소이다. 이것이 바로 내 《펠루다》의 특수 무장 《용우
갑각(龍羽甲殻)》이오. 그리고 귀공의 신장기룡은 《야토노카미》 맞소이까? 『대성역』의 데이터베이스에서 보았소."

"시시콜콜 따지기를 좋아하는 인형이로군요. 자질구레한 건

중요하지 않사와요. 결국 둘 중 강한 쪽이 이길 뿐이니까."

"동감이오. 허나 그렇다면 유리한 건 나라오."

파앙!

요루카는 다시 《공답》으로 허공을 박차며 칠흑의 어둠 속을 종횡무진 내달렸다.

동시에 정교한 검술로 빚어낸 참격으로 《펠루다》를 난타했다.

한편 요스 토크는 날아오는 공격을 장갑으로 적확하게 받아내고, 그때마다 브레이크 퍼지로 《금주부호》의 지배에서 교묘하게 벗어났다.

전투 기술 면에서는 요루카가 한 수 위였지만, 요스 토크도 강고한 《펠루다》의 장갑에 보호받고 있어서 일진일퇴의 공방이 전개됐다.

'하지만 우선은 여기에서 벗어나야 하겠군요.'

요루카는 《금주부호》를 자신의 장갑에 걸어 리미터를 해제하는 『한계돌파』와 『세례』로 강화된 마안을 구사하는 각격 등 다양한 카드가 남아있었지만, 아직은 결정타를 시도할 단계가 아니었다.

『성식』과 몇 키르 정도 떨어져 있긴 해도, 만에 하나 라피가 이쪽 싸움을 감지한다면 단숨에 열세에 몰리게 된다.

따라서 우선은 요스 토크와 싸우면서 『성식』과 거리를 더욱 벌리는 것에 주안을 두었다.

"제법이로구려. 블래큰드 왕국의 『칠용기성』— 싱글렌 쉘불릿보다는 못하지만, 그래도 상당한 실력이오."

요스 토크는 공격을 주고받는 와중에도 잡담을 할 정도의 여유를 보여주었다.

그러자 요루카도 그 말에 반응했다.

"그리운 이름이군요. 저도 싸워봤답니다. 패배해버렸지만 말이죠."

"싸웠소? 그 녀석과? 후…… 유감이로구려. 그 사내에게 질 정도의 실력이라니. 귀공이 그 녀석에게 이겼다면, 간접적으로 복수를 이뤘을 터인데 말이오."

"무슨 말씀이신가요?"

요루카는 《공답》으로 허공을 발판 삼아 뛰어다니며 인기척 없는 폐허 구획으로 요스 토크를 유인했다.

그곳은 예전에 『창조주』가 왕도로 진군시킨 유적 『거병』이 파괴한 구획으로, 아직 재개발 전망조차 불확실한 무인 지대였다.

요루카는 일부러 대화에 호응하여 요스 토크의 의식을 분산시키고, 『성식』과 거리를 벌리는 동시에 자신의 전력을 발휘할 수 있는 영역으로 끌고 갔다.

"『탑』에서 그 사내에게 빚을 졌다오. 기습공격에 당해서 처참하게 당했지만, 본 실력을 발휘하면 녀석 따위는 내 적수가 아니오. 복수할 기회가 있다면 기쁠 터인데―."

"……당신 정도의 실력으로, 복수를요?"

폐허로 변한 구획 중앙. 전망대가 무너져서 생긴 한층 커다란 잔해의 산.

그 앞에 선 요루카는 달빛을 등지고 서서 미소 지었다.

하지만 요스 토크는 요루카의 도발에 동요하지 않고 그저 그 모습을 올려다보았다.

"그렇소. 뭐, 그렇게 생각하는 것도 무리는 아니겠구려. 귀공 정도의 실력자라면 내 힘을 가늠할 수 있을 터이니까. 헌데—."

요스 토크는 대화의 흐름을 끊고 주위를 둘러보았다.

"설마 귀공은, 내 장갑을 계속 벗기는 것만으로 승리에 가까워졌다고 생각하는 거요?"

"⋯⋯?!"

쩌엉—.

다음 순간, 《야토노카미》의 장갑팔이 쥐고 있던 블레이드의 도신에 무수한 균열이 생겼다.

"이건⋯⋯?"

요루카가 고개를 갸웃한 직후, 요스 토크는 기계로 된 두 눈을 번뜩이며 움직였다.

《펠루다》의 장갑 다리에서 튀어나온 바퀴로 가속해서 기체의 중량을 실은 철퇴를 매섭게 휘둘렀다.

장작을 쪼갤 때처럼 등 뒤까지 들어 올렸다가 내려찍는 궤도.

《야토노카미》의 블레이드가 부서지기 직전이라는 점을 지적한 것은 요루카의 판단을 둔하게 만들기 위해서였다.

방어를 하든 공격을 하든 주력 무장이 반파된 상황에서는 선택을 망설이기 마련.

찰나의 판단이 명암을 가르는 막상막하의 전투에서는 그 망설임이 곧 치명적인 빈틈이 된다.

활주하며 휘두르는 《펠루다》의 철퇴는 특장형 《야토노카미》의 장벽으로 감당할 수 없다.

뿐만 아니라 요루카의 등 뒤는 잔해의 벽으로 막혀 있었다. 요스 토크는 뒤로 물러나서 피하는 것마저 불가능한 상황을 연출해낸 것이었다.

필연적으로 좌우로 도망칠 수밖에 없었기 때문에 요루카는 《야토노카미》를 조종해서 우측으로 도약했다. 그러나—.

"—기룡해방!"

<small>브레이크 퍼지</small>

"……!"

요루카가 철퇴를 피하는 동시에 《펠루다》의 장갑이 번쩍 빛나면서 또다시 브레이크 퍼지를 발동했다.

지금까지는 요루카의 블레이드에 베인 직후에만 발동했지만, 이번에는 요루카가 회피한 순간을 노려서 장갑 산탄을 발사했다.

순간적으로 장벽을 강화해서 방어했지만 브레이크 퍼지는 물리적인 질량이 있는 공격인 만큼 완벽하게 막아내진 못했다. 산탄을 받아낸 장갑이 삐걱거리고 충격이 요루카의 날씬한 몸을 관통했다.

"호오, 블레이드로 방어하지 않다니. 조금은 지혜가 있는 모양이구려."

"처음부터 그게 목적이었지요?"

의기양양하게 말하는 요스 토크 앞에서 요루카는 팔다리에서 피를 흘리면서도 미소를 지었다.

단순히 견제하는 것처럼 보였던 조금 전까지의 공방 자체가 요스 토크의 전술이었다.

 요루카가 블레이드로 베는 순간 《펠루다》의 브레이크 퍼지로 반격을 시도.

 그 강력한 충격으로 《야토노카미》의 블레이드를 파괴하는 것이 적의 노림수였다.

 언제든 자유자재로 브레이크 퍼지를 쓸 수 있는데도 굳이 쓰는 타이밍을 공격받는 순간으로 한정하는 방식으로 요스 토크는 요루카의 허를 찔렀다.

 언뜻 보기에는 기책(奇策)같으나 합리적으로 계산된 전술이었기 때문에 요루카도 내심 경탄했다.

 "의외로 솜씨가 좋으시군요. 통괄자라는 존재는 그저 유적에 장식해 둔 인형이라고 생각했건만."

 "─지금 날 인형이라고 했소? 이 무례한 놈 같으니!"

 요루카가 별 생각 없이 중얼거린 한마디에 요스 토크의 눈썹이 매섭게 치켜 올라갔다.

 다시 《펠루다》를 전력으로 활주시키며 《야토노카미》를 노리고 철퇴를 가로로 휘둘렀다.

 요루카는 잔해 무더기를 등지지 않게끔 수직으로 높이 도약해서 피했다.

 하지만 또다시 브레이크 퍼지의 추격타에 피탄 당했다.

 유일한 무장인 블레이드가 부서지는 것을 피해야 하는 탓에 방어 수단이 제한적이었다.

더군다나 광범위로 산탄이 날아오는 통에 완벽하게 회피할 수도 없었다.

'위험하군요…….《야토노카미》의 특성이, 이런 곳에서 문제가 되다니.'

《드레이크》와 동일한 특장형 신장기룡인 탓에 육전형과 비교하면 내구력이 크게 떨어진다.

지금까지 요루카는 실력으로 그 결점을 커버해왔다. 그래서 비슷한 실력자와 맞닥뜨리게 되자 그 결점이 더욱 크게 느껴졌다.

예전에 맞붙은 싱글렌 이후로 만나는 강적.

—아니, 상대가 자동인형이라는 미지의 존재라는 점을 생각하면 어떤 의미로는 그 이상의 난적이라고고 할 수 있다.

"네년 따위가 감히 우리를 인형 취급해? 이름도 밝히지 않는 천한 것이!"

무언가가 역린이라도 건드렸는지 요스 토크의 공세가 더욱 격렬해졌다.

요루카는 연속해서 날아오는 《펠루다》의 브레이크 퍼지를 피할 수 있는 데까지 피하면서 대미지를 최소한으로 억눌렀다.

《펠루다》의 장갑이 순식간에 줄어들어 덩치가 한아름 작아졌다.

"—?!"

하지만 외부를 덮고 있던 상당한 중량의 장갑이 벗겨진 덕분에 속도가 차츰 빨라졌다.

가까스로 피하고 있던 공격을 서서히 피할 수 없게 됐다.

"—기룡해방!"
^{브레이크 퍼지}

그래도 종이 한 장 차이로 철퇴의 일격을 피한 순간, 지금까지 날아온 것보다 몇 배는 커다란 장갑 산탄이 작렬했다.

"크, 윽……!"

《야토노카미》의 장벽과 장갑을 뚫고 전달되는 위력에 요루카는 약한 신음을 흘렸다.

폭발하는 듯한 충격의 여파를 받아 십여 메르나 날아갔다.

"그런데 설마— 나를 함정에 빠뜨렸다고 생각하는 건 아니겠지? 무모한 공격을 반복해서 「내가 우위」라고 착각하게끔 일부러 하울링 로어로 방어하지 않은 거잖나."

"—?!"

요루카가 하울링 로어의 충격파로 산탄의 위력을 줄이지 않은 것에는 분명 그런 의도도 있었다.

그러나 그 전략도 적이 예상한 바라는 사실을 요루카는 순식간에 이해했다.

브레이크 퍼지로 장갑을 모조리 쏘아낸 《펠루다》 앞에 새로운 장갑이 추가로 소환됐기 때문이다.

"—《초재생》. 내 《펠루다》가 보유한 두 번째 특수 무장은 예비 《용우갑각》을 추가로 소환한다. 기대에 어긋나서 실망했겠군, 이름 없는 기룡사. 아니— 『창궁사단』의 사역마여."
^{라이프 게인}
^{메탈 재킷}

함정에 빠진 건 요루카 쪽이었다.

심지어 『대성역』에서 에너지를 받고 있기라도 한 것인지 자동인형은 전혀 지친 모습을 보이지 않았다.

요루카가 『창궁사단』에 협조하고 있다는 점도 간파했다.

무엇보다 이 전투에서 《야토노카미》의 최대 장점인 기룡조작 신장 《금주부호》마저 봉쇄당했다.

객관적으로 판단하면 절망적이라고 할 만한 열세였다.

"한 방 얻어맞고 말았네요. 『성식』의 사역마 따위에게."

"허세만큼은 대단하군. ―허나 나를 이길 순 없다."

안색 하나 바꾸지 않고 단언한 요스 토크는 《펠루다》의 다리를 천천히 앞으로 옮겼다.

요루카의 특수 무장인 《거미줄》.

일반인의 눈에는 보이지 않는 극세 강선을 전투 중에 결계처럼 둘러쳐서 《금주부호》의 발동을 노렸지만, 요스 토크는 그 강선을 대거를 던져 잇따라 절단했다.

《야토노카미》의 장비와 성능, 능력을 데이터베이스에서 전부 참조할 수 있는 자동인형이기에 가능한 기예였다.

"나는 인간을 관리하기 위한 아샤리아 님에게 유적을 일임받은 자다. 우리는 원래 인간이었다. 어떠한 사정으로 불치병에 걸린 우리의 의지를 존중하여, 인격을 기계 육체로 옮겨주셨지. 본디 불필요한 감정이라는 요소를. 허나 우리는 곤경을 이겨낼 신념을 갖고 있다."

거침없이 말하면서 요루카를 몰아넣을 준비를 갖추는 요스 토크.

말하는 와중에도 경계심은 조금도 느슨해지지 않았다.

"뛰어난 과거의 지혜와 기술을 맡아 오랜 세월 동안 그녀의 마음을 위해 싸워왔다. 모든 것은 이 세계를 구제하고, 안녕을 가져올 시스템을 위해서다! 네년이나 싱글렌처럼 저속한 무리와 똑같이 취급하지 마라!"

요스 토크는 대거를 투척해서 《거미줄》로 만들어진 마지막 결계를 절단했다.

그리고 다시 철퇴를 들고 요루카를 노려보았다.

"참 대단한 대의네요. 그나저나― 결계는 다 제거하셨나요?"

"무슨 소리냐?"

요루카의 한마디에 요스 토크는 저도 모르게 되물었다.

"그 신장기룡의 능력은― 날려보낸 장갑의 일부를 그대로 탐지기로 사용하는 것인 듯하군요. 그것만 알면 문제될 것은 없사와요."

"……네년, 그걸 어떻게 알아냈지?"

요스 토크는 의심스러운 눈초리로 요루카를 노려보며 물었다.

그 반응은 정곡을 찔렸음을 시사했다.

요스 토크가 다루는 《펠루다》의 신장은 《수류염진(水流炎陣)》. ^{레드 마커} 본체의 비늘 같은 장갑에 내장된 탐지기로 주위의 존재를 감지할 수 있었다.

"답을 가르쳐 드리자면 제 특수 무장― 《거미줄》 덕분이랍니다. 《야토노카미》의 능력과 성능을 알고 있다면 《금주부호》를 발동하는 트리거인 강선을 피하면서 싸울 필요가 있죠. 하지만 그 위치를 정확하게 간파하는 건 무척 어려워요."

"……나는 자동인형이다. 그런 것을 간파하지 못할 리가—."

"그렇다면 어째서 처음에는 움직임이 단조로웠던 것인지요?"

요루카가 빙그레 미소 지으면서 카타나형 블레이드를 들었다.

"처음부터 모든 것을 간파할 능력이 있었다면 제가 있던 자리를 굳이 피할 이유도 없겠죠. 그렇지 않은가요?"

"—?!"

무엇보다도 처음에 은폐 기능으로 숨어 있던 요루카를 손쉽게 발견한 것이 가장 큰 이유다.

동시에 움직일 수 있는 자동인형 숫자가 한정적이라면 탐지 능력이 뛰어난 신장기룡 사용자를 움직일 터다.

처음부터 《펠루다》의 장갑을 주변에 흩뿌려 둠으로써 은폐 중인 요루카의 위치를 특정할 수 있었다는 추리다.

"한낱 암살자라고 생각했는데, 의외로 머리를 굴릴 줄 아는군. 칭찬해주지『창궁사단』의 사역마여."

"어머나? 칭찬을 해주시다니 몸 둘 바를 모르겠네요. 주인님이 아닌 분께 들어봐야 딱히 기쁘지도 않지만요."

요루카는 요스 토크의 칭찬에 호들갑스러운 어조로 대꾸했다.

"하지만 가엽군. 이미 네년의 움직임은 손에 잡힐 듯이 알수 있다. 열심히 펼쳐 둔 거미줄 결계도 파괴했지. 이 《펠루다》에게 네년의 신장은 통하지 않아. 이제 정면으로 맞서 싸울 전력은 남아있지 않을 터. 아무리 기를 쓰고 저항한들—네년에게는 어떤 승산도 없다."

요스 토크는 들어 올린 철퇴로 요루카를 가리키며 선고했다.

반면에 요루카는 여전히 미소를 거두지 않은 채 자동인형 소녀를 물끄러미 바라보았다.

"가여운 건 당신이어요. 살짝 동정심이 생겨날 정도로군요."

"뭐라고?"

요루카는 살짝 한숨을 토해내며 잠시 눈을 감았다가 이내 뜨고는 좌우의 색이 다른 눈으로 요스 토크의 얼굴을 응시했다.

"당신들이 누군가에게 은혜를 입었다는 사실은 알지만, 그게 대체 어떻다는 것인가요? 조금 전의 광경을 보고도 진심으로 그렇게 생각하시나요? 만약 그렇다면─ 당신들의 대의는 먼지 한 톨만큼의 가치도 없사와요."

요스 토크는 과거의 요루카 자신과 똑같았다.

자신이 지키겠다고 맹세했던 동생은 이제 없다.

하지만 적어도 그 약속을 지키기 위해 『제국의 흉인』으로서 싸워왔다.

자기만족조차 되지 않는다는 것을 알면서도, 자기 자신의 의지가 없던 요루카는 그것 외에는 아무것도 할 수 없었다.

그러나 룩스가 그런 요루카를 구해주었다.

그는 제국을 구하기 위해서 제국을 무너뜨렸다. 비록 실패로 끝났지만, 신왕국을 올바른 길로 이끌기 위해 죄인인 제국의 왕자로서 계속 싸우는 길을 선택했다.

요루카가 새로운 주인으로 인정한 소년은 꿈이 부서졌음에도 불구하고 자신의 신념을, 대의를 잃지 않았다.

그러니까─.

"그럼 가르쳐드리겠어요. 주인님께 바치는 저의 충의가, 당신의 맹목적인 대의를 이긴다는 것을."

제아무리 후길이, 『성식』이 강력하다 해도 맞서 싸울 것이다.

요루카는 자신의 의지로 싸우게 되는 날이 오리라고는 생각지도 못했다.

"무슨, 속셈이지? 내 《펠루다》의 신장을 이해한 정도로 이 열세를 뒤집을 수 있다고 생각하는 거냐?!"

요스 토크는 노호를 터뜨리며 《펠루다》를 활주시켰다.

비늘 형태의 다중장갑을 다시 부착한 형태에서 전력으로 질주하며 요루카를 향해 일직선으로 돌격했다.

혼신의 힘을 담아 손에 든 철퇴를 들어올린다.

"어디로 도망치건 회피하는 모습을 확인한 후에 브레이크 퍼지로 추격할 수 있다! 네년에게 승산 따위는 없어!"

그 필살의 공격 패턴으로 다시 요루카를 몰아붙이려는 찰나, 눈앞에서 요루카와 《야토노카미》가 사라졌다.

"헛……?!"

모습이 보이지 않는다.

아니, 주위에 퍼뜨려 놓은 《펠루다》의 장갑— 신장 《수류염진》의 감지기능으로 요루카의 위치는 손에 잡힐 듯이 알 수 있었다.

그래서 요스 토크는 적의 움직임이 너무 빠른 탓에 자신의 인지 능력이 따라가지 못할 뿐이라는 것을 이해했다.

"생각보다 느리시군요."

"뭐, 라고······?!"

도약으로 돌격을 피하고 어느새 배후에 서 있었다.

《야토노카미》의 네 다리로 지면을 박차고 도약. 그와 거의 동시에 공중제비 자세로 허공을 천장 대신에 《공답》으로 박찬 다음 다시 몸을 돌려 착지.

심상치 않은 고난도의 조작 기술과 몸놀림에 요스 토크는 눈을 한계까지 부릅떴다.

"─기룡해방!"
^{브레이크 퍼지}

요루카의 목소리에 반응한 요스 토크는 공방일체의 기술인 브레이크 퍼지로 대응했다.

무방비한 후방을 향해 발사되는 대량의 장갑 산탄.

하지만 요루카는 하울링 로어로 산탄을 회피하고, 반동을 이용해서 《펠루다》의 어깨에 일섬을 가했다.

"─《금주부호》."
^{스펠 코드}

"크, 으윽! 네년?! 무슨 수를 쓴 거냐! 어떻게 이런 움직임을, 우리의 데이터에는······ 존재하지, 않는데!"

어깨를 베인 직후, 《펠루다》의 전신에 빛나는 기묘한 문자가 떠올랐다.

그 모습을 보면서 요루카는 카타나형 블레이드를 등 뒤로 끌어당기는 자세를 잡았다.

"간단한 방법이랍니다."

허리의 기공각검에 손을 대자 《야토노카미》도 사용자를 따라 하는 것처럼 발도 자세를 잡았다.

조금 전 그녀가 선보인 것은 룩스가 개발한 오의, 신속제어를 이용한 회피— 그리고 거기에서 이어지는 배후에서의 참격.

이번에 《금주부호》가 통한 것은 요스 토크의 《펠루다》가 브레이크 퍼지를 발동한 직후를 노렸기 때문이다.

"브레이크 퍼지는 하울링 로어처럼 환창기핵에 저장된 에너지를 해방하는 공격이에요. 즉 연사가 불가능하지요. 그래서 먼저 쓰게 한 후에 틈을 노렸사와요. 그뿐이랍니다."

"……큭?!"

요스 토크의 맹렬한 공격 앞에서 지금까지 방어에만 전념한 것도 전부 다 이 타이밍을 꿰뚫기 위한 작전이었다.

사실 요스 토크는 조금 전까지만 해도 완벽한 전략으로 눈앞의 소녀를 몰아붙였다.

실제로 《야토노카미》의 장갑과 무장은 반파된 상태라 성능을 충분히 끌어낼 수 없었을 터였다.

'그런데— 뭐란 말인가. 이 녀석의 저력은……!'

기계보다도 동요하지 않으며, 타오르는 듯한 인간의 의지가 몸에 깃들어 있다.

"으, 아아아앗!"

요스 토크 또한 자신의 기공각검에 손을 뻗고 《금주부호》의 지배에 저항하기 위해 소리쳤다.

접촉한 시간은 찰나였기 때문에 신장에 빼앗긴 제어권을 금방 되찾을 수 있었다.

하지만 요루카는 기다리던 그 순간을 놓치지 않았다.

"—영구연환."

엔드 액션

거대한 장갑을 두른 소녀가 바람을 가르며 칠흑의 어둠 속에서 춤을 춘다.

몸을 비틀면서 일섬을 휘두르고, 그 기세를 그대로 이용해서 반전하며 한 번 더 공격.

참격의 충격과 반동을 이용하고, 정신조작과 육체조작을 끊임없이 번갈아 사용한다.

장갑기룡의 한계를 초월하려는 듯한 폭풍 같은 연격이 《펠루다》의 장갑에 그대로 꽂혔다.

"큭, 크으윽……!"

종횡무진으로 끊임없이 연결되는 맹공에 요스 토크는 브레이크 퍼지를 발동할 틈도 없었다.

'하지만, 알고 있긴 한 거냐? 부서지기 직전의 무장으로, 이런 공격을 하면—.'

《펠루다》의 두꺼운 장갑 때문에 요루카의 카타나형 블레이드가 고속으로 마모되어갔다.

"이것만 버티면, 나의, 승리다……!"

자동인형의 내구력은 기룡보다는 떨어지지만, 그래도 뼈와 살로 된 인간보다는 훨씬 튼튼하다.

따라서 장갑 표면과 장벽에 모든 에너지를 집중하고 거북이처럼 몸을 움츠렸다.

고작 십여 초 동안 1백 번 이상의 참격을 퍼부은 직후, 그때가 찾아왔다.

―쩌어어엉!

"윽⋯⋯?!"

영구연환의 무한 공격이 끊기고, 요루카의 입이 살짝 벌어졌다.

이미 파손된 블레이드의 피로가 한계를 넘는 순간, 코등이 바로 위에서 부러진 칼날이 칠흑의 허공에서 빙글빙글 춤추었다.

"―제법, 이로군. 하지만, 버텨냈, 다⋯⋯. 네년의 최후의 일격은, 결코, 내게 닿지 않을 것이다."

"그건 시도해보지 않으면 알 수 없사와요."

《야토노카미》의 장갑과 프레임이 삐걱거리기 시작했다.

요루카의 마지막 노림수는 《금주부호》를 병용한 강제초과.
_{스펠 코드} _{리코일 버스트}

원래는 정신조작과 육체조작의 명령을 동시에 내렸을 때 생기는 반작용을 이용해서 해방하는 폭주에 가까운 일격은, 시전한 본인마저 파괴하는 대가로 통상의 몇 배에 달하는 위력을 발휘한다.

그리고 지금은 영구연환으로 《펠루다》의 다중장갑을 벗겨내서 본체가 드러난 상태다.

막대한 대미지를 가해 일시적으로 틈을 만들어서 마무리 일격을 먹여줄 예정이었지만, 블레이드가 부러지는 바람에 불가능해졌다.

"그렇다면 어디 해보아라. 그 기술을 써 보란 말이다. 무장을 잃은 네년은 이미— 패배한 거나 마찬가지니까."

"……."

요루카는 주위에 흩어져 있는 《펠루다》의 장갑을 쳐다보았다.

수천 개에 달하는 비늘 하나하나에서 파직대는 소리와 함께 붉은 번개가 튀기 시작했다.

"신장 《수류염진》에는 감지만이 아니라 공진 효과도 있다! 전자파로 이루어진 파괴 공간 결계를 만드는 능력, 이지……. 네년은 지금 내가, 그리고 네년이 흩뿌린 장갑 결계 안에 있다. 더는 도망칠 수 없을 거다. 이것으로 끝이, 다……."

"그런가요. 역시 『창조주』의 비장의 수단, 최후의 요새라고 할 만하군요."

"훗……. 네년도 훌륭했다. 모든 힘을 끌어낸 나와 이렇게까지 싸운 건 네년이 처음이다. 자, 그 칼날 없는 검을 휘둘러 봐라. 그것으로 모든 게— 끝날 테니까."

"딱 한 군데였사와요."

"……?"

그 말을 들은 요스 토크는 의문을 품고 입을 다물었다.

그리고 자신을 뒤덮은 《펠루다》의 장갑이 자신의 의지와 관계없이 움직이고 있음을 실감했다.

자신이 무엇을 당하고 있었는지 그제야 깨달았다.

"네년—"

요스 토크가 자신이 쥐고 있던 철퇴를 공중으로 집어 던졌다.

다음 순간, 부러진 카타나형 블레이드를 버린 요루카는 자신에게 날아오는 철퇴 자루를 붙잡고 그대로 요스 토크를 후려쳤다.

—투콰아아아아앙!

—강제초과.

리코일 버스트

낙뢰 같은 굉음과 함께 《펠루다》의 장갑과 프레임이 부서지고 조각조각 하늘을 수놓는다.

'그런가, 녀석의 마지막 수는……. 이것을 위해 그 연속공격을 끼워 넣은, 건가…….'

요스 토크 자신도 몸 절반이 날아가버렸지만, 그런 상태에서도 뽑아 든 기공각검을 힘껏 쥐었다.

요루카의 《야토노카미》는 블레이드가 부러졌기 때문에 충분한 위력을 내려면 상대의 무장을 빼앗을 필요가 있었다.

그래서 요루카는 영구연환의 연격 사이에 특수 무장 《거미줄》로 《펠루다》를 얽고, 장갑을 깎아내서 브레이크 퍼지를 쓸 수 없는 상태로 만든 다음, 《금주부호》로 조종해서 철퇴를 자신에게 넘기도록 명령했다.

요스 토크는 요루카를 완전히 궁지에 몰아넣었다고 생각했다.

하지만— 아니었다.

제아무리 불리한 상황에 몰리더라도 그녀는 역전할 방법을 끊임없이 찾았다.

요루카 또한 성장한 거다.

© Yuichi Murakami

싱글렌이라는 이질적인 강적에게 패하였으나 전술과 전략이라는 새로운 무기를 갖추고 도전해서 주인인 룩스의 영역에 도달했다.

"훌륭, 하다……. 네년의 전투 시나리오를, 칭찬하지……. 허나!"

동체의 반이 부서지며 드러난 기계 단면이 파직대는 소리가 섞인 요스 토크의 웃음소리가 들렸다.

"그래도, 내가 이겼다는 점은, 변하지, 않는다……. 네년은, 여기서, 죽을 것이다……."

주위에 흩어진 《펠루다》의 장갑 파편에서 불똥이 튀기 시작했다.

남은 힘을 공명하여 《수류염진》의 결계를 펼쳐서 뇌격을 퍼부을 심산이었다.

한편 요루카는 기룡을 폭주시키는 강제초과를 사용한 직후라 움직일 수 없었다.

즉, 《펠루다》를 완전히 파괴하지 못한 시점에서 반격당하는 것은 확정적이었다.

"하아, 하아……!"

그토록 강한 요루카조차도 급격한 체력소모를 호흡이 따라가지 못해서 말을 내뱉는 것조차 여의치 않았다.

하지만 그녀의 얼굴에는 만족스러운 미소가 떠올라 있었다.

"뭐, 지? 할 말이 있다면, 서두르는 게 좋을 거다. 앞으로 몇 초 밖에, 안 남았으니."

"그런……가요? 그렇다면, 짧게 끝내지요."

요루카는 숨을 거칠게 헐떡이며 요스 토크에게 말했다.

"이 폐허 너머에, 『대성역』이 있지요? 가르쳐주셔서, 고마워요."

요스 토크는 대단한 실력을 지닌 데다 《수류염진》의 결계로 넓은 범위를 지키고 있었다. 그 사실은 그녀가 『대성역』을 숨기기 위한 최후의 보루라는 방증이다.

그리고 조금이라도 그 방향으로 다가가지 못하게끔 다른 방향으로 유도하는 공격을 펼쳤다는 것을 요루카는 알아차렸다.

"……대단한, 여자로군."

"당신도요. 그저— 주인의 그릇이 달랐을 뿐이랍니다."

"……벌써 천 년 이상이나 보지 못했군. 아샤리아 님, 만약 당신이 살아 계셨다면—."

그 직후, 요루카와 요스 토크 주위에서 무지막지한 번개가 휘몰아쳤다.

그 번개는 눈 깜빡할 사이에 폐허 구획 일대를 뒤덮는 업화를 피어 올렸다.

두 종자의 결투는 그렇게 막을 내렸다.

†

'……요루카, 부디 무사해줘.'

룩스가 『기사단』 멤버들과 묵고 있는 고급 숙소.

어제 리샤가 납치됐다는 소식을 들은 룩스는 그녀를 탈환하기 위한 작전에 협력해주지 않겠냐는 아이리 일행의 제안을 받았다.

물론 현재 룩스는 대외적으로는 싸울 수 없는 상태로 알려진 만큼 어디까지나 『기사단』 회의에 참가해서 지혜를 빌려주는 정도다.

그래도 거절한다는 선택지는 없으므로 참가 의사를 전달했다.

그리고 오늘.

『창궁사단』이 최초의 선전포고를 한 뒤로 5일째가 되는 날 아침.

예정대로라면 오늘 안에 리샤를 미끼로 결전을 신청하는 결투장을 라피에게 보내야 하는데, 결전의 장소를 정하는 것이 문제였다.

『대성역』에 침입해서 기능을 약화시키고 『성식』의 비밀과 《우로보로스》의 약점을 찾을 필요가 있다.

그러려면 신왕국으로 이동한 『대성역』의 정확한 위치를 밝혀내고 그곳을 전장으로 지정해야만 한다.

그러나 마지막으로 본 뒤로 이틀이 지났는데도 요루카는 아무런 연락이 없었다.

그녀의 실력은 굳게 믿고 있지만, 만약에 『성식』과 융합한 라피나 후길과 맞붙었다면 얘기가 달라진다.

룩스는 요루카의 안부가 걱정된 나머지 어젯밤을 거의 뜬눈으로 지새웠다.

정오가 지나자 회의실 대용으로 삼은 숙소의 식당에 『기사단』 멤버들이 모였다.

크루루시퍼와 세리스는 아침 일찍부터 왕성으로 향해서 라피 여왕의 전언을 받아온 듯했다.

하지만 다른 비밀 용건이 있는지 크루루시퍼만 돌아오지 않았다.

평소에는 리샤가 의장을 맡았지만, 오늘은 단장인 세리스가 맡았다.

"오빠. 리샤 님을 걱정하는 건 알겠는데, 그래도 쉴 때는 푹 쉬세요."

회의가 시작되자마자 아이리가 걱정스럽게 말했다.

룩스는 쓴웃음을 짓고는 남몰래 진행 중인 투쟁이나 여왕의 진실에 관해서는 전혀 모르는 척하면서 리샤를 구출하기 위한 대책회의에 임하기로 했다.

"그럼, 우선 현재 상황과 관련된 정보를 종합해보도록 하죠. 어제 전한대로 리즈샤르테가 『창궁사단』에 납치당했습니다만, 아직 그들의 아지트는 찾지 못했습니다. 하지만 그녀의 안위에는 문제가 없을 거라고 생각해도 될 거예요."

의장으로 발탁된 세리스가 의제를 제시했다.

룩스 입장에서 보자면 본인이 직접 납치하고 마기알카와 에이릴에게 맡겼으니까 누구보다도 내막을 잘 아는 사건이다.

오히려 리샤의 위치를 들키지 않았다는 점에 내심 가슴을 쓸어내렸다.

"세리스 선배. 그렇게 판단하신 이유를 알려주실 수 있을까요?"

아이리가 냉정한 표정으로 손을 들자 세리스는 즉시 대답했다.

"그건 『창궁사단』의 목적이 정당한 사유에 따라 신왕국의 왕권을 탈취하는 것이라고 선언했기 때문이에요. 단순히 혼란을 일으키는 게 목적이라면 왕도 각지에 예고장을 뿌리거나 민중들에게 선전할 필요도 없겠죠. 그러므로—."

"리샤 공주를 이용해서 해야만 할 일이 있다. 혹은 신왕국에 요구할 게 있다. 그 교섭을 진행할 때까지 해를 끼칠 일은 없을 거라는 거지?"

어젯밤과 확연히 다른 진지한 표정으로 샤리스가 보충했다.

"유괴라는 범죄를 저지른 시점에서 정당한 수단도 뭣도 없는 것 같은데 말야—."

티르파의 농담에 평소와 같은 재치가 없는 것은 리샤를 걱정하기 때문이리라.

물론 리샤가 무사하리라는 것은 상상에 불과하므로 불안감을 완전히 씻을 수 있는 것은 아니다.

그러나 상황이 고착된 탓에 섣불리 움직일 수 없는 지금, 어떻게든 스스로를 납득시키고 싶어하는 감정이 소녀의 말 속에서 느껴졌다.

"Yes. 그럼 지금으로선 『창궁사단』이 교섭을 제안하길 기다릴 수밖에 없으며, 이 회의는 단순히 정보를 정리하기 위한 자리— 이렇게 생각하면 되겠습니까?"

"아니요, 그렇지는 않습니다."

녹트의 질문에 세리스는 고개를 저으며 진지한 표정으로 대답했다.

"『창궁사단』의 일원으로 여겨지는 남성 기룡사를 신왕국군이 붙잡아서 아지트를 알아냈다는 모양입니다. 오늘 중으로 직접 습격할 예정이에요."

"뭣—?!"

그 말을 들은 일동의 표정이 변했다.

"제가 필두로 나서고, 추가로 한 사람 정도 더 데려갈 예정인데요…… 피르히, 컨디션이 괜찮다면 함께 가줄 수 있을까요?"

"괜찮, 아."

지금까지 멍하니 회의 내용을 듣고 있던 피르히가 세리스의 요청에 고개를 끄덕였다.

"……."

룩스는 겉으로는 동요를 조금도 드러내지 않았지만 속으로는 충격을 받았다.

'『킬조레이크 패밀리』의 기룡사를 붙잡아서 알아냈다고? 정말인가?'

설령 라피 여왕이 『창궁사단』의 주모자가 룩스라는 의심을 품고 이 자리에서 화제를 꺼내 동요를 유도한 것이라 쳐도 『기사단』에게마저 그 정보를 알려주는 것은 이상하다.

그렇다면 붙잡았다는 이야기 자체는 정말일지도 모른다.

"그리고 조만간 라피 여왕 폐하께서 직접 『창궁사단』과 전면전쟁을 벌이겠다고 선포하실 생각이신 것 같습니다. 나르프 재상과 원로 집정관들, 그들의 친인척과 관계자 대부분이 그들에게 살해당했다는 사실이 밝혀졌거든요."

또다시 식당 내에 긴박한 분위기가 감돌고 전원이 입을 다
물었다.

"그건 간과할 수 없는 사태로군. 공주만이 문제가 아니야.
우리가 어떻게든 손을 써야 해."

부사령관의 딸로서 책임감을 느꼈는지 샤리스가 무거운 어
조로 말했다.

'『창궁사단』이 나르프 재상을 비롯한 귀족들을 살해했다
고……?! 역시 그렇게 나오는군. ……하지만, 뭔가 기묘해.'

룩스는 세 번째 루프의 퍼레이드에서 신왕국을 적대하는
『구제국파』 인물들이 학살당한 사실을 알고 있다.

그리고 《우로보로스》의 세계 개변이 중단된 탓에 라피는 사
람들의 인식을 덧쓰는 방식을 쓸 수 없게 됐다.

그런 이유에서 대외적으로 『창궁사단』에 죄를 뒤집어씌우겠
다는 논리는 이해할 수 있었지만―.

'친인척과 관계자까지 모조리 죽이는 건, 아무리 그래도 규
모가 지나치게 커.'

신왕국 정권을 안정시키고 싶다고 해서 굳이 친인척까지 전
부 다 죽일 필요는 없다.

너무 일방적으로 한 세력을 찍어누르면 다른 파벌이나 단체
가 반감을 갖기 마련이다.

아무리 『성식』과 동화되었다지만 국정을 운영해온 라피 여
왕이라면 그런 기본적인 사항을 모를 리가 없을 텐데―.

'역시 『성식』에게 비밀이 있는 건가……'

아무래도 융합한 대상에게 전능한 힘을 주는 게 전부는 아닌 듯했다.

리스테르카가 세계붕괴의 원인이라고 말한 이유가 거기에 있을 터였다.

"내일은 평소처럼 트라이어드 여러분께 룩스 군의 경호를 부탁하겠어요. 그리고 요루카 씨 말인데, 혹시 행선지를 아시는 분 계신가요?"

세리스의 질문에 일동의 시선이 룩스에게 집중됐다.

요루카는 렐리의 안배로 학원에 편입했지만, 기본적으로는 룩스의 명령에 따라 움직이므로 당연하다면 당연한 반응이었다.

"……네. 리샤 님을 구출할 단서를 뭐든 좋으니 찾아달라고 부탁했는데요……."

거짓말은 하지 않았다.

어디까지나 리샤를 구하기 위해서, 라피와 『성식』을 분리하기 위해서 룩스는 움직이고 있었으니까.

"요루카 씨만큼은 무사할 거라고 생각하지만, 그래도 걱정되네요……."

아이리가 무거운 목소리로 중얼거렸다.

현재로선 더 의논할 거리가 없었기 때문에 일동은 해산하기로 했다.

룩스가 자기 방으로 돌아가자 이번에도 호위 명목으로 『기사단』 멤버가 방에 들어왔다.

"그런 고로 루크찌, 오늘은 나랑 녹트가 시중을 들게 됐으니까 눈치 보지 말고 얘기해!"

"Yes. 부담 갖지 마시길. 다소 저속한 부탁은…… 정도에 따라 다릅니다만, 몰래 들어드리지요."

"아니, 그럴 필요 없거든?! 날 뭘로 생각하는 거야?!"

조금 전까지만 해도 심각한 이야기가 오갔는데, 고작 몇 분 뒤에 이 모양이라니.

조금 황당하긴 해도 룩스의 불안을 완화해주기 위해서 그녀들 나름대로 배려심을 발휘한 것이리라.

"정말로 괜찮으시겠습니까? 아무것도 안 하셔도."

"……물론이야."

소파 옆에 앉은 녹트가 고개를 살짝 기울이며 눈을 흡뜨고 룩스를 올려다보았다.

여간해서는 냉정함을 잃지 않는 그녀의 얼굴에 살짝 홍조가 띤 것을 보고 덜컥 놀란 룩스의 맥박이 빨라졌다.

"뭐야~ 대답할 때까지 5초나 걸렸네! 이거 나중에 아이리한테 일러야겠어~."

"Yes. 뭐, 아이리는 지금 연습하느라 바쁘니까요. ……이런, 이 말은 못 들은 걸로 해주세요. 조금 전 룩스 씨의 반응도 비밀로 해드릴 테니."

"……?"

녹트가 꺼낸 의미심장한 말을 듣고 룩스는 의문을 품었다.

기룡사가 아닌 아이리는 이 상황에서 할 수 있는 게 없다.

기껏해야 『기사단』이 모은 정보를 정리해서 기록하고 작전을 입안하는 정도일 텐데, 자리를 비우면서까지 할 만한 일일까?

생각해봤자 알 수 없을뿐더러, 지금은 그럴 때도 아니었다.

사로잡힌 『창궁사단』 단원이 만에 하나 룩스나 마기알카의 아지트에 대한 정보를 털어놓으면 그걸로 끝이다.

따라서 룩스는 당장에라도 손을 써야 할 상황이었지만—.

아마도 라피는 지금 이 순간에도 경계심을 늦추지 않고 룩스가 어떤 반응을 보일지 감시하고 있으리라.

'마기알카 대장, 뒷일은 부탁합니다. —요루카, 무사해야 해.'

기도하는 것처럼 눈을 감고 룩스는 사고회로를 굴렸다. 그리고 트라이어드가 빈틈을 보였을 때 찾아온 에이릴과 대화를 나누었다.

그 비밀 대화를 때마침 《드레이크》를 두르고 은폐 중이던 어떤 소녀가 들었다는 사실도 모르고—.

†

"으, 으으……."

한편 그 무렵. 리샤는 낯선 방에서 눈을 떴다.

『창궁사단』 소속이라고 이름을 밝힌 검은 기룡사에게 끌려와서— 그 뒤로 꼬박 하루는 긴장 탓에 잠들지 못했는데, 어느새가 피로를 못 이기고 잠든 모양이었다.

눈을 떴을 때, 붙잡힌 뒤로 이틀째 되는 날 낮이라고 들었다.

창문 하나 없는 벽으로 사방이 막혀 있는 것으로 보아 아무래도 민가의 지하실인 것 같았다.

말린 고기나 와인을 보존하는 창고를 개조해서 만들었는지 식자재 냄새가 희미하게 감돌았다.

리샤는 그 방의 침대에 누워 있었다. 두 손에는 물론 수갑이 채워져 있었으며, 발목에도 쇠사슬이 연결되어 있었다.

기공각검은 없었고, 여전히 장의 차림이었다.

"일어났구나, 리샤 공주. 몸은 좀 어때?"

처음 보는 중성적인 소녀.

과거의 자신의 존재를 코랄이라는 가공의 인물로 꾸몄던 것처럼, 『세례』의 힘을 이용한 인식조작으로 리샤가 모르는 존재로 위장한 에이릴이 말을 걸었다.

"……침대가 참 끔찍하게 불편하더군. 옛날 꿈을 꿨다."

꿈 내용은 언급하지 않았지만, 리샤가 구제국에 인질로 붙잡혀 아버지와의 교섭 도구가 되었을 때 일이었다.

생각하기에 따라서는 현재 상황도 비슷하다고 할 수 있다.

자신이 신속하게 목숨을 끊었다면…… 그런 생각이 안 드는 것도 아니었지만―.

그때와는 다른 이유로, 가볍게 죽음을 선택할 수는 없었다.

"그렇게 말하는 걸 보니 괜찮은 것 같네. 뭔가 필요한 게 있다면 얘기해 줘. 최대한 준비해줄 테니까."

"그럼 내 기공각검을 가져다줄 수 있겠느냐?"

"그건 걱정하지 마. 잘 보관하고 있으니 교섭이 끝나면 돌려

줄게."

"……."

딱히 기대하고 한 말은 아니었지만, 상대의 반응이 친절했기 때문에 리샤는 의구심이 들었다.

어째서 이런 녀석들이 쿠데타를 꾸민 것일까.

"너희는 대체 뭘 요구하려는 거냐? 『대성역』의 유산과 기술이냐? 신왕국은 아직 아무것도 손에 넣지 못했어. 아르마에게, 그 아이에게 무슨 생각을 불어넣은 거지?"

"……너무 걱정하지 마. 그녀는 분명 다시 일어설 테니까. 헤이즈처럼 되진 않을 거야."

리샤의 질문에 에이릴은 독백처럼 중얼거렸다.

그녀를 에이릴로 인식할 수 없는 리샤는 그 말의 의미를 이해하지 못했지만.

"—헤이즈라고? 그 얘기가 왜 나오는 거냐?"

에이릴은 대답하지 않고 그저 미소 지은 후 지하실을 나가 건물 1층으로 이동했다.

『배신자 일족』을 증오하던 헤이즈는 과거의 원한과 고통을 원동력으로 삼아 복수에 전념했지만, 아르마는 이미 『검은 영웅』에게 구원받았다.

그러니까 괜찮을 거라고 에이릴은 확신했다.

룩스와 함께 싸우면서 그가 살아가는 모습을 알게 되었고, 그 덕분에 바뀌게 되었다.

과거에 에이릴 자신이 그랬던 것처럼.

'작전은 아직까지는 룩스 군의 계획대로 움직이고 있어. 이제 『성식』과 《우로보로스》를 공략할 방법만 알아내면 되는데…….'

후길과 라피 여왕을 쓰러뜨리고 아무도 모르게 신왕국을 인간들의 나라로 되돌리는 계획은 문제가 없다.

하지만 폐도 게르니카에서 신왕국으로 이동한 『대성역』이 숨어 있는 위치를 여전히 모른다.

후보군을 몇 군데 추려서 수색을 보내긴 했지만 『킬조레이크 패밀리』의 기룡사도, 요루카도 돌아오지 않았다.

'내일까지 못 찾으면 『대성역』은 포기할 수밖에 없어. 그렇게 되면—.'

리샤를 인질로 라피나 후길과 직접 대결할 수밖에 없다.

이 이상 숨어서 행동하는 것은 에이릴 일행에게도 극히 어려웠다.

지금만 해도 언제 신왕국 병사나 자동인형이 이 은신처를 찾아낼지 모를 상황이다.

똑똑.

"—흡."

갑자기 민가 현관 쪽에서 노크 소리가 들려왔다.

에이릴은 리샤가 있는 지하실로 내려가는 문을 잠그고 숨을 죽인 채 현관 쪽으로 갔다.

"나일세. 열게나."

마기알카의 목소리를 듣고 그녀를 안으로 들인 에이릴은 안도의 한숨을 내쉬었다.

그녀는 노파로 변장하고 지팡이를 짚은 채 외출했다.

외출이라고 해도 지나온 곳은 도보로 몇 분 밖에 안 걸리는 거리였지만, 지금은 그것만으로도 상당한 위험이 동반되는 상황이었다.

"후우. 어떻게든 들키지 않고 움직였지만, 간담이 서늘하구먼……."

마기알카의 심복 롤로트가 정보 전달 중계 담당을 맡고 룩스, 마기알카, 에이릴 그리고 여러 부하 기룡사들이 움직이고 있지만, 예전 아지트는 이미 발각되어 괴멸됐다.

부하 중 하나가 라피에게 붙잡혀서 은신처를 털어놓은 것이겠지만, 그때는 이미 구 아지트를 버리고 극히 제한적인 인원에게만 현재 은신처를 알려주었다.

그러나 왕도가 아무리 넓다 해도 아무도 모르는 적절한 은신처를 몇 개씩 마련하는 건 쉬운 일이 아니다.

실수로 신왕국의 《드레이크》의 탐사장치에 포착된다면 이 장소를 특정당할 위험도 있다.

다만 라피 진영도 움직일 수 있는 기룡사가 부족할 터라 그럴 가능성은 낮지만.

"그래서 어떻게 되었나요? 상황은—."

"키리히메 요루카의 연락이 두절된 건, 필시 자동인형과 교전했기 때문일 걸세. 왕도 북동쪽 구역 폐허에 전투 흔적이 남아 있었다는군. 자동인형 하나는 격파한 모양이던데, 무승부로 끝난 게 아니라면……."

"……."

말꼬리를 흐리며 의자에 털썩 주저앉은 마기알카가 한숨을 토해냈다.

다음에 이어질 내용이 무엇인지는 에이릴도 알 것 같았다.

"그리고…… 나머지『칠용기성』들과는 연락이 닿았나요?"

"그래. 일단 한 사람씩 확인해보긴 했는데, 인식 주박은 풀리지 않았다네. 나나 그대, 혹은 룩스가 직접 녀석들을 찾아간다면 가능성은 있겠지만, 희박하겠지. 하여간 조금 강압적인 책략을 준비 중이기는 한데……."

후길을 타도하기 위한 전력은 아직도 부족한 상황이다.

라피가 신왕국의『기사단』을 아군으로 삼은 이상 이쪽도『칠용기성』의 잔존 멤버를 끌어들이고 싶었지만, 그들은 세계 개변으로 인해『대성역』에서의 싸움이 끝났다는 인식에 사로잡혀 있었다.

다시 말해 그들에게는 싸울 이유가 없었다.

세계를 구하는 게 목적이라면 얘기가 달라지겠지만, 현재 이 싸움은 표면적으로는 신왕국의 내란에 불과하다.

그들이─ 그들을 거느린 각국 지도자들이 이 사실을 안다고 해도, 자신들의 귀중한 전력을 투입할 것 같지는 않았다.

"이대로 요루카가 돌아오지 않는다면 그야말로 사면초가라네. 그때는 얌전히『그랑 포스』를 챙겨서 도망칠 수밖에 없겠지."

"……그렇겠네요……."

에이릴은 맞장구를 치면서도 그게 불가능하다는 사실을 잘 알았다.

각 자동인형이 『그랑 포스』의 위치를 대략적으로 파악하는 기능을 갖추고 있다는 것을 알고 있었으며, 그 정보를 마기알카에게도 알려주었기 때문이다.

지금 당장은 에너지가 부족해서 자동인형을 적극적으로 활용 못하고 있지만, 왕도 내를 샅샅이 뒤지기 시작하면 언젠가는 찾아낼 터다.

즉 기도할 수밖에 없었다.

룩스가 믿는 요루카가 길을 개척해주기를.

†

"……잠시, 정신을 잃었었나 보네요."

요스 토크와 결투한 뒤로 하루가 지난 오후. 요루카는 숲 속에서 눈을 떴다.

울창하게 우거진 나무를 올려다보는 것처럼 고개를 들고 천천히 걷기 시작했다.

그때 마지막 폭발은 가까스로 피하긴 했지만, 타격이 큰 탓에 숨는 게 고작이었다.

그리고 한나절 가량 휴식한 후 조사에 나섰지만, 결국 신왕국으로 이동한 『대성역』이 숨겨진 장소는 찾지 못했다.

그러다가 끝내 피로를 못 이기고 의식을 잃고 말았다.

그래도 타고난 직감과 요스 토크가 접근을 저지하던 방향을 탐색해서 예상가는 지점은 파악해 두었다.

이 나라 출신이 아닌 요루카는 알 길이 없었지만, 이곳은 『고대의 숲』이라고 불리는 장소.

신왕국 왕성에서 북동쪽으로 떨어진 곳에 자리잡은 땅이다.

원래는 아카디아 황국의 황족들이 의식을 진행할 때 쓰였던 성지인데, 구제국 시절을 거치면서 방치된 채 아무도 다가가지 않게 됐다.

곳곳에는 부서진 신전의 잔해가 굴러다녔고, 짐승 기척조차 거의 없이 조용했다.

개울물이 흐르는 작은 소리.

우거진 수풀이 바람에 흔들리는 소리.

대자연이 요루카의 마음을 거울처럼 비추는 것 같았다.

마음속에 떠오르는 것은 그녀의 주인, 룩스.

지금까지 죽음은 두렵지 않다고, 주인을 위해 죽는 것이야말로 숙원이라고 생각했다.

그런데 룩스는 요루카를 도구로 생각하지 않는다고 했다.

'고생시켜서 미안해. 만약 무리일 것 같으면, 무모한 짓 하지 말고 아이리를 데리고 도망쳐 줘. 그녀를 지키며 살아주길 바라.'

요루카에게 그렇게 말해주었다.

"주인님도 참, 심술궂은 분이시군요……."

그렇게 애절한 표정으로 부탁하면 고집을 부려서라도, 목숨을 걸고서라도 그 사명을 다하고 싶기 마련이다.

룩스 주위에 수많은 사람들이 모여드는 이유를.

그를 위해 온 힘을 다하려고 하는 이유를.

드디어 이해했다.

이해했지만, 요루카는 자신이 사람이 되었다는 실감을 느끼지는 못했다.

오히려 그런 논리보다도 본능적으로 룩스를 원하는 마음이 강해졌다.

"주인님…… 사모하옵니다."

이제는 장갑기룡을 사용할 여력도 없었지만, 맨몸으로 기척을 죽이고 걸어간 끝에 마침내 그 장소를 찾아냈다.

"……"

허물어진 석조 신전이 묻혀 있는 곳. 그곳에 서 있는 한층 커다란 나무 아래에, 아샤리아라 불리던 은발 소녀가 서 있었다.

겨우 백 메르가량 떨어져 있는 나무 그늘 속에서 순백색 장의로 몸을 감싸고 서 있는 모습이 보였다.

이것으로 『대성역』의 대략적인 위치를 특정했다.

이제는 아무에게도 들키지 않고 룩스에게 돌아가 전달하기만 하면 된다.

"이상, 하군요. 부상으로 인한 통증조차, 느끼지 못할 텐데……"

요루카의 의식이 다시 멀어지려는 찰나— 그녀는 눈앞에서 룩스의 모습을 보았다.

그대로 가까운 바위에 기대는 것처럼 정신을 잃었다.

앞선 사투 뒤로 자지도, 쉬지도 않고 계속해서 탐색하던 신체에 한계가 찾아온 탓이었다.

그때, 누군가의 발소리가 초주검이 되어 쓰러진 요루카 쪽으로 천천히 다가갔다.

"……괜찮겠습니까? 후길. 현재의 마스터…… 라피 여왕 폐하께 알리지 않아도."

쓰러진 요루카를 안아 든 후길은 자동인형 아샤리아에게 천천히 다가갔다.

하지만 그의 표정에 소녀에 대한 적의는 없었다.

후길은 진지한 표정으로 정신을 잃은 요루카를 바라보았다.

"거기까지 계약하진 않았어. 이번 일은 거의 끝났다. 『성식』은 이미 라피를 선택했고, 그녀는 궁극의 힘을 손에 넣었지. 다음 전투에서 『대성역』을 다시 수중에 넣을 자격자가 나타나 싸우는 그때까지 나는 계속 지켜볼 뿐이야."

후길이 아샤리아를 힐끗 쳐다보자 자동인형은 그의 의도를 알아차리고 일단 자기 자신을 『대성역』 중추로 전송시켰다.

그리고 간단한 치료기구를 챙겨서 돌아와 그것을 요루카에게 부착했다.

"내 목적은 인간을 인도하는 것이니 어느 한쪽 세력만 일방적으로 편들 수는 없지. 이 자리에서 라피에게 발각됐다면 끝났을 운명이지만 그렇게 되지 않았어. 게다가 현재 여왕 폐하

쪽이 훨씬 유리하다."

"그것도 그렇군요. 그렇다면 당신이 룩스와 그 동료들에게 가담하면 되는 것 아닌지요."

자동인형 아샤리아가 무표정을 유지한 채 고개를 갸웃했다.

후길은 조용히 눈을 감고 그 질문에 대답했다.

"현재 두 세력은 길항 상태에 있어. 따라서 내가 힘을 빌려 줄 국면이 아니야. 그저 지켜볼 뿐이다. 이 싸움이, 어떤 결말을 맞이하게 될지."

"하나 여쭤도 괜찮겠습니까?"

"뭐지?"

자동인형 아샤리아는 담담하게 요루카를 치료하면서 후길에게 물었다.

"당신의 아군은, 우리 자동인형이라는 것으로 받아들여도 되겠습니까?"

"……아니. 《우로보로스》를 사용할 때는 네 도움도 받고 있긴 하지만, 내게 아군이라는 개념은 없어. 그것이 『시작의 영웅』인 나의 숙명이다."

후길은 미동조차 없는 표정으로 나직하게 대답했다.

아샤리아는 그 이상 아무 말도 하지 않았고, 그렇게 시간이 흘러갔다.

†

　"결국 룩스는 아무 반응도 보이지 않았군요. 『창궁사단』의 부하를 붙잡은 건으로 제법 위협을 느꼈을 텐데, 과연 단념한 걸까요? 아니면 신중한 걸까요?"

　왕도 로드갈리아의 왕성. 세 번째 세계 개변이 실패로 끝난 뒤로 7일째의 아침.

　라피 여왕은 알현실의 옥좌에 앉아 턱을 괴고 있었다.

　곁에는 후길과 자동인형 아샤리아가 서 있었고, 그 둘을 제외하면 아무도 없었다.

　『창궁사단』의 출현과 선전포고.

　그리고 나르프 재상의 암살과 수많은 집정관이 살해당했다는 것이 밝혀지면서 중신들은 그 대응에 쫓기고 있었다.

　특히 『대성역』의 열쇠인 에이릴과 『그랑 포스』를 빼앗긴 사실을 타국에서 알게 되면 책임을 추궁할 것이고, 그로 인해 혼란이 일어날 것이다.

　뿐만 아니라 길었던 전쟁의 여파로 기룡사 전력을 유지하는 것조차 여의치 않은 상황이기 때문에 다시 사대 귀족에게 협력을 요청했다.

　참고로 저번에 붙잡은 『창궁사단』의 일원이 털어놓은 아지트는 텅 비어 있었다. 그나마 남아 있던 문서 등을 조사해보았지만 아무 수확 없이 허탕만 쳤다.

　"리샤……. 무사하다면 좋겠지만, 단서가 바닥난 이상 적의 타진을 기다릴 수밖에 없겠네요. 아니면— 우리 쪽에서 먼저 나설까요?"

설령 이 뒤에 『그랑 포스』를 되찾아 세계를 개변할지라도, 리샤가 납치당했다는 사실은 될 수 있는 한 국민들에게는 알리고 싶지 않았다.

따라서 라피 측이 손에 쥐고 있는 유일한 조커, 아르마를 쓸 수밖에 없었다.

『창궁사단』의 리더를 공개 처형하겠다는 의사를 보이면 상대편도 움직이지 않을 수 없을 터다. 아니면—.

라피가 그런 생각을 하고 있을 때, 알현실 바깥에서 병사의 목소리가 들려왔다.

"……라피 여왕 폐하, 알현 허가를 요청드립니다. 『창궁사단』에서 보낸 사자가 결투장을 가져왔습니다!"

"들여보내세요."

후길과 아샤리아를 물리면서 대답하자 아직 젊은 기룡사가 뛰어들어왔다.

그리고 『창궁사단』의 새로운 요청 사항을 전달했다.

요약하자면 쌍방의 인질과 『그랑 포스』를 걸고 결투하자는 내용이었다.

『창궁사단』이 그 장소로 지정한 곳은 『고대의 숲』— 폐도 게르니카에서 2주에 걸쳐 이동시킨 『대성역』의 새로운 은신처였다.

"이 상황에서 그걸 찾아냈나요……. 적도 상당하군요."

전령으로 온 병사를 돌려보낸 후, 라피는 후길과 아샤리아를 보며 미소 지었다.

"아니면, 누군가가 인도해준 걸까요? 제가 너무 유리하다고 보고."

라피는 의미심장한 어조로 말하며 옆에 있는 후길을 힐끗 보았다.

하지만 야수 같은 안광을 번뜩이는 사내의 표정에는 어떤 변화도 없었다.

"뭐, 어쨌거나 받아들일 수밖에 없을 것 같네요. 제 조카 딸, 리샤를 되찾으려면 그 방법밖에 없어요. 물론『기사단』멤버를 보낼 거예요. 마침 전원의 강화도 끝났고, 그녀들을 알맞게 써먹을 방법도 확립됐으니까요."

그렇게 중얼거리는 라피의 입꼬리가 살짝 올라갔다.

『창궁사단』이 시간을 들여 다양한 포석을 깔아두는 동안 라피 또한 전쟁에 대비해서 차근차근 준비해왔다.

지난 며칠 동안 룩스의 일거수일투족을 감시했지만 어떤 꼬투리도 잡지 못했다.

숙소에서 빠져나간 낌새는 없었으며, 리샤나 크루루시퍼와 싸운 것도 다른 사람으로 여겨졌다.

하지만『창궁사단』의 주모자가 룩스일 것이라는 라피의 확신은 흔들리지 않았다.

일찍이 후길의 인도로 구제국을 무너뜨린 룩스만이 현재의 신왕국에 선전포고를 할 수 있다.

그런 생각으로 지난 며칠 동안 대책을 세웠다.

"룩스가 오면 좋겠네요."

"……."

후길은 라피의 말을 들으며 그저 묵묵히 곁에 서 있을 뿐이었다.

다음날, 신왕국을 뒤흔드는 싸움의 막이 열렸다.

Episode 4 『고대의 숲』

"라피 여왕 폐하! 사대 귀족에게 협력 요청을 마쳤습니다. 포진 지시를 부탁드립니다."

『창궁사단』이 처음으로 그 존재를 드러낸 뒤로 8일째가 되는 날 아침.

드디어 전면전을 벌일 순간이 왔다.

리샤와 아르마— 각 진영에 중요한 인질과 『그랑 포스』 및 에이릴을 건 전쟁.

그것은 왕도 로드갈리아 북동쪽에 자리잡은 『고대의 숲』에서 치러지게 됐다.

본디 신왕국군의 지휘는 라피의 소관이 아니다.

하지만 군사령관을 겸임하던 나르프 재상이 죽고 나서 후임을 정할 틈도 없었기 때문에 라피가 그 자리를 자진해서 떠맡았다.

"그렇군요. 그럼 그들에겐 주위 경비를 맡기도록 하죠. 왕도 쪽에서 원군을 보낼 생각은 절대로 하지 마세요. 이쪽에서 처리할 테니."

"하, 하지만 제아무리 실력이 우수하다 해도 사관후보생 부대만으로는 전력이 부족할 것 같습니다만. 적어도 신왕국군인 우리도 참가하는 게……."

"아뇨. 그럴 필요 없어요. 이쪽 작전은 이미 결정됐으니까."

다시 라피가 그렇게 중얼거리는 동시에 두 눈이 번뜩였다.

그러자 표정에서 의지가 사라진 병사는 살짝 고개를 끄덕이고 밖으로 나갔다.

"난감하군요. 《영겁회귀》의 편리함을 경험해보고 나니 아무래도 사람을 설득하는 과정이 귀찮아요. 저를 보좌해주던 나르프 재상이 없어지고 나서야 비로소 알 것 같네요."

"……."

라피는 애초에 정규군이나 사대 귀족을 주력으로 써먹을 생각이 없었다.

자동인형을 전선에 투입할 때 혼란이 일어날 게 틀림없을뿐더러, 애초에 룩스급의 실력자가 존재하는 『창궁사단』을 상대로 평범한 기룡사를 보내봤자 상대가 되지 않는다.

하지만 왕국군의 체면도 있기 때문에 마냥 무시할 수 없다는 점이 고민이었다.

아니, 무엇보다도 라피의 계책을 실현함에 있어 일반병은 방해요소에 지나지 않는다.

라피의 이 독단적인 결정은 현재로선 아무도 모른다.

룩스도, **그리고 자동인형 아샤리아와 후길조차도.**

『고대의 숲』은 원래부터 사람이 출입하기 힘든 지형일 뿐만 아니라 수백 년 동안 방치된 탓에 천연미궁을 방불케하는 구조를 보였다.

라피 휘하 신왕국군은 그 전장에 한 발 먼저 진을 치고 룩스를 비롯한 『창궁사단』을 기다렸다.

우선 기준점으로 설정한 호수가 있는 중앙에 남북으로 나뉘어서 마주하고, 인질과 『그랑 포스』를 확인한 후 개전. 리샤와 아르마를 제외한 지휘관을 쓰러뜨리면 된다.

그 시점에서 실질적으로 승리가 굴러들어오게 된다.

『대성역』의 기능을 이용해서 환신수도 배치해뒀지만, 『기사단』 멤버들 바로 앞쪽은 확실하게 비워 놓았다.

환신수는 어디까지나 복병으로 둔 채 최후의 수단으로 쓸 예정이었다.

"후길. 그 남자…… 검은 기룡사가 만약 룩스라면— 이쪽으로 이동한 『대성역』의 입구까지 파악했을까요?"

"글쎄요, 정보가 부족한 이상 뭐라고 판단할 수 없군요."

후길이 무뚝뚝하게 대답하자 아샤리아가 고개를 끄덕였다.

"하지만 정녕 우수한 위정자라면, 불의의 사태에 대비한 대응책도 생각해 두는 법이지요."

"그럼 당신에게 중추의 수비를 부탁해도 될까요? 이 장소를 결전의 무대로 지정한 그들의 노림수가 『대성역』이라면— 그게 최선이잖아요? 당신이 절 지킬 의리는 없지만, 그런 정도라면—."

"훗……."

그 말 속에서 후길은 라피의 꿍꿍이를 읽어내고 웃음을 흘렸다.

'『성식』과 융합한 게 전부인 별 볼일 없는 지배자라고 생각 했는데, 의외로 나쁜 쪽으로 머리가 잘 돌아가는군.'

아니면 그녀가 자신의 의지로 싸우기로 마음먹었기 때문에 성장한 것일까?

후길은 기본적으로 이 싸움에 관여할 마음이 전혀 없었다.

『성식』의 인도를 따라서, 불행의 구렁텅이에 빠져 있던 라피의 아군이 되어 세계를 개변하던 시기는 다 지나갔기 때문이다.

그러나 적이 후길을 직접 노린다면— 혹은 『대성역』 자체를 노린다면 얘기가 달라진다.

후길에게는 『대성역』의 기능을 지켜야 할 사명이 있다.

그리고 룩스가 적이라면, 이 기회에 라피만이 아니라 『성식』 과 《우로보로스》에 대항하기 위해서 『대성역』의 기능을 정지 시키려고 할 가능성이 농후하다.

때문에 라피는 그곳에 후길을 배치해서 룩스의 계획을 방 해하려는 심산이다.

"일리 있군요. 어차피 『모형 정원』의 『그랑 포스』를 빼앗겨서 강력한 기능은 쓸 수 없긴 합니다만…… 만약 『창조주』에이 릴이 『창궁사단』에 협력하고 있을 경우, 몇 가지 시설을 사용 하려고 들 테니까요."

아샤리아가 동의를 표하고 라피 옆에 붙으면서 자동인형들 을 지휘할 태세에 들어갔다.

이제 남은 문제는 라피가 빌린 사대 귀족의 기룡사를 어떻게 지휘, 배치하느냐는 것이었다.

　이것으로— 모든 준비를 끝마쳤다.

　"그럼 후길, 가볼까요? 그리고 부디 확인해주세요. 저와 그…… 둘 중에 누가 신왕국을 통치하기에 걸맞은 인재고, 사라져야 마땅한 패배자인지—."

　그 후에 지하실에 가둬 놓은 아르마를 데리고 나와 성 밖으로 나섰다.

　라피는 자동인형 아샤리아가 불러낸 《엑스 와이번》에 안겨서 후길 일행과 함께 『고대의 숲』으로 날아갔다.

†

　라피 일행이 『고대의 숲』에 포진하기 위해 이동하기 시작한 무렵—.

　룩스 일행이 머물고 있는 고급 숙소에서도 최후의 싸움을 앞두고 준비가 한창이었다.

　요루카는— 어제 마기알카와 접촉해서 『고대의 숲』에 『대성역』이 숨겨져 있다는 정보를 전달했다.

　그 정보를 바탕으로 라피 여왕에게 장소를 지정해서 선전포고할 수 있었다.

　요루카 본인은 부상과 피로 탓에 한동안 움직일 수 없을 것 같았지만, 그녀처럼 실력이 뛰어난 기룡사와 호각 이상으로 싸운 자동인형의 능력은 위협적이었다.

물론, 지금 눈앞에 있는 그녀들을 포함해서.

"그럼 룩스. 좋은 소식을 기다리세요. 리샤는 우리가 반드시 되찾겠습니다."

장의를 갖춰 입고 허리에 검대를 찬 『기사단』 멤버들이 룩스에게 출발 인사를 하러 찾아왔다.

"부탁드려요. 세리스 선배, 모두들······."

룩스는 미안해하는 표정을 지으면서 세리스의 손을 잡았다.

『창궁사단』과의 결전에 나서는 다른 멤버는 크루루시퍼, 피르히, 트라이어드의 세 명.

지금까지 그녀들은 룩스의 감시 겸 호위를 맡아왔지만, 리샤를 구출하기 위해서는 아무래도 전원이 나설 수밖에 없었을 것이다.

그저께는 크루루시퍼, 어제는 세리스의 모습이 보이지 않은 게 의문이었지 그 이유까지는 가르쳐주지 않았다.

그래도 룩스는 마지막으로 이렇게 얼굴을 볼 수 있어서 다행이라고 생각했도.

비록 그녀들의 마음에 응해줄 수는 없어도, 자신 또한 그녀들을 좋아한다는 마음을 다시금 확인할 수 있었으니까.

'다들 하루씩 자리를 비웠던 게 왠지 마음에 걸리지만— 고민해봐야 알 수 있는 것도 아니니까······.'

모두가 라피 여왕의 지휘하에 『고대의 숲』 결전에 나선다는 사실을 안 것만으로도 큰 수확이었다.

앞으로 몇 시간 후면 두 진영의 지휘관이 교섭을 시작하고,

전쟁으로 발전될 것이다.

룩스는 혼자서 적이 보유한 거의 모든 전력을 상대해야 한다.

"그 아이의 성격을 생각하면, 분명 룩스 군을 보지 못하는 걸 분하게 생각할 거야."

"루우, 몸조심해."

크루루시퍼와 피르히가 한마디씩 말을 건넨 후, 마지막으로 트라이어드가 다가왔다.

"솔직히 이번에 네 도움을 못 받는다고 생각하면 불안하지만, 가끔은 우리도 멋진 모습을 보여줘야겠지."

저번에 목욕탕에서 보여줬던 모습은 흔적도 찾아볼 수 없는 샤리스가 미소 지으며 말했다.

"리샤 님만큼 장갑기룡 조정에 일가견이 있는 사람은 없으니까, 꼭 되찾아야지."

"Yes. 룩스 씨도 기운이 없어 보이니, 리샤 님이 얼른 돌아오셔야 합니다."

티르파와 녹트도 애써 명랑한 태도로 한마디씩 덧붙였다.

"응. 고마워⋯⋯."

어째서 감사 인사가 튀어나왔는지는 룩스도 알 수 없었다.

하지만 금세 어떤 사실을 깨닫고 표정이 살짝 흐려졌다.

'아니⋯⋯. 그런가, 이제 말해야 하겠구나.'

이 전투에서 패배하면 룩스는 두 번 다시 그녀들을 만날 수 없다.

혹여나 성공해도 룩스의 정체가 『창궁사단』의 대장이라는 사실이 알려지면 더이상 이 나라에 그가 있을 곳은 없다.

그러니 지금 말해야만 했다.

"—다들, 지금까지 죄인인 나를 받아들여줘서, 편견없이 대해줘서 고마워. 모두와 함께 학원에서 지낼 수 있어서, 정말로 즐거웠어."

리샤와의 만남에서 시작된 학원 생활이지만 그녀들과 함께할 수 있어서 행복했다.

룩스가 만감을 담아 말하자 소녀들은 당황했는지 쑥스러워하는 표정을 지었다.

하지만 이내 미소를 되찾은 소녀들은 룩스를 쿡쿡 찌르고, 껴안고, 머리를 쓰다듬어주었다.

"겸허한 후배로군요. 우리 쪽이 몇 배나 더 많은 빚을 졌어요. 이 자리에 있는 모두가, 당신에게 구원받는걸요."

"그러게 말이야. 자기가 얼마나 큰 일을 해냈는지 전혀 자각하질 못한다니까."

세리스와 크루루시퍼는 어이없어하는 웃음으로.

"그런 말을 눈앞에서 대놓고 하면 괜히 낯뜨거우니까 그만둬. 아— 정말, 꼴사납군."

"응, 나도…… 아니, 자의식 과잉이라는 건 알고 있지만."

"Yes. 그래도 기쁩니다."

트라이어드의 샤리스, 티르파, 녹트는 자기 스타일대로 반응하며 기뻐했다.

마지막으로 피르히는 여느 때처럼 느긋한 태도로 룩스의 양

© Yuichi Murakami

손을 꼬옥 쥐었다.

"루우. 그럼, 다녀올게."

"……조심해야 해."

소녀들과 작별 인사를 끝마친 룩스는 자신의 방으로 돌아 갔다.

제대로 걷지 못하는 상태를 가장하고 있는 룩스를 아이리 가 부축해주었다.

"뭔가, 오랜만이네요. 이렇게 우리 둘만 조용히 있는 건. 오 빠가 학원에 온 뒤로 주위가 살짝 소란스러워졌으니까."

"그런 것, 같네."

침대에 누운 룩스는 그렇게 대답하고 자는 척하기 위해 눈 을 감았다.

"안심하세요. 오빠는— 제가 지킬 테니까."

아이리는 잠시 룩스의 모습을 지켜본 후, 문을 닫고 밖으로 나갔다.

그녀를 기다리느라 아직 출발하지 않은 『기사단』에 합류하 기 위해서.

"……."

이제 룩스는 아무도 모르게 숙소를 빠져나가 『고대의 숲』으 로 가야만 한다.

몇 분 뒤. 룩스는 어떤 방법을 써서 숙소에 남아있는 렐리 와 시민으로 변장한 신왕국군 병사에게 들키지 않고 빠져나 와 마기알카와 합류할 지점으로 서둘렀다.

†

"흐응……. 이거야 원. 라피 여왕님도 참 곤란한 분이시라니깐. 『창조주』 같은 거물이 상대라면 또 몰라도, 『창궁사단』인가 뭔가 하는 풋내기 도적과의 전투…… 그나마도 망만 보라니. 못 해 먹겠네."

"……."

『고대의 숲』이라는 이름으로 불리는, 왕성에서 몇 키르 떨어져 있는 무인지대—.

그곳의 남서쪽 끝— 정확히 말하자면 왕도에서 가장 가까운 위치에 수십 명의 기룡사로 구성된 부대가 포진하고 있었다.

그 선두에 있는 두 명의 부대장 중 한 명이 커다란 바위 위에 앉아 요란하게 탄식한 후 실소를 흘렸다.

허리까지 내려오는 거칠게 웨이브 진 검붉은 머리카락과 넉살 좋은 미소가 특징적인 소녀.

성인이 되기 전인 여성치고는 체격이 좋아서 망토를 덮고 있음에도 육감적인 몸매 라인을 알아차릴 수 있었다.

하지만 그 얼굴에 떠오른 호전적인 미소를 보고도 그녀에게 음흉한 생각을 품는 부하는 없다.

보는 이에게 사자 같은 인상을 느끼게 하는 소녀를 두려워하면서도 경의를 품고 섬겼다.

약관 18세인 이 소녀의 이름은 니아 헤루빔.

사대 귀족의 대장부 버글라이저 거슈토프의 조카이자 그의 직속부대의 대장 후보.

기룡사로서, 지휘관으로서 그의 친자식보다도 뛰어난 실력을 지녔기 때문에 신임을 얻었다.

말하자면 사대 귀족 버글라이저가 지닌 비장의 수단이자 그의 영지에서 차세대를 담당할 비밀 병기였다.

기룡사로서도 특급^{엑스 클래스} 계층의 실력을 지녔으며, 용맹과감한 걸물로서 평가도 좋았다.

그런 소녀가 라피 여왕의 요청에 따라 억지로 이 전투에 참여하게 됐다.

"맞장구 좀 쳐주면 덧나? 재미없는 남자 같으니. 아버지를 닮아서 그런가?"

"……."

한편, 그 근처에 우뚝 서 있는 또 다른 부대장 청년은 니아라는 소녀의 도발에도 꿈쩍하지 않았다.

타인에게 무관심한 것이 아니라, 모든 감정을 제어하는 기계적인 분위기를 두르고 있었다.

청년의 이름은 다우라 샬토스트.

갓 20세가 된, 사대 귀족 조그와 샬토스트의 아들이다.

조그와에게는 아들이 많았다. 그중에서도 다우라는 아버지와 나이 차이가 꽤 많이 났지만, 흠이 없는 실력과 남자치고는 드물게 높은 기룡적성이 어우러져서 그의 영지 내에서는 꽤 높게 평가받았다.

이번에는 버글라이저의 조카인 니아처럼 라피의 요청에 따라『창궁사단』과의 결전에 협력하게 됐다.

갸름한 얼굴의— 그러나 눈매가 매서운 청년은 왕성 방향으로 돌아서서 십여 초 이상을 들여 니아를 쏘아보았다.

"따분한 게 싫다면,『창조주』와 싸웠던 대전 때 손들고 참전하지 그랬나? 그때는 라그나뢰크 일곱 마리가 동시에 나타난 지옥이었다고 들었어. 위세 좋은 모습은 삼촌을 닮긴 했는데, 분수를 모르고 행동하다간 죽음을 재촉하게 될 거다."

칼로 자르는 듯한 차가운 시선과 말투.

하지만 니아는 한 발짝도 물러서지 않았다.

"흥. 당연히 손들고 나섰지만 삼촌이 말렸다고. 너 같은 겁쟁이랑 싸잡아 취급하지 말아줄래?"

그런 잡담을 나누며 무료함을 달래고 있으려니 장갑 일부를 파랗게 칠한 기룡사 무리가 저 멀리서 보였다.

"하아, 시시해라. 공주를 구하면 신왕국에 은혜를 입힐 수 있는데 말야. 입구를 경계하는 걸로는 큰 공을 세울 수 없다고. 내 말 무슨 뜻인지 알지? 우리가 그『창궁사단』이라는 놈들을 박살 내버리면—"

니아는 대담하게 웃으면서 떠들어댔다.

라피의 명령과 상반되는 행동의 선언이었기 때문에 부하들의 얼굴이 당혹으로 물들었다.

"쓸데없는 짓 하지 마라. 교섭 전에 공주가 살해당하면 네 녀석의 목 하나로는 안 끝날 거야. 삼촌의 명예까지 더럽히고 싶은 거냐?"

"……농담이야. 이래서 음침한 남자가 싫다니까. 그래도—
교섭이 끝난 뒤라면 별 상관없지? 적당한 이유를 붙여서 참전
해도."

니아는 어깨를 으쓱하면서 야심으로 물든 눈을 번뜩였다.

그들의 역할은 어디까지나 이 전장에 침입하려는 자를 저지
하는 문지기였지만, 파란의 예감이 들기 시작했다.

†

니아와 다우라가 통솔하는 부대가 『고대의 숲』과 왕도로 가
는 길을 분단하는 방어선 역할을 맡아 진을 치고 감시하고 있
을 때.

숙소를 빠져나와 『창궁사단』과 합류한 룩스 또한 결전의 무
대로 날아가고 있었다.

"부단장, 준비는 다 끝났어. 몸 상태는 어때?"

"……괜찮아. 반드시 목적을 달성하겠어."

불만스럽게 입을 삐죽 내밀고 있는 리샤를 품에 안은 에이
릴이 《엑스 와이번》으로 비행하며 룩스에게 말을 걸었다.

룩스는 머리를 통째로 덮는 투구나 다름없는 가면 아래에
서 불분명한 목소리로 대답했다.

사실 말은 그렇게 했지만, 무언가 대단한 것을 준비한 건 아
니었다.

아르마가 인질로 붙잡히는 바람에 『창궁사단』의 전력은 상

당히 부실했다.

『킬조레이크 패밀리』에서 기룡사 수십 명을 데려오긴 했으나 단순히 머릿수만 채운 것에 가까웠다.

크루루시퍼를 비롯한 『기사단』의 정예 기룡사들과 맞붙으면 룩스나 에이릴 말고는 전혀 상대되지 않으리라.

따라서 부하들에게는 양동에 특화된 작전을 지시해 두었다.

결코 정면으로 맞붙지 않고, 『모형 정원』에서 가져온 보물을 아낌없이 사용해서 적을 교란하고, 그 틈을 타 룩스가 『기사단』을 각개격파 한다.

그 과정에서 아르마를 되찾는 동시에 『대성역』에 침입하고, 보유 중인 기록매체를 활용해서 정보를 획득한다.

그 후 일단 퇴각해서 태세를 정비하고, 입수한 약점 정보를 이용해서 『성식』과 《우로보로스》를 격파한다.

"하아……."

행동 목표를 되짚는 것만으로도 쓴웃음이 절로 나올만큼 무모한 작전이었다.

『대성역』의 중추, 혹은 『아카이브』라고 불리는 서고 시설에서 재생할 수 있는 기록매체를 보유하고 있긴 하나 과연 『성식』과 《우로보로스》에게 약점이 존재하긴 하는 건지, 존재한다면 현재 전력으로 그것을 공략할 수 있는지조차 미지수다.

그러나 강대한 적을 상대하고 있다는 점에서는 5년 전과 다를 바 없었다.

그때와 다른 점은 후길이라는 협력자가 없다는 것이지만 조금도 불안하지 않았다.

리샤를 비롯한 학원 동료들을, 소중한 그녀들을 진심으로 구하고 싶다고 바랐으니까—.

『그리고 그들을 설득하는 건…… 무리였어.』

『그래…….』

에이릴은 품에 안은 리샤에게 들리지 않게끔 바로 옆에서 비행 중인 룩스에게 용성을 써서 의사를 전달했다.

이에 룩스는 살짝 고개를 숙였다가 자기 자신을 고무하려는 것처럼 힘차게 고개를 들었다.

마기알카는 보좌관인 롤로트를 움직여서 퍼레이드가 끝난 뒤 귀국하려는 『칠용기성』을 붙잡아 후길의 타도를 도와달라고 요청할 생각이었지만, 그건 역시 무리였다는 걸 다시금 깨달았다.

그들에게는 신왕국의 위기 해결을 도와줄 이유가 없을뿐더러 애초에 인식의 주박에서 벗어나지도 못했다.

그들의 인식 속에서 후길은 쓰러졌고, 『대성역』 사건은 해결된 지 오래였다.

『그래도 고육지책을 썼어. 만약 그게 잘 먹히면 그들을 이곳에 부를 수 있을지도 몰라. 아니면 거기서 룩스 군이 직접 그들을 설득할 수 있다면—.』

『그래. 거기에 걸어볼게. 제때에 마칠 수 있을지는 잘 모르겠지만…….』

룩스가 대답하는 것처럼 고개를 끄덕인 직후, 에이릴이 장착한 《엑스 와이번》의 장갑팔에 안겨 있는 리샤가 눈가리개를 한 채로 투덜댔다.

"보아하니 상황이 복잡한 것 같은데, 그런 잡담을 나눌 시간은 있는 거냐?"

왕도 로드갈리아에서 몇 키르 정도 떨어져 있는 『고대의 숲』에 도착했다.

그 입구라고 할 만한 장소에 신왕국군의 기룡사들이 포진하고 있었다.

"안녕. 너희가 『창궁사단』이야? 나는 사대 귀족의 사병부대 대장인 니아 헤루빔이야. 이쪽은 다우라. 이 『고대의 숲』에서 진행될 거래와 결투를 지켜보는 역할을 임명 받았지."

"우리에게는 귀공들에게 위해를 가할 권한이 없다. 단지 결투 약정에 없는 외부의 원군이나 다른 군의 개입을 막는 역할을 맡고 있지. 그게 전부다. 지나가라."

그 선두에 서 있던 지휘관으로 보이는 두 명의 기룡사가 이름을 밝히고 설명했다.

한 명은 체격이 좋고 드세 보이는 적발 소녀.

다른 한 명은 신중한 표정을 짓고 있는 마른 사내다.

냉정하면서 대담한 두 사람의 자기소개를 들은 룩스는 그들이 라피의 협력 요청을 받고 참전한 사대 귀족의 사병임을 알아차렸다.

"알았다. 우리는 이제부터 각자 데리고 있는 인질을 걸고 신왕국과 결전을 벌일 거다. 당신들은 이 싸움에 관여하지 않고, 『고대의 숲』에도 들어오지 않겠다는 얘기로군."

"그래. 물론 약속을 어긴 순간 무슨 짓을 당해도 군소리하지 말자고. 서로 말이야."

"……."

입꼬리를 비틀어 올리는 니아에게서 이 전투에 참전하겠다는 의지가 명백하게 느껴졌다.

하지만 아마 그녀들이 참전하는 건 혼전이 벌어진 다음일 것이다.

애초에 룩스나 에이릴도 끝까지 경계에만 전념할 거라는 두 사람의 속보이는 약속을 믿고 있지 않았다.

하지만 이 자리에서는 그 이상 아무 말도 하지 않고 『고대의 숲』 안쪽으로 들어가기 시작했다.

라피 여왕에게 방관하라는 지시를 받은 그들이 이곳에서 약속을 어기고 싸움을 걸더라도 얻을 것은 거의 없다.

오히려 여왕의 위기에 적극적으로 개입해서 빚을 만들어 두는 쪽이 이득이다.

대영주인 사대 귀족과 신왕국군은 단순한 상하관계가 아니다.

그런 사정을 알기 때문에 룩스는 그렇게 판단했다.

"그런고로 구해주지 못해서 미안해, 공주님."

"마음만이라도 감사히 받도록 하지."

니아가 악의에 찬 시선으로 쳐다봤지만 리샤는 상대하지 않았다.

옛날처럼 인질이 되긴 했지만 아무래도 현재의 그녀는 정신을 바짝 차리고 있는 듯했다.

리샤의 반응에 안심하면서 룩스는『고대의 숲』에 진입했다.

어린 시절— 구제국 시절에 소문 정도는 들어보았지만 실제로 들어가는 건 처음이었다.

『뭐라고 표현해야 하나, 신기한 장소구나. 흡사—.』

그런 에이릴의 소감에 룩스도 동의하며 고개를 끄덕였다.

『응. 흡사— 유적의 내부처럼 생겼어…….』

오랫동안 사람의 손길이 닿지 않은 자연일 텐데, 초목이 자란 형태나 지형의 고저 차이에서 기묘한 규칙성이 느껴졌다.

뿐만 아니라 식물이나 광석 자체도 무언가 낯설었다.

『창궁사단』부대를 이끌고 숲 안쪽으로 곧장 전진하다 보니 이윽고 거대한 호수가 나타났다.

"윽……!"

숲에서 빠져나온 장소. 호수 반대편에서 라피 여왕과 신왕국군 모습이 보였다.

요루카가 가져온 정보를 바탕으로 미리 보낸 결투장에 지정해 둔 위치에 그녀들이 포진하고 있었다.

"정오……. 예정 시각에 맞춰 왔군요. 기다리고 있었답니다.『창궁사단』의 부단장님. 그런데— 이름은 뭐라고 부르면 될까요?"

라피 여왕의 말투와 표정에서는 과도한 살기나 적의, 혹은 불안 같은 요소는 느껴지지 않았다.

허세를 부리는 것으로 판단할 수도 있을지 모르나, 그녀는 의도적으로 차분한 태도를 취하려고 하는 것은 아니었다.

내면이, 인간성이 이미 감정이라는 기복을 초월한 존재가 된 탓이었다.

『기사단』 사람들은 깨닫지 못했겠지만 룩스에게는 그렇게 느껴졌다.

룩스가 『창궁사단』의 주모자라는 단서는 현재로선 전혀 파악하지 못했을 텐데, 어쩐지 상대방이 모든 것을 꿰뚫어보는 듯한 착각이 들었다.

'침착하자. 이 상황에서는 라피 여왕 폐하도 아직 『성식』의 힘을 쓸 수— 없을 거야.'

유적의 『그랑 포스』가 하나 부족한 탓에 마지막 《영겁회귀》가 불완전하게 끝난 지금, 완벽한 인식조작으로 현실의 모순을 크게 덧칠하는 것은 불가능하다.

신왕국군은 라피 여왕의 외모가 소녀로 변한 것을 알아차리지 못했지만, 아무리 그래도 『성식』으로서 진정한 모습을 드러내면 알아차리게 될 것이다.

'쓰러뜨려야만, 해. 어떻게든 라피 여왕 폐하에게서 떼어내야—'

인류를 구제할 장치로 만들어진 『성식』의 어두운 측면.

룩스가 우려하던 현실을, 요루카의 보고를 통해서 이미 확인했기 때문이다.

"내키는 대로 불러라. 그런 것보다, 약속은 확실하게 지키겠지?"

룩스는 그렇게 대꾸하고 에이릴이 미리 협의한 내용대로 라피와 교섭을 진행했다.

인질교환을 겸한 결투— 그 룰의 확인이다.

"네—. 그쪽도 보여주시겠어요? 리샤가 무사한지."

"……죄송합니다, 어마마마."

양손에 수갑을 차고 눈가리개를 한 채 등 뒤를 누르고 있는 칼날에 위협받고 있는 리샤가 살짝 고개를 숙였다.

반면에 라피는 안도한 것처럼 미소 지으며 대답했다.

"무사해서 다행이에요……. 안심하세요, 리샤. 당신은 제가 반드시 구해줄 테니까."

"헛……?!"

온화한 미소가 걸려 있는 라피의 얼굴.

그 이면에서 뿜겨져 나온 농밀한 살기에 룩스는 등줄기가 오싹해지는 것을 느꼈다.

룩스가 모든 라그나뢰크의 능력을 겸비한 『성식』의 위협을 느끼는 사이, 상대 역시 구속 상태의 아르마를 내밀었다.

"이쪽도 무사하다. 어서 이 녀석들에게 본때를 보여주라고. 정의를 부르짖으며 악행을 일삼는 위정자와 그 졸개들에게 말이지."

아르마는 사전에 정한 대로 당당한 반역자를 연기했다.

붙잡힌 뒤의 상황을 알 수 없어서 불안했지만, 그 모습을 보건대 일단 괜찮은 것 같았다.

"그럼 지금부터 10분 후에 『고대의 숲』의 내에서 전투를 개시하겠습니다. 각 진영은 지금 이 자리에 있는 전력만으로 참전— 퇴각은『고대의 숲』밖으로 나간 시점으로……."

라피가 미리 준비해 둔 이 싸움에 관한 약정을 읽기 시작했다.

"지휘관이 사로잡히거나 목숨을 잃은 시점에서 적군에게 투항할 기회가 주어진다. 리즈샤르테 아티스마타, 혹은 아르마 아티스마타는 양군의 규정을 지키기 위한 안전장치로 존재하지만, 각 진영이 탈환한 시점에서 그 규정은 의미를 잃는다. 투항은 장착한 장갑기룡을 해제하고 기공각검을 맡기는 것으로 성립한다— 이 정도면 될까요?"

"그래. 그 약정을 지킬 것을, 이『그랑 포스』에 걸고 맹세하지."

에이릴이 고개를 끄덕이며 거대한 크리스털을 들어 올렸다.

"그럼— 10분 뒤를 기대하겠다. 그때까지 호수의 라인을 넘지 말도록."

"……."

교섭 자체는 그것으로 끝났지만, 룩스는 신왕국측의 포진 상황을 재차 확인했다.

여왕 주위에 있는 낯선 기룡사— 가면을 쓰고 있는 세 명은 자동인형이 틀림없어 보였다.

그리고 일반병으로 보이는 남자들이 수십 명— 아마도 근위대인 것 같았다.

그들은 호위 임무에 전념하리라.

그러니 이 뒤에는 호수를 사이에 끼고 북동쪽으로 이동해서 크게 움직이진 않을 것이다.

그리고 리샤를 탈환하기 위한 부대는『기사단』이 주력일 터다.

크루루시퍼와 피르히, 트라이어드가 모여 있었다.

그녀들을 어떻게 분산시키고, 얼마나 신속하게 격파할 수 있느냐에 룩스의 승패가 달려 있었다.

'세리스 선배가 없잖아……? 따로 행동할 생각인가?'

그 외에는 후길의 모습이 보이지 않는다는 게 약간 불안했지만…….

『룩스 군……. 역시 내가 확인한 정보대로야…….』

『응…….』

룩스는 용성으로 몰래 에이릴과 대화했다.

『대성역』은 몇 개로 분리할 수 있는 시설의 집합체로 그 중심부에 있는 것이 중추다.

그 외의 방은 일정한 관리 권한으로 이용할 수 있는 소규모 시설이다.

과거에 『창조주』 리스테르카가 사용했던 『천궁』도 그 시설 중 하나였다.

이번에는 그중에서도 『아카이브』라고 불리는 서고와 비슷한 정보관리 시설에 볼일이 있었다.

『대성역』의 전체적인 배치는 육망성 형태가 기본이고, 『아카이브』의 역할이 무엇인지도 대강 파악해 두었다.

『고대의 숲』에 숨겨진 그곳의 위치를 특정해서 진입하려면 『창조주』인 에이릴의 권한을 이용해서 입구를 찾아야만 한다.

현재 마기알카의 보좌관 롤로트는 주인 곁에 붙어 있으니 나머지는 『창궁사단』 부하들에게 맡길 수밖에 없었다.

"그럼— 나중에 뵙죠. 이번 소란을 일으킨 보상을 해주셔야 겠어요."

라피의 그 말을 끝으로 지휘관들은 각자 자신의 진영으로 돌아가 지휘를 시작했다.

룩스와 에이릴을 제외한 『창궁사단』의 구성은 《와이번》 사용자가 열두 명, 《와이엄》 사용자가 열두 명, 《드레이크》 사용자가 열 명이다.

다들 중급 계층 이상의 실력을 지녔으나 『기사단』을 직접 상대하기에는 턱없이 부족한 전력이다.

『……하아. 이게 다 룩스 군이 그 사람들을 너무 많이 단련시킨 탓이야.』

『내가 학원에 오기 전에도 이미 실력이 꽤 뛰어난 사람들이었다고……. 그렇게 치면 너도 원인을 제공한 거 아냐……?』

에이릴은 룩스의 긴장을 풀어주기 위해 농담조로 말했다.

한 발짝 물러나서 보면 절망적인 전력 차이였다.

정면으로 격돌한다면 아마 10분도 채 버텨보지 못하고 괴멸할 것이다.

그 상황을 뒤집기 위해 룩스는 어떤 작전을 세웠다.

『고대의 숲』 남서쪽에 위치한 『고치』라는 이름의 시설— 예전에 본 적 있는 환신수 생산 플랜트를 이용하는 것.

저번에 『모형 정원』에서 입수한 대량의 뿔피리로 플랜트에서 생산된 환신수를 조종해서 적을 교란하는 작전인데, 사용자를 다치게 하지 않고 오로지 장갑만을 파괴하게끔 명령할 생각이었다.

『하아, 역시 룩스 군은 대단하다니까. 기사단만이 아니라 일반 병사들까지 신경 쓰다니.』

『안일한 생각이라는 건 알아. 그래도—.』

『응. 그렇게 하지 않으면, 하는 의미가 없는 거잖아?』

대를 위해서 아무것도 모르는 무고한 소를 희생양으로 삼는 것.

위정자로서 피할 수 없는 길일지도 모르지만 룩스의 소망과는 다르다.

그렇다면 그 이상을 한계까지 추구하지 않으면 자신의 마음 속에서 관철할 신념을 잃고, 자신의 전력과 각오마저 빼앗기게 되리라.

싱글렌은 불필요하다고 판단한 것을 버릴 수 있는 남자였다.

동시에 자신의 올바른 길을 추구하고 지휘한다는 생각을 바탕으로 자신의 패도를 관철하고자 했다.

그것 또한 하나의 훌륭한 길이다.

그리고 룩스는 그 남자와는 다른, 하지만 그에게 뒤지지 않는 왕도를 목표로 나아가고 있다.

『성식』의 힘.

제아무리 라피가 고난으로 가득한 인생을 살아왔다고 해도, 인외의 힘으로 인간을 지배해서는 안 된다고 생각했다.

결전 개시 직후, 룩스는 우선 에이릴과 함께 최대한 빨리 환신수 생산 플랜트로 향했다.

지금은 체력을 아끼기 위해서 일반적인 《와이번》을 사용하고 있지만—.

『이제 **그녀**가 솜씨를 발휘해주길 기대할 수밖에 없겠네.』

『당연하긴 하지만, 현재로선 신왕국군의 기척은 감지되지 않아. 이대로 플랜트에 진입하자.』

『응. 가자!』

에이릴과 작전을 확인하고 룩스는 기룡의 속도를 더욱 끌어올렸다.

목적지는 석조 건물의 잔해가 흩어져 있는 한 모퉁이.

파헤쳐진 지면에서 기묘한 흔적을 발견한 에이릴이 손을 들었다.

리샤는 여전히 눈가리개를 하고 있어서 룩스 일행의 작전을 알아차릴 길이 없었다.

그리고 아무것도 없는 공간에서 푸르스름하게 빛나는 창문이 나타났다.

『『창조주』의 존재를 확인. 『고치』— 환신수 생산 플랜트 안으로 들어가시겠습니까?』

조금 전 회합으로부터 여기까지 오는데 걸린 시간은 2분.

아직 호수 경계선을 넘어서 양군이 격돌하기 전 단계다.

리샤와 에이릴, 그리고 룩스 외의 부하들은 다른 목적을 완수하기 위해서 『창궁사단』 부대를 두 개로 나누었다.

한쪽은 양동을 시도하기 위한 부대.

이제부터 환신수를 해방한 뒤에 뿔피리로 그것들을 조종해서 최대한 시간을 벌 것이다.

그 사전 준비를 시작하기 위해 플랜트 내부로 진입하는 길을 열었다.

"『창조주』라고……? 네놈, 대체 누구냐?!"

에이릴이 지닌 『세례』의 힘으로 리샤의 인식을 속이고 있어서 정체는 들키지 않았다.

하지만 그 외의 사실은 인식할 수 있는 까닭에 리샤는 미심쩍은 표정으로 다그쳤다.

"……."

당연하지만 룩스와 에이릴은 대답하지 않고 묵묵히 준비를 갖추었다.

라피도 이 시설을 이용할 생각이었는지 이미 대량의 환신수가 잠들어 있었다.

라피는 상대가 에이릴을 탈환해서 협력받을 거라고는 생각지도 못했을 것이다. 그 덕분에 노릴 수 있는 빈틈이라고 할 수 있었다.

『에이릴. 환신수를 플랜트에서 전부 내보낼 때까지 몇 분이나 걸릴까?』

『어디 보자…… 앞으로 5분 정도면 될 것 같아.』

『좋아, 그 정도면 안 늦겠네.』

본격적인 개전 시간까지 앞으로 7분의 유예가 있다.

그 안에 이곳에 있는 1백 마리 가까운 환신수를 아군으로 삼는다면 분명 이 전투에서 우위를 점할 수 있을 것이다.

『전송을 시작하겠습니다. 주의하십시오.』

무기질적인 음성이 들리는 동시에 빛이 깜빡이더니 룩스와 에이릴은 중력이 사라지는 감각을 느꼈다.

정신이 들었을 때는 플랜트 내부에 서 있었다.

『여긴— 역시.』

무수한 캡슐로 에워싸인 주위를 둘러보며 룩스는 용성으로 중얼거렸다.

맞장구 치는 것처럼 에이릴도 고개를 끄덕였다.

『응. 폐도 게르니카의 고성 지하에 있던 플랜트랑 똑같아. 라피와 후길이 『대성역』에서 꺼낸 게 틀림없어.』

2주도 더 전에 세리스와 피르히가 강적 미스시스와 싸운 바로 그 장소였다.

그때 싸운 여파로 내부가 다소 부서지긴 했지만 잔해는 철거되었고 지금도 여전히 대량의 환신수가 캡슐 안에서 꿈틀대고 있었다.

"이 이상한 기척은 뭐지……? 어째서 신왕국의 숲속에 이런 것이—."

『고대의 숲』이 『대성역』으로 변한 사실을 모르는 리샤는 이상한 분위기를 느끼고 중얼거렸지만, 룩스 일행은 대답하지 않았다.

『그럼 내 권한으로 환신수를 해방할 테니까, 룩스 군은 누가 방해하지 못하게 주위를 경계해줬으면…… 앗?!』

『에이릴, 위험해!』

기동장치로 보이는 오브제에 에이릴이 손을 뻗은 순간, 룩스는 어떤 기척을 느끼고 《와이번》으로 날아올라 그녀를 감싸듯이 앞으로 나섰다.

　그 순간 군더더기 없는 효율적인 동작으로 내뻗은 랜스의 일격을 룩스는 반사적으로 블레이드를 들어 막아냈다.

　"크, 윽……!"

　"—뇌섬."

　그러나 창끝을 무사히 흘려 넘겼다고 생각한 찰나, 파지직! 소리와 함께 눈부신 뇌광이 주위에 흩어졌다.

　들려온 것은 세리스의 목소리.

　그리고 환신수의 캡슐 그늘에서 뻗어 나온 것은 그녀의 신장기룡 《린드부름》의 특수 무장— 《뇌광천창》_{라이트닝 랜스}이었다.

　뇌격을 두르고 중거리까지 뇌전을 방출해서 공격할 수 있는 그 창은 제대로 가드해도 장갑을 뚫고 기룡의 출력을 다운시키는 효과를 지녔다.

　때문에 창끝에 닿은 블레이드를 타고 뇌격이 전달돼서 룩스의 움직임이 순간적으로 멈췄다.

　'이런?! 이 일격은— 함정이야!'

　일부러 공격을 튕겨내게 하기 위해서인지 물리적인 충격은 약하고 랜스의 뇌격에만 에너지가 집중되어 있었다.

　『룩스 군!』

　그 즉시 에이릴이 용미강선_{와이어 테일}으로 룩스의 장갑을 휘감아 《와이번》째로 힘껏 끌어당겼다.

신속하게 서포트할 수 있도록 무장을 들고 있던 덕분에 간신히 룩스를 지킬 수 있었다.

잠시 후, 세리스의 랜스가 룩스가 있던 그 공간을 다시 꿰뚫었다.

충분히 힘을 모아 해방한 필살의 찌르기를 정통으로 맞았다면 그 순간 승패가 결정됐을 것이다.

'이럴 수가! 아직 결전 시작 전인데 여기에 세리스 선배가 있다니!'

"어째서 귀공이 여기에 있지?! 규약을 지키지 않을 셈인가?!"

자신의 정체를 인식조작 능력으로 숨기고 있는 에이릴이 룩스를 대신해서 세리스를 향해 소리쳤다.

당연하지만 이번 결전의 규정을 깬 쪽은 인질의 목숨을 잃게 되더라도 어쩔 수가 없다.

그리고 이곳은 호수를 경계선으로 남서쪽에 위치하므로 7분 후에 결전이 개시되기 전까지는 진지에 들어오는 것조 허용되지 않는다.

설령 라피라고 해도 다짜고짜 금기를 깨는 짓은 하지 않을 터.

뿐만 아니라 『기사단』인 세리스가 이곳에 있을 리가 없다.

그렇게 낙관하고 있었는데, 그 예상을 배신당했다.

아마도 개전 전에 미리 세리스를 환신수 생산 플랜트에 잠입시켜둔 것이리라.

그렇지 않다면 시간에 맞추지 못했을 테니까.

"무슨 얘길 하는 거죠? 저는 적을 처리할 뿐입니다만?"

"으······?!"

머리 장갑에 가려져 있어 처음에는 눈치채지 못했지만, 대답하는 세리스의 눈동자에는 빛이 없었다.

공허하고 수상한 기운을 풍기며 《린드부름》을 조종해서 다시 랜스를 고속으로 찔렀다.

정교하고도 힘찬 그 일격을 룩스는 장벽아검^{스케일 블레이드}으로 어렵사리 막아냈다.

"크, 으윽······!"

파지지직······!

상대의 공격이 시작하는 지점을 한 박자 빠르게 억눌러서 위력을 상대에게 돌려주는 카운터 일격.

두 번째 공격은 룩스도 대응할 수 있었지만, 창끝에서 방출되는 뇌격까진 막아내진 못해서 전신이 마비됐다.

한편 카운터의 위력에 뒤로 쭉 밀려난 세리스는 주춤하며 입을 열었다.

"이 기술은—? 아니, 그런 건 중요하지 않아요. 저는 리즈샤르테를 구해야만 합니다."

한순간 당황한 것처럼 눈을 동그랗게 떴지만, 바로 마음을 가다듬었는지 진지한 표정으로 돌아갔다.

한편 룩스도 세리스의 기묘한 반응에 당황하면서 신속하게 《바하무트》의 기공각검을 뽑았다.

"—기룡해방^{브레이크 퍼지}!"

이번 대장정은 어쩔 수 없이 연속으로 싸워야 하는 만큼 최대한 체력을 온존하는 작전을 세웠지만, 세리스 같은 강자를 상대로 힘을 아끼다간 순식간에 당할 수도 있다.

자신의 장갑을 해제하여 산탄처럼 날려서 상대를 공격하는 동시에 새로운 장갑을 소환하는 빈틈을 메운다.

"—."

그러나 세리스는 측면으로 몸을 비틀어서 피탄 면적을 최소한으로 줄인 후 거대한 랜스를 눈높이로 겨냥하며 매섭게 돌격했다.

"이런……?!"

룩스도 《바하무트》를 고속으로 전개해서 장착하고 대처하려고 했지만 간발의 차이로 세리스의 반격이 빨랐다.

와이어 테일을 이용한 에이릴의 견제공격에도 세리스는 위축되지 않고 창을 내뻗었다.

"크으윽……!"

랜스의 에너지 전도 타이밍이 맞지 않았는지 뇌섬까지 발동하지는 않았다.

그래도 찌르기의 충격이 《바하무트》의 장갑을 뚫고 룩스의 체내에 타격을 주었다.

후방으로 십여 메르나 나가떨어져서 일시적으로 기능이 다운됐다.

'이, 런……. 완전히 잘못 계산했어!'

세리스가 이곳에 있는 것이 놀랍긴 했지만, 룩스는 자신도 『세례』를 받아 강해졌으니 해볼 법하다고 생각했다.

그 교만함이 이 사태를 야기했다고 해도 과언이 아니었다.

세리스의 실력이라면 충분히 파악한 줄 알았는데, 그녀는 정신 상태가 평소보다 불안정해 보이는데도 창이 그리는 궤도는 날카롭고 매서웠다.

『룩스 군, 조심해! 지금 그녀는 네가 알던 사람이 아냐! 아마도 「세례」를 받아 강화된 것 같아!』

"뭐⋯⋯?!"

에이릴이 그렇게 지적하면서 세리스 가까이에 있던 환신수 캡슐 세 개를 채찍으로 깨뜨렸다.

환신수를 출현시켜서 세리스의 의식을 분산시키려는 계산이었지만, 그녀는 전혀 동요하지 않고 최단 동작으로 키마이라 세 마리를 처리했다.

게다가 그게 궁여지책임을 알아차렸는지 에이릴 쪽으로는 눈길도 주지 않았다.

오직 룩스만을 최대의 위협으로 간주하고 다시 공격할 기회를 엿보고 있었다.

『그런데 세리스 선배에게 대체 무슨 일이 생긴 거지? 이 신장기룡이 《바하무트》라는 것도 전혀 의식하지 않는 것 같아.』

지금 상황에서는 **작전이** 기능하지 않고 있으니 원래 룩스라는 것을 알아차리게 될 텐데, 그녀는 알아차리지 못했을 뿐만 아니라 아예 신경조차 쓰지 않았다.

『추측건대⋯⋯ 라그나뢰크 이블리스의 능력에 정신이 오염된 것⋯⋯ 같아. 라피 여왕이 지시한 이 작전을 의문스럽게 생각할 사고력을 빼앗은 거겠지.』

『그런 건가……!』

에이릴의 추측에 납득하면서 룩스는 세리스의 공격을 대검으로 받아쳤다.

룩스의 정체를 알아차리지 못한 것은 다행이었지만 안심할 여유는 없었다.

평소에 진지하게 싸워도 상당히 위협적인 상대인 세리스가 『세례』로 강화된 포인트를 파악하지 못하면 단숨에 당할 가능성이 있다.

《린드부름》의 창과 접촉하는 시간을 최소한으로 줄이기 위해 상하좌우로 찌르기를 쳐내는 스타일로 방어하다가 빈틈을 발견하고 회피한 후에 공격으로 전환했다.

"《지배자의 신역》."
<small>디바인 게이트</small>

"……큭!"

하지만 동시에 전개된 신장의 영역이 광범위로 펼쳐진 순간 세리스가 순간이동 신장을 기동.

뒤를 잡혔다는 생각에 반사적으로 방어 자세를 취한 룩스가 아니라 에이릴 눈앞으로 날아갔다.

"윽—!"

이번에 에이릴은 서포트에 철저히 집중해야 하는 까닭에 제아무리 《엑스 와이번》으로 몸을 지키고 있다 해도 기습공격에는 취약할 수밖에 없었다.

그렇게 생각한 룩스가 전력으로 날아오른 순간, 세리스가

© Yuichi Murakami

재빨리 방향을 틀며 창을 거뒀다.

'아뿔싸! 공격을 유도한 거구나……!'

최고 속도로 움직이는 이상 공격을 중단할 수는 없었다.

그래도 룩스는 세리스의 어떤 점이 강화되었는지 드디어 이해했다.

"뭐지…… 이 반응속도는?!"

"지금 제 눈에는 당신들이 한없이 느려 보입니다."

에이릴이 경악하며 내뱉은 한마디가 바로 그 대답이었다.

『세례』를 받아 시각이 강화되고 기척을 읽어내는 마안을 갖게 된 요루카처럼 현재 세리스는 인체 반응속도가 인간의 한계 속도를 초월했다.

인간의 반사 속도.

정보를 인식한 다음 생각하고, 뇌파를 경유해서 육체에 명령할 때까지 걸리는 극히 짧은 시간.

그 속도가 일반인보다 한 단계 더 빨라졌다.

신경 전달의 강화— 필시 부담은 가겠지만, 찰나의 공방이 승패를 가르는 극한의 전투 상황에서 한 발 먼저 움직일 수 있다는 것은 압도적으로 유리하다는 것을 의미한다.

그리고— 거의 조건반사 수준까지 끌어올린, 상황에 맞는 최적의 해답을 찾아내서 실행하는 세리스의 전술 사고—『기동정석』을 활용하기에는 최적이라고 할 수 있으리라.

반응속도가 한 단계 빨라진 것만으로 세리스의 전투력은 대폭 향상됐다.

예측하는 게 아니라, 상대의 행동을 확인한 뒤에 그 움직임을 앞질러서 최선의 대응을 할 수 있게 됐다.

따라서 초인적인 수읽기를 무기로 삼는 룩스와는 양극단이자 최악의 상성을 보이는 능력이라 할 수 있었다.

극한집중의 반응속도로 세리스가 도출해낸 해답은 창을 방패삼아 방어하는 것이었다.

'왜 방어하는 거지? 지금의 세리스 선배라면 카운터로 받아치는 것도 쉬울 텐데—'

대검을 들고 돌진하는 룩스의 사고에 의문이 스쳐 지나갔다.

그러나 그 직후, 이제까지 본 적 없는 세리스의 반격기가 눈앞에서 작렬했다.

"—강뢰섬(剛雷閃)!"

쌍방의 무장이 접촉하는 임팩트 순간, 강렬한 섬광이 룩스의 망막을 태웠다.

풀 파워로 축적된 뇌격이 솟구치고, 아주 잠깐 접촉했음에도 불구하고 무지막지한 충격이 룩스의 몸을 꿰뚫었다.

"크윽, 아아아아아악!"

『룩스 군?!』

입술 사이로 흘러나온 비명을 들은 에이릴이 외쳤다.

'이걸 노리고, 방어한 거였나……!'

손발의 감각이 사라지는 듯한 뇌격의 대미지를 받으면서 룩스는 세리스의 기술을 이해했다.

《린드부름》의 에너지를 최대로 축적하고 특수 무장 《라이트닝 랜스》의 뇌격을 접촉한 순간에 해방하는 기술.

보통은 경계를 늦추지 않고 거리를 벌리는 등의 방법으로 대처 가능하지만, 빈틈없이 준비하고 에너지를 집중한다면 단시간에 최대출력을 발휘할 수 있다.

다른 동작을 도외시한, 요격에만 특화된 카운터.

그것도 『세례』로 얻은 초월적인 반사신경을 활용해야 펼칠 수 있는 기예였다.

'『세례』를 받은 세리스 선배는, 이렇게까지 강해진단 말인, 가……'

각개격파라면 『기사단』을 쓰러뜨릴 수 있다는 룩스의 생각이 안일했던 것은 아니다.

그저 그녀의 강함이 룩스의 상상을 능가했을 뿐.

룩스 또한 수차례 『세례』를 받아 전신의 기능이 강화된 덕분에 장갑이 해제되는 사태만은 가까스로 면했지만, 그렇지 않았다면 이번 일격으로 끝났으리라.

그러나— 전신이 마비돼서 움직일 수가 없었다.

그때, 정신오염을 받아 공허한 세리스가 입을 열었다.

"리즈샤르테를, 공주를 구해야만 합니다. 그를 대신해서……. 이 이상 그가 무리하는 걸 막기 위해서도, 우리가, 강해져야만—."

"—."

라피에게 세뇌당해 일시적으로 적을 쓰러뜨리기 위한 인형으로 변해버린 세리스가 무의식적으로 꺼낸 한마디.

그 말이 기운을 잃어가던 룩스의 의식에 불을 지폈다.

동시에 세리스도 기우뚱 균형을 잃었다.

룩스가 돌격하며 시도한 혼신의 찌르기가, 방패로 삼은 랜스 옆으로 빠져나가 《린드부름》의 장갑에 꽂혔기 때문이다.

『에이릴……. 내 쪽에는 가세 안 해도 돼……! 너는 리샤 님의 보호와 환신수 플랜트를 해방하는 데 전력을 다해줘.』

『하지만 룩스 군, 그 몸으로는―.』

상당히 강력한 뇌격을 뒤집어쓰긴 했지만 아직 의식은 멀쩡했다.

룩스는 이 싸움에서 승리하여 모두를 구해야만 한다.

비록 퍼레이드 때의 기억을 잃었지만, 세뇌당해 조종당하고 있지만, 세리스는 최선을 다하려고 노력하고 있었다.

룩스가 믿는 그녀 본연의 모습으로.

그렇다면 제아무리 그녀가 강할지라도 여기서 질 수는 없었다.

"아직 포기하지 않았나 보군요. 그렇다면― 가겠습니다."

룩스와 마찬가지로 다시 자세를 가다듬은 세리스가 《린드부름》으로 날아올랐다.

다음 순간, 폭풍 같은 기세의 찌르기가 쏟아졌다.

"크윽……!"

정밀하고 교묘한 창술. 숱한 강적과 사투를 벌이는 과정에서 그녀의 기술이, 체력이, 마음이 한층 더 예리하게 벼려졌음을 룩스는 이해했다.

룩스조차 쉽게 간파할 수 없을 정도로 간결하고 절묘한 공격과 페인트를 섞으며, 흔들림 없는 마음으로 룩스를 몰아붙였다.

노도와도 같은 연속 공격은 평소의 세리스와 다르게 전혀 힘을 조절하지 않았다.

확실하게 장갑을 꿰뚫고 치명상을 가할 작정으로 창을 휘둘렀다.

'정말, 강하구나…… . 새로운 힘을 얻은 세리스 선배는…… .'

『세례』로 인한 상상을 초월하는 고통을 견뎌내고 죽음의 위기를 극복한 것도, 그녀가 그만큼 룩스를 소중하게 여기기 때문이리라.

그 마음을 생각하자 경의심과 함께 따스한 감정이 샘솟았다.

사대 귀족으로서 지닌 고결한 마음가짐. 책임감과 상냥함.

선배로서, 친구로서, 여성으로서, 진심으로 신뢰할 수 있었다.

룩스를 토벌하기 위해서 그녀를 강화하고, 세뇌해서 배치한 라피의 책략은 룩스의 예측을 웃돌았다.

'하지만 당신은 잘못 생각했어. 라피 여왕 폐하. 당신은 아직— 진짜 세리스 선배를 이해 못 했다고!'

룩스는 검과 창을 주고받을 때마다, 그녀의 강함에 압도될 때마다 그렇게 생각했다.

불필요한 의문이나 망설임을 품지 않게끔 이블리스의 힘으로 세리스를 제어하려고 한 것이겠지만, 그건 하나만 알고 둘은 모르는 짓이었다.

세리스의 강함의 원천은 다름 아닌 망설임이다.

망설이지 않는 강함이 아니라, 망설임을 극복하는 마음.

온갖 고난에 당당하게 맞서는 고결한 모습이야말로 그녀에게 힘을 주는 원천인 것이다.

망설이지 않는, 상대의 목숨을 빼앗는 것도 마다하지 않는 격렬한 《린드부름》의 맹공을 룩스는 드디어 피하기 시작했다.

그리고 필살의 신장을 발동했다.

"—《폭식<small>리로드 온 파이어</small>》!"

"……윽?!"

《바하무트》의 장갑에서 진홍색 빛이 치솟고, 그늘이 드리운 세리스의 두 눈이 크게 뜨였다.

목적은 세리스와 《린드부름》을 대상으로 삼은 시간의 압축 강화.

첫 5초간 대상의 속도를 격감시키고 그 사이에 연격을 퍼부어서 승패를 결정짓는 필살의 폭격.

그런데 그 순간 세리스가 《폭식》의 영역에서 사라졌다.

지금까지 《지배자의 신역》을 공격적으로 쓰지 않은 건 회피용으로 아껴두었기 때문이리라.

룩스는 벽을 등지고 서서 《지배자의 신역》을 이용한 기습에 대비하고 있었다.

그러나 그렇게 생각한 찰나, 《폭식》의 범위 밖으로 벗어난 세리스는 무시무시한 행동에 나섰다.

"—기룡해방<small>브레이크 퍼지</small>."

룩스의 간격에 뛰어드는 게 아니라, 반대로 십여 메르 정도

거리를 벌린 후에 브레이크 퍼지를 사용했다.

《린드부름》에서 사출된 장갑 산탄이 초감속한 《폭식》의 영향 하에 있는 룩스의 정면을 에워싸는 것처럼 밀착한 채로 멈춰서 룩스의 움직임을 봉쇄했다.

'아뿔싸……!'

한편 세리스는 방어 장갑이 극한까지 줄어든 특공 형태로 변형한 《린드부름》의 날개에 모든 에너지를 집중했다.

《폭식》으로 압축 강화된 첫 5초가 끝나는 타이밍에 돌격해서 그대로 랜스를 꽂아버릴 태세였다.

게다가 등 뒤의 벽과 주위를 뒤덮은 장갑 산탄 사이에 끼어 탈출할 길이 막힌 룩스에게 남은 시간은 몇 초도 되지 않았다.

세리스 쪽은 정신오염 때문에 룩스가 상대라는 걸 여전히 모르는 것 같았지만, 《바하무트》에 대한 대책은 완벽하게 실행하고 있었다.

"—당신이 그 장갑기룡을 사용하는 것은 허가할 수 없습니다. 그에게, 돌려줘야 합니다."

"……"

세리스는 공허한 표정으로 그렇게 중얼거리기가 무섭게 경량화 특공 형태의 《린드부름》으로 초가속해서 돌진했다.

대기의 벽을 뚫고, 한 줄기 뇌광을 휘감은 탄환처럼 날아갔다.

'—끝이군요.'

돌격하는 도중에 승리를 확신한 세리스는 조금 전에 라피에게 세뇌당했다.

라피가 『성식』이라는 사실을 모르는 세리스는 저항해볼 여지도 없이 마음을 침식당했고, 그녀의 명령을 충실하게 따르는 꼭두각시가 되어 이곳에 숨어 있었다.

리샤를 되찾기 위해, 사대 귀족의 일원으로서 사명을 완수하기 위해, 젖 먹던 힘까지 쥐어짜내 전력을 다하라고 지시받았다.

상대가 누구든 신왕국의 적이라면 망설이지 않고 섬멸하는 것.

그것만이 유일한 진실이자 올바른 길이라고 믿어 의심치 않게 됐다.

그래서 《바하무트》의 능력은 인식했지만 사용자의 정체는 안중에도 없었다.

소녀의 비원은 이제 곧 이루어진다.

'그런데…… 이 기분은 대체 뭘까요?'

그를 위해서도 망설이지 않겠다고 결심했을 텐데, 그 선택을 한 것 자체에 의문을 느꼈다.

'아니…… 저는 분명 가르침을 받았습니다. 자신이 올바르다고 생각하는 것에 집착하고, 맹신하고, 도망치던 저를 구해준 사람이 있습니다.'

자신의 언동 때문에 스승을 잃은 뒤로 올바름에 홀려서 저지른 과오를, 그 스승의 손자인 한 소년이 구해주었다.

그는 늘 스스로 생각하고, 고민하고, 망설였다.

그 괴로움에서 도망치지 않고, 진실과 마주하려고 했다.

'그래서 저는 그를 좋아하게 됐고…… 그가 살아가는 방식을 본받자는 마음을—.'

세리스의 마음을 뒤덮고 있던 정신오염의 주박이 걷히기 시작했다.

—룩스.

'당신에게 전하고 싶은 게 있어요. 설령 이 마음이 이뤄지지 않는다 해도, 하다못해 당신에게 제 마음을—.'

의식 속에서 길게 늘어났던 찰나가, 현실의 결과에 이끌려서 원래 길이로 돌아간다.

순간, 《린드부름》의 어깨 장갑 중심에서 발생한 무시무시한 충격이 세리스의 전신에 퍼졌다.

『—룩스 군!』

환신수 플랜트를 조작하던 에이릴이 세리스와 룩스가 동시에 펼친 필살의 일격을 보고 소리쳤다.

교차한 두 일격이 만들어낸 충격의 여파로 먼지가 자욱하게 피어나고, 『고치』라는 이름의 환신수 플랜트가 심하게 흔들렸다.

"큭……!"

에이릴은 《엑스 와이번》의 장벽을 펼쳐서 리샤를 감싸며 간신히 충격을 버텼다.

시간이 경과함에 따라 흙먼지가 가라앉으며 룩스와 세리스의 모습이 또렷하게 드러났다.

"아······."

에이릴은 멍한 표정으로 외마디 탄식을 흘렸다.

시야가 걷히고 승패가 판가름났다.

세리스가 특공 형태로 펼친 《라이트닝 랜스》의 일격을 룩스는 간발의 차이로 몸을 비틀어서 피했고, 블레이드를 휘둘러서 《린드부름》의 어깨에 카운터 일섬을 꽂아 넣었다.

"으, 아······."

기룡의 심장부인 환창기핵을 강타당한 세리스는 충격으로 의식을 잃었고, 그 직후 장갑이 해제됐다.

—키잉.

희미한 빛과 함께 쓰러진 세리스의 몸을 룩스는 반사적으로 안았다.

『해냈구나, 룩스 군. 그녀를 다치게 하지 않고 쓰러뜨렸어.』

에이릴이 안도한 표정으로 달려왔지만, 룩스는 살짝 고개를 저었다.

『아니, 반대야. 도움을 받았어······. 세리스 선배에게.』

『뭐······?』

고개를 갸웃하는 에이릴을 보고 룩스는 숨을 거칠게 헐떡이면서 미소 지었다.

극한의 집중력 속에서 시도한 신속제어 카운터.

상대의 공격 기세를 이용해서 핀 포인트로 타격을 가해 위력을 배가시키는 극격의 진화형 기술이지만, 한 수 뒤쳐졌기 때문에 원래는 무승부로 끝나야 했다.

그럼에도 불구하고 룩스가 승리할 수 있었던 건, 세리스가 순간적으로 랜스 끝을 룩스의 몸통이나 심장이 아니라 치명상이 되지 않을 부위로 튼 덕분이었다.

눈앞의 상대의 정체는 누구인가. 정말로 검을 겨눠야 마땅한 적인가.

거기까지 생각이 미쳐서 급소를 피하려고 했다.

『성식』과 융합한 라피가 부리는 이블리스의 정신오염을 자신의 의지로 떨쳐낸 것이다.

그래서— 이길 수 있었다.

『설마, 그런 일이—.』

『실제로 어떤지는 몰라. 하지만 분명 그럴 것 같다는 기분이 들어.』

룩스는 안도의 한숨을 내쉬고 세리스를 품에 안은 채 이동했다.

조금 전 뇌격에 당한 몸이 아직 저리긴 했지만 움직이지 못할 정도는 아니었다.

『뭔가…… 부럽네. 그런 관계가.』

에이릴이 복잡한 미소를 지으며 살짝 탄식했다.

룩스와 세리스 사이에 맺어진 신뢰의 끈에 대해서 하는 얘기일 것이다.

『무슨 소리야. 에이릴도 똑같다고.』

『후후, 고마워. 그보다— 여기서 쉬었다 가는 게 낫지 않겠어?』

어딘가 장난기 어린 미소를 지으며 물어보는 소녀의 얼굴이 사랑스러웠다.

『쉬고 싶긴 한데, 시간이 촉박하니까 마음만 감사히 받을게.』

외부와의 전송장소에 장의 차림의 세리스를 눕힌 후 룩스는 살짝 웃었다.

라피는 느닷없이 이 결전의 규정을 무시하고 세뇌한 세리스를 유적 내에 배치해서 룩스와 싸우게 하는 강수를 썼다.

한숨 돌릴 여유는 없었다.

증거를 남긴 기억은 없지만, 라피가 룩스를 『창궁사단』의 중심인물이라고 생각하는 건 분명했다.

『룩스 군. 그럼 밖으로—『고대의 숲』으로 돌아가자. 준비해! 나도 장갑기룡을 《자하크》로 바꿀게.』

『그래…… 걱정하지 마.』

"……."

에이릴의 용성에 대답한 룩스는 《바하무트》를 장착한 채 자세를 잡았다.

양손에 수갑을 차고 눈가리개를 한 리샤는 아무 말 없이 입을 다물고 있었다.

에이릴은 《엑스 와이번》의 장갑을 해제하고 신장기룡 《자하크》를 소환해서 장착했다.

세리스를 상대하다가 장갑에 피해를 입은 것은 아니지만, 향후 작전에 대비해서 필요한 조건을 채우기 위해서다.

라피가 어렴풋이 눈치 챘을 가능성이 커지긴 했지만, 룩스
는 아직 정체를 밝힐 수는 없었으니까—.

이 유적의 내부에서는 바깥의 동향을 확인할 수 없다.

어떤 면에서는 가장 무방비한 상황에 앞서 마음을 강하게
다잡았다.

룩스와 에이릴에게 구속당한 리샤와 아직 기절에서 깨어나
지 못한 세리스.

네 사람이 한꺼번에 외부로 전송됐다.

'……이 두 사람은, 설마…….'

눈가리개를 한 리샤는 상황을 파악할 수 없었지만, 어떤 상
상 하나가 차츰 부풀어 올랐다.

†

"뭔가— 기묘하네요."

『고대의 숲』 중심에 자리잡은 호수를 경계선으로 북동쪽에
포진한 신왕국군 진영.

지하에 『대성역』의 『중추』를 숨기고 있는 폐허가 된 신전 앞
에서 라피는 하늘을 올려다보며 중얼거렸다.

조금 전까지 화창하던 하늘이 흐려지더니 진눈깨비가 내리
기 시작했다.

드레스를 입고 있는 라피는 추위를 느끼지 않았다.

그저 적막감을 상기하게 하는 회색 풍경이, 그녀가 고독하

던 과거 시절의 떠올리게 했다.

"무슨, 말씀이십니까? 마스터."

곁에 있었던 자동인형 아샤리아가 물었다.

라피의 정체를 모르는 신왕국군 근위대는 그녀와 떨어진 위치에서 경호하고 있었다.

그런 연유로 지금은 자동인형을 곁에 두고 있다.

"현 상황에서 마스터의 작전은 최선이라고 생각합니다. 환신수 생산 플랜트—『고치』에는 세리스를 배치해 두었고, 다음 한 수도 훌륭하지요. 『창궁사단』으로 말할 것 같으면, 현재 상황에서 그들이 철저하게 양동작전을 벌인다고 해도 대단한 전력은 아닙니다. 『기사단』이 처리해주겠지요."

"뭐어, 그야 그렇긴 한데……."

현재 전황은 신왕국군이 우세했으며, 압도당한 『창궁사단』은 하는 수 없이 후퇴하는 중이었다.

만약의 사태에 대비해서 제압당하면 곤란한 포인트에는 미리 세리스를, 그리고 추격을 담당할 사람 하나를 더 배치해 두었다.

불의의 사태에도 대응할 수 있는 계책이었다.

그런데 일이 지나치게 잘 풀리자 오히려 안 좋은 예감이 들었다.

'이 방식은 룩스 아카디아 그 자체군요. 최대한 아군의 안전을 확보하고, 결코 버리는 패로 쓰지 않는 걸 보니……. 역시 『창궁사단』의 실질적인 주모자는 아르마가 아니라 그리고 보

아도 무방할 것 같네요.'

라피의 책략이 룩스의 전략을 능가했다고 쳐도 너무나 순조로웠다.

그렇지만 요스 토크의 잔해에서 회수한 데이터를 보는 한 공멸한 요루카를 비장의 카드로 남겨뒀을 것 같지도 않았다.

"……트라이어드를, 『기사단』 멤버인 그 삼인조를 이쪽으로 불러줄래요? 좀 물어보고 싶은 게 있어요."

"……? 그녀들에게 무슨 용건이십니까?"

"글쎄요. 물어봐도 시치미를 뗄 지도 모르지만, 살짝 마음에 걸리는 점이 생겼거든요."

크루루시퍼와 피르히, 세리스, 요루카 등 신장기룡을 사용하는 『기사단』의 주력들은 체크해 두었다.

그런데 그 아래에 위치한 그녀들에게는 아무 수도 쓰지 않았음을 이제야 깨달았다.

아무래도 라피의 의중……이라기보다는 적이 그녀가 지휘하는 신왕국군 기룡사들의 움직임을 미묘하게 읽고 있는 듯한 기분이 들었다.

그게 바로 현재 **일이 지나치게 잘 풀리는 것**에 대한 위화감이다.

물론 『창궁사단』도 《드레이크》를 상당수 보유한 만큼 감지당하고 있다는 건 아는 바였지만, 그것만으로는 알아낼 수 없는 작전까지 간파했을 위험이 있었다.

"죄송합니다만 그녀들은 이미 호수를 넘어 남쪽까지 이동했습니다. 그리고 전투에 집중하고 있는지 용성 통신도 꺼둔 듯합니다."

"……그렇군요. 그럼 증거가 불충분하긴 하지만, 심증만으로 판결해도 괜찮겠죠?"

"―?"

어딘가 불온한 기운을 발산하는 라피를 보며 자동인형 아샤리아가 고개를 갸웃했다.

"저는 몇 번이나 배신당해본 몸이라 배신이라는 행위에 예민하거든요."

눈가에 그늘을 드리운 라피의 미소.

평범한 사람이 보았다면 겁에 질려 떨 정도의 풍모와 명령. 그러나 통괄자인 아샤리아는 무미건조한 표정으로 응수했다.

'역시 역사란 되풀이되는 법이군요. 후길, 당신이 말한 것처럼―'

과거에 수백 번이나 반복된 위정자들의 행보.

그때마다 절망에 빠져 의욕을 잃었던 후길의 마음을 자동인형 소녀는 헤아렸다.

지금은 『대성역』의 『중추』에 홀로 우뚝 서서 바깥에서 벌어지는 전투를 지켜보고 있을 영웅의 마음을.

"아샤리아와 나눈 약속. 당신이 『영웅』 같은 게 되기를 강요받지 않았다면, 일이 이렇게 되지도 않았을 텐데……."

하늘을 우러러보며, 그 누구에게도 들리지 않을 정도의 목소리로 자동인형은 중얼거렸다.

†

찌이이이잉!

미약한 이명이 머릿속에서 울린다.

환신수 플랜트, 『고치』에서 탈출한 룩스 일행은 바로 근처에서 은폐 기능으로 숨어 있던 『창궁사단』의 《드레이크》 사용자 소녀 한 명과 합류했다.

미리 이 부근에 정보 전달 담당으로 대기시켜 두었는데 무사해서 다행이었다.

이 장소에 세리스가 배치된 이상, 은폐 기능으로 숨어 있는 소녀도 습격을 받고 당했을지도 모른다고 생각하고 있었다.

『전체적인 전황은 어떻게 되어가고 있지?』

『그게, 저기…… 부, 부단장님 작전대로 수행하고 있습니다. 하지만 그…… 조심하세요?!』

『—?!』

《드레이크》 사용자 소녀가 갑자기 떨리는 목소리로 외쳤다.

순간, 수풀 속에서 고속으로 튀어나온 두 개의 와이어가 룩스 쪽으로 날아들었다.

"큭?!"

소녀의 경고 덕분에 룩스는 육박하는 와이어 하나를 블레이드로 간신히 튕겨냈다.

하지만 나머지 와이어는 다른 방향으로 움직였다.

그것이 노리는 건 《바하무트》가 아니라 옆에 있는 리샤였다.

굵은 와이어가 리샤의 몸을 휘감더니 고속으로 끌어당겼다.

절묘한 타이밍을 노려서 리샤를 낚아챈 존재의 정체는 보지 않아도 알 수 있었다.

'피이……?! 어째서 여기에.'

피르히 아인그람.

무성하게 자란 초목의 커튼에 가려져서 모습은 보이지 않았지만, 신장기룡《티폰》의 특수 무장인《파일 앵커》를 쏘아낸 것은 피르히가 틀림없을 터였다.

그러나 거대한 육전형 기룡을 장착한 그녀가 아무리 숲에 숨었다지만 『창궁사단』의《드레이크》사용자에게 감지되지 않았을 리는 없다.

"죄, 죄송합니다! 조금 전에 붙잡혀서 협박당했습니다. 그녀가 숨어 있는 걸 알리지 말라고—."

"그렇게 된 거였군……."

피르히의 성격을 생각하면 설령 『창궁사단』 소녀가 자신의 말을 따르지 않더라도 장갑을 파괴하는 정도로 그치겠지만, 면식이 없는 사람이라면 공포에 사로잡히리라.

하지만 후회해도 이미 지나간 일이었다.

지하 유적에서 나오기 전에 어떤 대책을 세운 덕분에 피르히도 룩스의 존재를 알아차리지 못했을 터였다.

『룩스 군, 나는—.』

『응. 에이릴은 숨어 있어! 아마도 네 계책은 아직 안 들켰을 거야.』

룩스가 에이릴 앞에 서 있는 데다 피르히는 수풀 너머에서 《파일 앵커》를 사출했기 때문에 서로의 모습이 확실하게 보이지는 않았다.

그렇다면 이대로 작전을 속행할 수 있다.

"리샤 님을, 부탁해."

《파일 앵커》로 리샤를 끌어당긴 피르히는 칭칭 감긴 리샤의 구속과 눈가리개를 재빨리 풀어준 후 장갑 팔을 움직여서 뒤로 던졌다.

그리고 더 뒤쪽에 있던 다른 기룡사가 리샤를 받아냈다.

"……?!"

주위에 숨어 있던 복병은 피르히만이 아니었다.

그녀 외에도 장갑기룡을 장착한 기룡사 세 명이 그곳에 있었다.

"오케이! 저번에 회수한 리샤 님의 기공각검도 챙겨왔다구."

"피르히 아가씨. 넌 이제 어떻게 할 거지?"

"응. 싸울 생각인데, 혼자서도 괜찮아."

"Yes. 알겠습니다. 모쪼록 조심하시길—."

목소리를 듣고 새로운 복병은 트라이어드임을 파악했다.

세 사람은 룩스 토벌보다 리샤 보호를 최우선으로 삼았다.

어떤 의미에서는 당연한 행동이라 할 수 있었다.

『룩스 군?! 이대로라면—.』

에이릴이 용성으로 외치자 룩스는 고개를 끄덕였다.

리샤를 빼앗긴 것은 중대한 사태다.

각 진영에 인질이 있다는 점이 이 결전의 룰을 지키게 하는 안전장치다.

라피가 자신의 죄를 『창궁사단』에 덮어씌울 생각이라면 현 시점에서 아르마의 목숨을 빼앗지는 않겠지만― 이대로 리샤를 놓치면 크게 불리해질 게 분명했다.

그것을 경계한 에이릴이 외쳤지만―.

『괜찮아. 아직 리샤 님이 여왕 폐하의 손에 넘어간 건 아니니까. 그리고…….』

룩스는 《바하무트》의 대검을 눈높이에 맞춰 들고 싸울 각오를 다졌다.

『세리스 선배를 안전한 곳으로 데려가 줘. 나는 여기서― 피이를 막겠어.』

라피가 비밀리에 『기사단』 멤버들에게 『세례』를 받게 했다면 피르히 역시 신체기능이 강화됐을 가능성이 높다.

상당한 강적임에 틀림없지만, 어차피 피할 수 없는 길이다.

자동인형이 주위에 있는지 여부만 경계해달라고 에이릴에게 부탁하고, 세리스를 《드레이크》 사용자 소녀에게 맡겨서 대피시켰다.

그 모습을 지켜보던 피르히가 다시 룩스 앞으로 나서며 모습을 드러냈다.

"누구인지는 모르지만, 나쁜 사람이라면, 붙잡을 거야."

피르히가 평소처럼 멍한 무표정으로 룩스에게 말했다.

이에 룩스는 칠흑빛 대검을 높이 치켜든 직후에 날아오르며 힘껏 휘둘렀다.

†

─한편, 같은 시각.

『고대의 숲』입구 부근에서 이 결전의 심판─ 아무도 들여보
내지 않고, 나가는 사람도 놓치지 않는 역할을 맡은 니아와
다우라의 부대에도 변화가 생겼다.

"흐응─ 그래? 다행이네."

장의 차림으로 커다란 바위에 걸터앉아 따분한 것처럼 다리
를 흔들던 소녀가 자신의 부하인 《드레이크》 사용자에게 보
고를 받고 반색했다.

"숲속에서 무슨 일이 있었지? 정보는 공유해라."

"해줄 수야 있는데, 대신 날 막지 않겠다고 약속해."

"내용을 듣고 정하지. 어서 얘기해."

"그럼 말 안 할래. 넌 여기서 계─속 망이나 보고 있으라고.
신왕국의 위기에도 그저 우직하게 망만 본 남자─ 도구와 다
를 바 없는 어리석은 자의 전형으로 후세에 평가받을 거야."

니아가 심술궂은 표정으로 신랄하게 말하자 다우라는 표정
을 그대로 유지한 채 살짝 혀를 찼다.

"네 녀석이야말로 정당한 이유 없이 이 자리를 내팽개치면
여왕께서 책임을 물으실 거다. 그럴 만한 이유가 있어서 행동
에 나서려는 거겠지?"

위협을 담아 다우라가 노려보자 니아는 당당하게 웃었다.

하지만 최종적으로는 살짝 생각이 바뀌었는지 마지못한 듯이 어깨를 으쓱했다.

"시기가 됐을 뿐이야. 나나 네가 움직일 만한."

"호오……."

사로잡힌 리즈샤르테의 신병을 『기사단』이 확보하는 모습을 고대의 숲에 몰래 잠입한 니아의 부하가 목격했다.

다시 말해 현시점을 기해 룰을 어기면 인질이 살해당한다는 최악의 사태는 면할 수 있다.

따라서 『창궁사단』이 탈취한 것으로 여겨지는 에이릴과 『그랑 포스』를 회수해서 신왕국에 빚을 지울 수 있는 상황이 갖춰졌다.

물론 변명의 여지를 남기기 위해 부대의 절반 정도는 이곳에 두고 갈 생각이었다.

"상황 변화에 맞춰서, 지시받은 것 이상의 일을 해내야 좋은 평가를 받는다. 이치에 맞는군."

과묵하고 언뜻 보기에는 기계적이라는 인상이 드는 다우라도, 사대 귀족의 차기 주요전력으로서 나름대로 야심을 갖고 있는 듯했다.

니아의 주장에 동의한 그는 즉시 부대를 편성했다.

『창궁사단』을 섬멸하기 위해 그곳에 있었던 기룡사들이 움직이기 시작한 직후—.

"그 전에, 원래 목적을 완수해야겠네."

"그래⋯⋯ 이국의 사역마가 냄새를 맡고 온 것 같군."

"⋯⋯그게 무슨 말씀—."

기룡을 장착한 니아와 다우라 그리고 부하 몇 명은 숲에 진입하기 직전에 등뒤를 돌아보고 눈살을 찌푸렸다.

그러자 주위가 불가사의한 안개로 뒤덮여서 10메르 앞도 내다볼 수 없게 됐다.

"뭐야 이게⋯⋯?! 대체 언제 이런 안개가—."

"⋯⋯안개가 아니로군. 이건 환옥철강의 금속 입자다. 녀석들 중 하나가 이런 특수 무장을 사용한다는 소문을 들었지."

부하 한 명이 당황하며 중얼거렸지만 《엑스 와이엄》을 장착한 다우라는 눈썹 하나 까딱하지 않았다.

"—기룡포효!"

신속하게 충격파의 소용돌이를 방출해서 금속 입자 안개를 날려버리자 눈앞에 신장기룡 사용자 두 명이 나타났다.

"네, 네놈들은?!"

"그 신장기룡은⋯⋯ 설마 『칠용기성』의—?!"

다우라의 부하 기룡사들이 그 모습을 보고 무심결에 소리쳤다.

거칠게 세운 금발과 불량스러운 표정이 특징인 소년.

반하임 공국의 『칠용기성』 그라이퍼가 강고한 비늘로 뒤덮인 비행형 신장기룡—《쿠엘레브레》를 두르고 우뚝 서 있었다.

"하아, 들켜버렸구나. 당신말야, 튀는 걸 싫어하는 주제에 제법 유명하네."

그 옆에서 한숨을 내쉬는 소녀는 약관 13세의 최연소 『칠용기성』— 유미르 교국 대표, 메르 기잘트.

백금색 머리카락과 어린 이목구비가 특징이지만, 신장기룡을 다루기에 충분한 실력을 지니고 있다.

"그게 내 탓이냐? 기껏 《은신처의 진명》으로 숨겨줬더니 고마운 줄은 모르고."

메르가 불평하자 그라이퍼는 어이없어 하며 대꾸했다.

긴장감 없는 대화에 니아와 다우라는 동요하면서 질문을 던졌다.

"당신들은 분명 귀국했을 텐데, 왜 여기 있지? 어째서 멋대로 『고대의 숲』에 들어온 거야?"

"대답에 따라서는 그냥 넘어가지 않겠다."

"봐봐. 화난 것 같은데, 당신이 설명해줘."

"너 진짜, 내가 그렇게 성실한 성격이 아니라는 거 뻔히 알면서……."

싫다는 투로 중얼거리는 그라이퍼를 보며 메르는 즐겁게 미소 지었다.

"그래도 말야, 대화가 통한다는 점에서는 **저쪽에 간 두 사람**보다 훨씬 낫지 않아?"

"듣고 보니 그렇긴 하군. ……하여간 한마디로 말하자면, 실은 소소한 밀고가 있었거든. 이 정도면 충분하지?"

"저쪽의 두 사람? 밀고? 대체 무슨 소리야?"

노려보는 니아에게 그라이퍼는 진지한 표정으로 말했다.

"에이릴과 『그랑 포스』를 빼앗긴 사건의 진상을 신왕국 녀석들은 알아. 그럼에도 불구하고 우리 같은 타국 기룡사들의 간섭을 우려해서 거짓말을 하고 있지."

"……."

그라이퍼의 말이 끝난 순간 그 자리에 있는 부대에 긴장감이 감돌았다.

확실히 이번 사건은 라피가 직접 함구령을 내렸다.

에이릴과 『그랑 포스』를 빼앗긴 원인이 신왕국에 있다는 것.

그 사실이 드러나면 국가 이미지가 실추될 뿐만 아니라 배상 책임이 발생할 가능성이 있기 때문이다.

―현재 세계 각국은 《영겁회귀》에 의한 세계 개변으로 『창조주』와의 전쟁이 무사히 끝났다고 인식하고 있다.

그런 상황에서 신왕국은 에이릴과 『그랑 포스』를 정체모를 도적에게 빼앗겼다는 이야기만 했다.

"밀고라니, 대체 누가? 아, 참고로 그 얘기는 거짓말이야."

니아가 동요를 전혀 드러내지 않고 대꾸했지만 그라이퍼는 개의치 않고 받아쳤다.

"헤에― 안쪽에서 한바탕 싸우는 소리가 들리는데, 이런 중요한 순간에 왜 숲속에서 훈련 같은 걸 하는 거지? 우리가 들어온 이유는 이 질문에 대답하면 얘기해주겠어."

"……질문은 우리가 한다. 네놈들의 헛소리에 어울릴 의리는 없어!"

다우라는 눈썹을 매섭게 치켜 올리며 그라이퍼와 메르에게 호통쳤다.

그러나 『칠용기성』 두 사람은 겁먹기는커녕 오히려 위압적인 자세를 취했다.

그라이퍼와 메르가 이곳에 온 이유.

그것은 『우로보로스』가 펼친 인식의 주박에서 벗어나서가 아니라, 그들이 귀국하기 직전에 마기알카가 쓴 계략 때문이다.

정확히 말하자면 에이릴을 비롯한 『킬조레이크 패밀리』의 기룡사 두 사람을 도발한 결과다.

신왕국의 라피 여왕이 흉계를 꾸미고 있다— 두 사람에게 그런 정보를 흘렸지만, 각국을 대표하는 기룡사 『칠용기성』은 그 정도로는 움직이지 않았다.

—하지만 납치한 에이릴과 『그랑 포스』의 실물을 슬쩍 보여주자 반응이 달라졌다.

그들은 표면상 『창조주』와의 전쟁에서 승리하고 『대성역』을 차지했지만, 그 고대 기술의 해명 및 유산 분배 문제는 국력과 직결되는 까닭에 각국 수뇌진은 신경이 곤두서 있었다.

언제 자신들이 뒤쳐질지도 모른다는 생각에 사로잡혀서.

따라서 공식적으로는 이미 귀국한 그들은 군주의 지시로 신왕국에 남아 있었다.

그리고 바로 며칠 전.

『고대의 숲』 결투를 성사시킨 후, 마기알카는 보좌관 롤로트를 움직여서 라피가 『대성역』을 독점하고자 음모를 꾸미고 있다는 정보를 남은 네 명의 『칠용기성』에게 흘렸다.

사실 룩스나 에이릴, 마기알카가 직접 그들을 찾아다니며 강하게 반복해서 설득하면 기억을 되찾을 가능성이 있었을지도 모른다.

　─하지만 마기알카는 이미 혼자서는 움직일 수 없는 몸이었고, 룩스에게도 감시가 붙어 있는 이상 이 숲으로 유인하는 게 최선이었다.

　이제는 나머지 『칠용기성』들이 숲으로 달려와 이곳에서 자신들의 기억을 되찾는 것에 걸 수밖에 없었다.

　그런 판단으로 이 작전은 성립됐다.

　"피차 자신의 이유를 굽힐 생각은 없는 것 같군. 그렇다면─."

　《엑스 와이엄》을 장착한 다우라가 철퇴를 들어 올리고, 니아도 《엑스 와이번》을 움직여서 칼날이 굽이진 특제 블레이드를 뽑았다.

　"잘됐네. 먼저 무기를 들어줘서. 덕분에─ 수고가 줄었어."

　메르도 그들을 따라 할버드를 들고 자세를 잡으며 당당하게 웃었다.

　"그리고 확신했어. 역시 여기에는 보면 안 되는 무언가가 있다는 걸. 당신들 따위하고는 비교도 안 되는 위협 말이야."

　"게다가 왠지는 모르겠는데, 뭔가 해야만 하는 걸 잊어버린 기분이 들거든."

　그라이퍼와 메르는 폐도 게르니카에서 벌인 사투를 기억하지 못했다.

　하지만─ 떠올리지 못해도 몸과 영혼이 기억하고 있었다.

자신들이 자신의 의지로 어떤 적과 맞서 싸웠다는 것을.

그 싸움이 아직 끝나지 않았다는 것을.

"실력을 확인해보기 딱 좋은 기회인 셈 쳐야겠네. 그 고명하신 『칠용기성』님이 상대이니까."

니아도 이에 응수하는 것처럼 거칠게 앞머리를 쓸어 올리고 호전적으로 입꼬리를 비틀었다.

그리고 결투가 시작됐다.

© Yuichi Murakami

Episode 5 　　　각성의 순간

"이봐, 대체 날 어디로 데려가는 거냐?! 나도 모두에게 가세하고 싶다!"

"그렇다고 하십니다만, 아이리. 어떻게 할까요?"

룩스와 피르히가 전투를 시작했을 때.

피르히에게 구출된 리샤는 트라이어드의 호위 하에 숲을 이동하는 중이었다.

"그리고 아이리, 그 모습은 뭐냐? 대체 언제부터 기룡을 다룰 수 있게 됐지?!"

트라이어드가 향한 곳— 탁 트인 장소에서 리샤는 자기도 모르게 언성을 높였다.

"후후. 제가 리샤 님을 장갑기룡 관련으로 놀라게 해드리다니, 무슨 일이든 도전해봐야 하는 법이네요."

그곳에는 장의 위에 《드레이크》를 장착한 아이리가 있었다.

그녀도 시험에서는 기룡적성치가 상당히 높았으니 어떻게 보면 리샤보다 재능은 있었을 터다.

하지만 체력이 약해서 기룡을 조작하는 데 난점이 있는 탓에 결국 서기관 업무에 종사하게 됐지만—

"아이리. 이미 여러 번 강조했지만, 무모한 짓은 하지 마세요."

"알았어요. 제 교관인 당신의 말은 꼭 지킬게요."

녹트가 진지한 표정으로 당부하자 아이리가 부드럽게 웃으며 대답했다.

리샤의 의문점을 단적으로 정리하자면, 얼마 전부터 아이리는 트라이어드의 도움을 받아 장갑기룡을 장착하는 훈련을 다시 시작했다.

그렇다고 해도 할 수 있는 건 거의 없었다.

아이리는 전투나 복잡한 움직임을 견딜 수 없는 까닭에 특수한 사용법을 고안했다.

《드레이크》를 장착하는 대신 장벽과 특장형 전용 기능만을 활성화하고, 무장이나 이동 관련 기능 등은 일부러 잠가 두었다.

이로써 육체 피로를 극한까지 억제해서 사용하는 것에 성공했다.

요컨대 정보 전달 요원이라 할 수 있었고, 일단 장갑기룡을 전개하면 그 자리에서 한 발짝도 움직일 수는 없었다.

"『칠용기성』의 마기알카 씨가 비슷한 신장기룡을 쓰던 게 떠올라서 흉내 내본 거예요."

"그 여자, 아마도 그런 말을 들으면 화내겠지……."

미소 짓는 아이리를 보며 리샤는 복잡한 표정으로 중얼거렸다.

"그러니 지금은 좀 쉬세요. 인질로 잡혀 있는 동안 제대로 못 주무셨죠? 밤을 샜을 때랑 얼굴이 똑같으세요."

"크흠…… 하지만 어마마마가 걱정되는구나. 그리고― 아르마도."

아이리가 부드럽게 권했지만 리샤는 순순히 따르지 않았다.

"동생 분도요?"

녹트가 묻자 리샤는 말없이 고개를 끄덕였다.

아르마는 대외적으로 『창궁사단』의 대장이자 이번 소란을 일으킨 장본인이다.

하지만 설령 그럴지라도 리샤는 동생이 단순한 악당이라고 생각하지는 않았다.

"그 녀석은 날 충분히 죽일 수 있었지만 그러지 않았다. 나를 향한 원한은 진짜일지도 몰라. 하지만 그 녀석이 그런 길에 빠지게 된 원인은 내게도 일부 있어……. 이 싸움에서 양쪽에 사망자가 나온다면 감싸는 게 어려워질지도 모르지만―."

"공주……."

"내 얘기가 이상하게 들릴 거라는 건 알아. 신왕국의 공주로서 자각이 부족하다는 것도. 하지만 동생을 두 번이나 버릴 수는 없어."

말을 마친 리샤는 고개를 숙였다.

계속 유지하던 긴장이 풀리면서 피로가 한꺼번에 몰려왔는지 몸을 제대로 가누지 못했다.

아이리는 쓰러지려는 리샤를 자신의 팔로 어색하게 지탱한 다음 그대로 소녀가 잠들기를 기다렸다.

"리샤 님은 제가 보고 있을 테니 녹트랑 다른 두 분은 주위를 경계해주세요. 30분 정도 쉬고 다시 이동하죠."

"응. 적이 없으면 그렇게 하자."

티르파는 안도한 표정으로 말하고 아이리의 지시대로 주위를 탐색했다.

잠든 리샤와 둘만 남은 아이리는 어딘가 애처로워 보이는 그녀의 얼굴을 보며 미소 지었다.

"이상하지 않아요. 형제자매는 그런 법이니까요."

아이리는 **어떤 사람에게 『용성』으로 통신을 보내면서** 중얼거렸다.

내리기 시작한 눈의 한기로부터 리샤를 지키기 위해 아이리는 몸을 감싼 장갑기룡의 온도를 높여 소녀의 몸을 따스하게 데워주었다.

'오빠, 부디 무사하세요—.'

세리스에 이어서 이번에는 피르히를 전선에서 이탈시키는 게 목적인 2차전.

아이리는 크루루시퍼가 신왕국군의 전선을 유지하기 위해서 크게 움직이지 못한다는 것을 알고 있었고, **그 사실을 룩스에게 전해주었다.**

라피는 이 결전 직전까지 룩스 및 『기사단』을 감시했으나 결국 룩스의 독단이라고 판단한 것 같았다.

하지만 그것이야말로 라피 여왕의 오산—.

아니, 룩스마저도 직전까지 아무것도 모르는 것처럼 행동하던 아이리를 신왕국 진영의 정보를 캐내기 위한 스파이로 쓸 생각을 추호도 하지 않았다.

†

"오빠, 뭐 하나만— 물어봐도 돼요?"

"뭔데?"

어젯밤, 모두가 잠들어서 고요한 전세 숙소.

룩스와 아이리가 묵고 있는 객실.

은은한 자남색 달빛에 밝혀진 침실에서, 아이리가 곁에 누워 있는 룩스에게 말을 걸었다.

귀에 익은 목소리.

친여동생의 수심에 잠긴 얼굴이 왠지 모르게 다른 사람처럼 보여서 룩스는 살짝 가슴이 뛰었다.

룩스가 당황하는 모습을 보이자 아이리는 뺨을 발그레 물들이더니 슬며시 이불 속으로 파고들면서 속삭였다.

"쉿…… 조용히 하세요, 오빠. 잠시 녹트에게 숙소 주위를 감시해달라고 부탁했으니까, 아무도 안 듣고 있을 거예요."

"갑자기 왜 그래……? 무슨 문제가 있다거나—."

룩스가 동요하면서도 그렇게 묻자 아이리는 자기 베개를 룩스 옆에 두고 모로 누워서 마주보았다.

늘 보아 익숙한 아이리의 도끼눈이 평소 이상으로 불만스러워 보였다.

"저, 들어버렸어요. 오빠랑 에이릴 씨가 남들 눈을 피해서

애기하는 걸."

"······?!"

그 말을 들은 순간 룩스는 반응을 억누르지 못했다.

지금까지 라피 여왕을 비롯한 신왕국 관계자만이 아니라 학원 사람들까지도 속이면서 연기하고 있었지만, 그 가면이 벗겨지고 말았다.

하지만 그때 나눈 대화를 듣는다 해도 아이리는 전혀 이해 못했을 것이다.

왜냐하면 아이리 또한 《영겁회귀》의 인식 주박에 여전히 사로잡혀 있을 테니까.

"사실 에이릴 씨의 모습을 확인한 건 아니에요. 하지만 그녀에게 얘기하는 느낌이었으니까, 아마도—."

"기분 탓 아냐? 그런 말을 한 적은······."

기억을 뒤져본 룩스는 아이리도 2주 전에 폐도 게르니카에 있던 『대성역』의 심층부에서 시련—『세례』를 받았다는 사실을 떠올렸다.

그런 의미에서는 이 세계 개변을 눈치 챌 소양이 있다고 할 수 있지만, 룩스와 에이릴의 대화를 엿들은 정도로 결정적인 위화감을 알아차렸다고 생각하기는 어렵다.

따라서 룩스는 이번 일에서 아이리를 멀리 떼어놓기 위해 얼버무리려고 했지만—.

"그럼 지금부터 크게 소리칠 건데 괜찮겠어요? 오빠가 그 조직의 흑막이라는 것도 모두에게 다 폭로해버릴 거예요."

"……."

눈가에 그늘을 드리운 아이리의 미소를 보고 룩스는 파랗게 질려서 고개를 좌우로 저을 수밖에 없었다.

"그럼 가르쳐주세요. 오빠가 뭘 알고 있는지. 이 신왕국에서 무슨 일이 일어나고 있는지—."

"그건……."

"제가 말려드는 걸 원치 않는다는 말을 하면 화낼 거예요."

룩스가 시선을 회피하면서 우물쭈물하자 아이리는 살짝 얼굴을 들이밀었다.

하는 수 없이 룩스는 지난 사흘간 반복된 퍼레이드 이야기를 해주었다.

『대성역』에서 벌인 대전에서 『창조주』는 쓰러뜨렸지만 『칠용기성』은 후길에게 패배했고, 《우로보로스》에 의해 세계가 개변되었다.

전 인류의 기억을 덧칠하는 역사의 궤도 수정.

『시작의 영웅』인 후길이 『성식』과 함께 반복해온 그 행위가 지금도 진행 중이라는 것.

『성식』이 라피 여왕과 융합했고, 과거에 자신이 영걸 아티스마타를 배신한 죄를 숨기기 위해 그 전능한 힘으로 『구제국파』 및 웨이블러, 나르프 재상 등을 살해했다는 것.

요루카를 제외한 『기사단』 멤버는 그 사실을 모르고 알려줄 생각도 없지만, 『성식』과 후길의 진실을 알고 홀로 신왕국을 『성식』의 주박에서 해방시키기로 결심했다는 것을 말했다.

"……『성식』은 안 죽었던 거군요. 심지어 여왕 폐하와 융합하다니……."

"응. 요루카의 보고를 듣고 대강 알게 됐어. 아무래도 후길에게 『성식』은 특별한 존재인가 봐. 원래는 세계를 구제할 목적으로 만들어진 모양인데, 모종의 착오로 이상하게 변한 듯해."

유적 『모형 정원』의 보물 창고에서 회수한 기록매체 칩.

에이릴이 말하길, 조건을 몇 가지 갖추면 『대성역』의 시설에서 기록영상을 재생할 수 있게 설정되어 있다고 했다.

즉 『대성역』에 관한 기밀정보를 얻으면 《우로보로스》와 『성식』에 대항할 수단을 알아낼 수 있을지도 모른다.

"……."

모든 이야기를 짧게 간추려서 말하자 아이리는 베개 위에서 룩스의 얼굴을 바라보며 계속 도끼눈을 뜨고 있었다.

"오빠는 위험한 줄타기를 정말 좋아하나 보네요. 학원을 졸업하면 서커스단에나 들어가보는 게 어때요?"

"아니 그건…… 미안……. 그러니 하다못해 너 혼자라도 도망쳐서—."

다른 때라면 아이리의 비아냥에 쓴웃음을 지었겠지만, 이번만큼은 우스갯소리로 넘길 상황이 아니었다.

『성식』이 사악한 측면을 지닌 라그나뢰크라는 사실이 판명된 지금, 신왕국을 구하기 위해서라도 라피 여왕에게 도전할 수밖에 없었다.

그리고 실패했을 때를 생각해서 아이리와 모두가 말려들지 않도록—.

"미리 말하겠는데, 오빠에게 거부권은 없어요."

"뭐……?"

아이리의 태연자약한 한마디에 룩스는 말문이 막혔다.

"저도 돕겠어요. 지금까지 트라이어드 말고는 비밀로 해왔는데, 저도 이제 제한적인 용도로나마 장갑기룡을 다룰 수 있게 됐거든요. 그걸로 신왕국 쪽에서 오빠를 지원할게요. 스파이로서—."

내막을 들어보니 《드레이크》를 쓸 수 있도록 연습한 모양이었고, 룩스와 에이릴의 대화를 들은 것도 그 덕분인 듯했다.

하필이면 그때 주변 확인 작업을 마친 타이밍에 아이리가 장갑을 장착했기 때문에 놓친 것이리라.

"—그, 그건 너무 무모해!"

"무모한 건 오빠 아니에요? 그런데도 하겠다고 결심한 거잖아요. 그럼 저도 함께할래요. 이 때문에 죽는다고 해도 딱히 상관없으니까."

아이리는 담담하게 말하며 룩스의 눈동자를 바라보았다.

즉흥적인 생각이나 일시적인 감정이 아니라, 각오를 다진 소녀의 얼굴이었다.

"저는 이제 7년 전의 병약했던 애가 아니에요. 자신의 삶과 죽음 정도는 스스로 정할 수 있죠. 오빠가 그렇게 하겠다면, 저도 그렇게 할 뿐이라구요."

"—."

"오빠가 없는 세계에서 살아야 하는 제 입장에서 생각해봐요. 제가 상처받는 게 싫다면 지금 당장 싸움을 그만두세요. 자기는 고집을 부려도 되지만 저는 안 된다니, 그런 거 불공평하다고 생각 안해요?"

"아이리……."

그 주장에 대꾸할 말을 찾을 수 없었다.

그러나 이건 논리를 따질 문제가 아니었다.

"아니, 그래도 역시 안 돼! 그런 건―."

감정적으로는 동생을, 단 하나뿐인 가족을, 아이리를 희생하게 될지도 모르는 선택지를 고를 수 없었다.

"―오빠. 제가 어릴 적부터 바라온 꿈을 들어주면 안 될까요?"

룩스가 필사적으로 호소하려고 했지만 아이리는 살짝 미소 지었다.

"저는 학원을 졸업하면 제 몫을 해내는 문관이 돼서 오빠를 데리러 가고 싶었답니다. 죄인의 목걸이를 풀고, 아니…… 설령 풀지 못한다 해도, 제 유일한 가족과 함께 살고 싶었어요."

"……."

"오빠와 다시 함께 사는 날이 오기를 바랐다구요. 이런 꿈을 가지면 안되나요? 오빠가 살아 돌아올 가능성을 티끌만큼이라도 높이기 위해서, 제가 목숨을 걸면 안 되는 거냐구요."

그 간절한 호소를 듣고 룩스는 아무 말도 할 수 없었다.

자신과 똑같이 죄인이 되어버린 여동생.

지켜야만 하는 존재라고 생각하며 아껴온 그녀가 자신을 지커줄 힘을 얻고자 노력해왔음을.

자신과 함께 사는 날을 꿈꾸고, 지금까지 최선을 다해 노력해왔음을 처음으로 알게 됐다.

"—사실 이런 얘기는 하고 싶지 않았어요."

조명은 달빛밖에 없는 어둠 속에서도 아이리가 어떤 얼굴을 하고 있을지 알 것만 같았다.

분명 수치심에 달아오른 얼굴로 부끄러워하고 있으리라.

룩스와 함께 살겠다는 꿈을 위해서 늘 부단히 노력했으리라.

기룡사로서 싸울 수 없는 몸이면서, 룩스를 지키기 위해 필사적으로 연습했으리라.

그런 아이리의 마음을 생각하자 가슴이 미어지는 것 같았다.

"하지만 오빠가 죽어버리면 말하고 싶어도 할 수 없으니까요. 늦기 전에 말해봤어요. 오빠도 뭐 하고 싶은 말 없나요?"

"미안해, 아이리…… 나는—."

룩스가 눈을 내리깔고 그렇게 말하자, 아이리가 침대 위에서 더욱 가까이 다가갔다.

"……괜찮아요. 저는 오빠에게 도움을 받고 싶었던 게 아니에요. 이번에는 제가 어떻게든 도와주고 싶었죠. 그게 다예요."

더는 막을 수 없었다.

룩스가 아이리를 아끼는 것 이상으로 그녀가 자기 자신을 아낀다는 것을 알아버렸으니까.

"있잖아요, 오빠. 조금만 더 다가가도 될까요? 어렸을 때처럼."

"응."

잠옷 너머로 살을 맞대려는 것처럼 아이리는 룩스의 가슴에 얼굴을 묻었다.

정겨운 향기와 체온, 심장 고동이 직접 전해진다.

마음을 하나로 연결하면서 속삭이는 것처럼 작전을 얘기했고, 마지막에는 잠들었다.

†

그리고 현재—.

트라이어드와 함께 리샤를 보호하면서 《드레이크》를 두른 아이리는 생각했다.

신왕국 진영이 리샤를 되찾은 건 룩스에게는 뼈아픈 일이겠지만, 트라이어드와 함께 행동하고 있는 아이리가 리샤를 보호하는 건 어떤 면에서는 좋은 기회라고 할 수 있었다.

아이리의 입장상 원래는 가장 먼저 라피 여왕에게 데려가는 게 도리지만, 그녀는 굳이 그렇게 하지 않았다.

인질인 리샤를 탈환한 사실을 라피 여왕이 알게 되면, 그녀는 아르마를 죽이고 룩스를 처리하기 위해 온갖 수단을 동원할 것이다.

그런 일을 막기 위해서라도 아직 데리고 돌아갈 수는 없었다.

아니— 룩스가 입수한 기록매체를 재생하기 위한 시설, 『대성역』의 『아카이브』에 침입한다는 목표를 달성할 때까지 리샤를 빼앗겨서는 안 된다.

그런 사정을 모르는 트라이어드와 함께 이대로 그녀를 숨긴 채 시간을 끄는 것.

그게 바로 지금 아이리가 취해야 할 최선의 행동이다.

룩스가 에이릴과 함께 『대성역』의 생산 플랜트를 활용하고 해방한 것까지는 확인을 마쳤다.

대기하고 있던 『창궁사단』이 뿔피리를 써서 플랜트에서 해방된 환신수 대군을 제어하면, 부족한 전력을 보충하고 시간을 벌 수 있을 터였다.

'그나저나 살아 있는 기분이 들지 않네요⋯⋯.'

장의 아래의 살갗이 식은땀으로 푹 젖은 감촉을 느끼면서 아이리는 레이더로 주위를 경계했다.

'이대로 가면 시간을 꽤 벌 수 있을 터! 오빠, 부디 이틈에⋯⋯.'

늦든 빠르든 라피는 내통자의 존재를 알아차릴 것이다.

문제는 이대로 예정 시각까지 지연시킬 수 있느냐 마느냐의 승부다.

"드디어 찾은 거예요. 신왕국의 정보를 유출하는 배신자를—"

하지만 라피는 그런 예상을 뛰어넘어 이미 자동인형이라는 비장의 카드를 하나 뽑아 두었고, 아이리는 바로 지척까지 마의 손길이 뻗쳤음을 알아차리지 못했다.

시한이 시시각각 다가오고 있었다.

†

　—위이이이이이이이이이잉!

　환신수를 조종하는 뿔피리의 불협화음이『고대의 숲』남서쪽에서 울려 퍼졌다.

　『대성역』의 시설 중 하나인『고치』에서 대량의 환신수가 외부로 전송되면서 적이 보유한 환신수를 그대로 전부 조종하는 작전이 성공했다.

　이로써 종합적인 전력에 크게 불안한 점이 있던『창궁사단』은 신왕국 진영을 다시 밀어붙이고 교란할 있게 됐다.

　이제부터 십여 분 동안이 승부수를 띄울 타이밍이다.

　『—룩스 군! 이쪽이야!』

　"큭……?!"

　룩스는 먼저 북쪽으로 날아간 에이릴의 지시대로 이동을 개시했다.

　피르히와《티폰》을 공격하는 척 페인트를 섞고 포물선을 그리면서 우회하여 에이릴을 쫓아갔다.

　라피 진영이 탈환한 리샤의 신병을 아이리와 트라이어드가 맡은 덕분에 작전을 속행할 수 있었다.

　'아이리네가 여기 있던 건 우연이 아니야. 신왕국 진영의 포진을 미리 알았기 때문에 대처할 수 있었던 거지!'

　결국 아이리가 협력을 제안한 덕분에 룩스는 이 국면에서 벗어날 수 있었던 것이다.

그렇다면, 이기고 싶었다.

목숨을 걸고 자신을 구해준 동생의 마음에 부응해서 이 작전을 성사시키고 싶었다.

그 마음을 품에 안고, 이 지역의 지하에 위치한『대성역』의『아카이브』— 모든 정보가 모여 있는 시설을 향해 전속력으로 이동했다.

아마 세리스처럼『세례』를 받아 강화됐을 피르히와 정면으로 맞붙는 건 좋지 않은 선택이다.

만에 하나 피르히가 체내의 환신수를 이용하면 그만큼 그녀의 몸에 막심한 부담이 가게 된다.

다행히도 거대한 육전형 신장기룡《티폰》은 이렇게 울창한 숲속에서는 운신에 제한이 따르는 편이었다.

'이대로 하늘로 도망치면 따돌릴 수 있어!'

그렇게 확신하고 상공으로 비상한 찰나, 룩스는 위화감을 느꼈다.

그 직후, 지면에서 수직으로 십여 메르 높이까지 도약한《티폰》이 장갑에서 앵커를 사출했다.

"이런?!"

"놓치지 않을, 거야."

굵은 강철 와이어가《바하무트》의 다리를 휘감아 완벽하게 구속했다.

그리고 무시무시한 힘으로 끌어당기기 시작하자 룩스는 버티지 못하고 장갑 째로 급강하했다.

『저게, 대체 뭐야—?!』

뒤를 돌아본 에이릴도 경악하며 눈을 있는 대로 부릅떴다.

피르히를 뒤덮은 《티폰》의 형태가, 전과는 다른 형태를 하고 있었다.

어깨와 등에 휘어진 칼날을 연상케 하는 무수한 돌기들이 추가되었고, 팔다리를 뒤덮은 장갑은 한층 더 강화돼서 대형 기룡인 《티폰》을 더욱 거대하게 만들었다.

리샤가 개발한 장갑 위에 장갑을 두르는 『초월장갑^{오버 유닛}』과 비슷한 그 형상에 룩스는 아연실색했다.

그리고 피르히 본인도 공허한 기운을 풍겼으며, 눈에 생기가 없었다.

『이유는불명이나빙의대상인이여자는녀석의정체를인식하지못함. 하지만이왕이면내가직접조작하는편이빠름. 신장기룡 《피톤》과엘파쥴라가예전의빚을돌려주겠음.』

"—?!"

모습이 보이지 않는 자동인형의 목소리가 피르히가 두르고 있는 장갑에서 나왔다.

엘 파쥴라.

과거에 『창조주』 헤이즈와 함께 신왕국을 습격한 『거병』의 통괄자.

극소 기계로 만들어낸 자신의 분신으로 다른 사람의 장갑 기룡을 조종하는 힘을 지녔다.

그리고 저번 퍼레이드 루프 때도 암약하며 라피의 명령으로 웨이블러라는 귀족을 살해했다.

하지만 그것은 어디까지나 기룡을 조종하는 능력일 뿐, 사용자를 제어하는 것까지는 불가능할 텐데—.

'세리스 선배처럼 라그나뢰크 이블리스의 정신오염에 당한 건가? 아니, 조금 전까지 피르히에게서 이상한 기운은 안 느껴졌어.'

《파일 앵커》에 장갑 다리 하나를 구속당한 룩스가 저공비행을 하는 동안 에이릴이 말을 걸었다.

"룩스 군! 피르히 씨의 《티폰》과 결합한 건 엘 파쥴라의 신장기룡 《피톤》이야. 장갑 째로 다른 기룡과 결합해서 사용자의 의식을 유도하는 신장을 갖고 있어!"

자동인형이 육안으로 룩스의 모습을 확인했기 때문에 에이릴도 육성으로 위험을 전달했다.

"큭……?!"

피르히의 육체 자체가 아니라 결합한 기룡을 통해 정신에 간섭해서 조종하고 있다니.

예전에 헤이즈에게 조종당하던 피르히의 모습을 떠올린 룩스의 전신에 힘이 들어갔다.

현재로선 라그나뢰크의 힘을 쓰고 있지 않는 것 같아 그것만이 위안이었지만—.

"……에잇."

그러나 다음 순간.

그런 걱정을 무산시킬 만한 위기가 룩스에게 닥쳤다.

《티폰》이 활주하면서 나무가 밀집한 지대를 빠져나간 직후, 이번에는 구속한 《바하무트》를 자기 바로 옆으로 끌어당겼다.

"윽?!"

피르히와 몇 차례 모의전을 치러 본 경험이 있어서 《파일 앵커》에 끌려가는 상황을 경계했다.

그런데 끌려가는 방향— 피르히와 룩스를 잇는 직선상에는 거대한 바위가 있었다.

'이런, 야단났네!'

밀집한 나무들에 가려진 덕분에 이쪽의 거동을 확인하기 힘들 거라고 생각했는데, 터무니없는 오산이었다.

초목의 블라인드를 이용한 것은 오히려 피르히였고, 이대로라면 룩스는 바위에 처박힐 운명이었다.

'끌려가는 상황이라 피할 수가 없어! 충돌하면 장갑이 산산조각 날 거야!'

눈앞을 가로막는 바위 앞에서 선택지는 하나밖에 없다는 걸 깨달았다.

리코일 버스트
"—강제초과!"

허리의 기공각검에 재빨리 손을 뻗어 상반되는 두 계통의 조작을 동시에 해낸다.

모순되는 명령으로 의도적으로 폭주를 유발해서 통상의 몇 배에 달하는 파괴력 발휘하는 일격을 거대한 바위에 펼쳤다.

―쿠릉, 콰아아아앙!

오의가 작렬하며 일어난 충격파에 주위의 나무가 흔들리며 나뭇잎이 흩날렸다.

반대편에 있던 피르히가 부서진 암석의 산탄에 당하진 않았을지 걱정됐지만, 불안은 다른 형태로 찾아왔다.

"당신이 누구인지는 모르지만, 그 신장기룡이라면, 알고 있어."

"―?!"

룩스가 바위를 파괴할 거라고 예측했는지 피르히는 한 발 먼저 룩스와 자신을 잇는 직선에서 벗어났고, 오의를 쓴 직후의 룩스를 공격하기 위해 오른쪽 장갑 팔을 힘껏 끌어당겼다.

《용교폭화》.
바이팅 플레어

장갑팔에 내장된 《티폰》의 특수 무장은 붙잡은 대상에 직접 에너지를 주입해서 터뜨린다.

그 에너지가 충분히 축적되었음을 멀리에서도 확실하게 알 수 있었다.

'아뿔싸!'

완전히 의표를 찔렸다.

피르히의 실력을 얕본 건 아니었지만, 룩스가 예상한 수준을 간단히 뛰어넘었다.

'이미 늦었어. 《바하무트》의 자세를 바로잡을 시간이― 없어!'

눈앞으로 육박하는 《티폰》의 팔.

자신의 패배를 목전에 둔 룩스의 의식이 찰나의 시간을 몇 배 이상 길게 느꼈을 때.

곁으로 다가온 에이릴이 순간적으로 하울링 로어를 방출해서 룩스를 옆으로 날려버렸다.

쿵…… 퍼어엉!

그 직후, 허공을 움켜쥐며 《바이팅 플레어》의 작열하는 격류가 방출됐다.

에이릴이 기지 덕분에 룩스는 간발의 차이로 위기를 모면했지만, 그 순간 이상한 것을 목격했다.

피르히가 폭파의 충격을 억제하지 못해 균형을 잃고— 아니, 한 다리로 딛고 서서 반동을 이용한 돌려차기를 선보였다.

"……윽?!"

룩스를 붙잡지 못했는데 어째서 《바이팅 플레어》를 발동했는지 의문이었지만, 그것 자체가 일련의 공격 동작이었던 모양이다.

마기알카에게 배운 격투술을 기룡조작에 응용한 피르히의 발차기는 근처에 있던 에이릴에게 명중했고, 장갑 일부를 부수면서 날려버렸다.

"……으, 아아아악!"

발차기를 정통으로 맞고도 《자하크》의 신장은 해제되지 않았지만, 아마도 에이릴은 이제 제대로 싸울 수 없으리라.

룩스의 목숨을 구한 대가로는 싼 편일지도 모르지만, 전황이 압도적으로 불리해졌다.

『어떻게 된 거지? 방금 피르히의 움직임은…… 그녀의 것이었어. 완벽하게 조종당하는 게 아닌, 거야?』

룩스가 용성으로 의문을 표하자 에이릴이 긴박한 목소리로 즉시 대답해줬다.

『저……건, 피르히 씨 본인, 이야. 쿨럭……! 의식을 빼앗긴 게 아니라, 싸우는 상대를, 오인하고, 있어. 즉 그녀 자신의 전략으로, 너와 전력으로 싸울, 거야……. 어서 도망치자, 룩스 군. 지금 우리 힘으로는— 상대가 안 돼!』

나가떨어진 에이릴이 고통이 묻어나오는 용성으로 호소했다.

솔직히 말해서 예상 밖이었다.

『기사단』의 일원으로— 동료로 함께 싸울 때는 이보다 더 든든할 수 없었는데, 적으로 돌아서자 이렇게까지 버거운 상대일 줄이야.

'아니— 그만큼 강해진 건가…….'

룩스는 경탄했다.

약 반년 전, 리예스 섬에서 세뇌당한 피르히와 싸웠을 때와는 비교가 되지 않았다.

수많은 강적을 무찌르기 위해서, 다른 소녀들처럼 피르히 또한 송곳니를 갈아온 것이다.

『룩스, 군……. 도망쳐. 그녀를 뿌리치고, 「원」으로 가야 해. 안 그러면, 당할 거야……!』

전력을 담아 공격한 탓인지 제아무리 피르히라 해도 추격 속도가 느려졌다.

《피톤》으로 장갑이 강화되긴 했지만, 앞으로 몇 초 내에 전속력으로 도주하면 뿌리칠 수 있으리라.

그러나—.

'라피 여왕 폐하. 이것도 당신의 계책입니까?'

만약 라피가 룩스의 정체를 파악했다는 추측이 사실이라면, 이렇게까지 룩스의 본질을 이해하고 있는 적과 싸우는 것은 처음일 것이다.

라피라면 룩스의 전투 이력을 전부 보고받아 알고 있을 테고, 지배자의 시점에서 룩스라는 인간을 파악하고 있으니까.

『룩스…… 군?』

에이릴이 가리키는 방향—『아카이브』가 존재하는 『고대의 숲』 북동쪽을 향해 룩스는 《바하무트》로 비행했다.

하지만 최고 속도가 아니라 《티폰》이 아슬아슬하게 쫓을 수 있는 속도였다.

기생장갑 《피톤》으로 파워업 한 피르히라면 문제없이 룩스를 따라잡을 수 있으리라.

'그걸 알면서, 왜?'

에이릴은 의문을 품고 라피가 세리스에 이어 두 번째 자객으로 피르히를 선택한 이유를 추측했다.

'그렇군……. 라피 여왕은 룩스 군이 도망칠 수 없다는 걸 알고 있었구나……'

일찍이 룩스 자신을 구원해준 무엇보다도 소중한 유대.

모두를 지키기 위해서 목숨을 걸었기 때문에 조종당하는 피르히를 내버려둘 수는 없었다.

엘 파줠라와 《피톤》을 파괴하기 위해서 『아카이브』로 유인할 생각이었다.

하지만 그건 너무나도 불리한 도박이다.

현재 피르히의 전투력은 룩스가 전력으로 상대해도 승리를 장담할 수 없을 정도였다.

그런 한편, 룩스 뒤를 쫓는 피르히도 안개 낀 의식 속에서 한 가지 의지를 관철하고 있었다.

'머리가 둥둥 떠다니는 것 같아. 하지만, 싸워야 해……'

엘 파줠라가 조종하는 《피톤》과 결합해서 의식을 조종당하고 있는 피르히.

정신을 지배하는 것이 아니라 방향성— 자신이 무엇을 해야 한다는 행동이념을 착각하도록 만든다.

『관』이라고 불리는 장치로 『세례』를 받은 피르히는 위험과 맞바꿔서 자신의 특성에 맞는 힘을 얻었다.

소중한 사람의 힘이 되어주려고, 슬픔을 안겨주지 않으려고 선택한 길.

그것에 성공했고, 어떤 목적을 위해 계속해서 싸웠다.

어린 시절, 피르히는 어머니를 잃은 슬픔에 젖어 사는 가족을 지키기 위해서 울지 않는 자신을 만들었다.

슬퍼하는 모습을 보여주면 다들 더욱 슬퍼하니까.

그러나 그 소년은 피르히의 그런 삶의 방식을 알아차리고 솔직하게, 그리고 상냥하게 대해주었다.

요령이 없는 그는 누구에게나 상냥하게 대할 수 있는 대신에 타인의 호의를 정면으로 받아들이지 못했다.

……똑같다, 라고.

피르히는 그렇게 생각하며 기뻐했다.

상냥한 그가 좀 더 스스로를 좋아하고 행복해진다면, 분명 자기도 기쁠 것이라고 생각했다.

그를 지키고, 곁에 있기 위해서.

피르히는 그러기 위해서 싸우겠다고, 마기알카 밑에서 맹세했다.

'그러니까, 해야만 해. 이 힘으로, 나는…… —를.'

"—에잇."

어딘가 맥이 빠진 듯한 소녀의 목소리.

동시에 파슝! 하는 소리와 함께 《티폰》의 어깨 장갑에서 추격용 와이어가 사출됐다.

"……큭!"

5~6메르 고도에서 대지와 수평으로 활공하는 룩스의 배면 날개를 노리고 탄환 같은 속도로 육박하는 와이어 끝을 룩스는 장갑 째로 몸을 비틀어 피했다.

《티폰》에 탑재된 《파일 앵커》는 분명 강력하지만, 장애물이 없는 상황에서는 일직선으로 룩스를 노릴 수밖에 없다.

그리고 한 번 빗나가면 와이어를 회수할 때까지 룩스를 공격할 수 없다.

물론 앵커는 여러 개가 있으니 주의할 필요는 있지만—.

'가능해! 긴장을 늦추지 않고 지상에서 날아오는 앵커의 궤

도를 확인하면 피할 수 있어!'

룩스는 확신을 품고 연달아 사출된 앵커를 연속으로 피했다.

조금 떨어진 장소에서는 신왕국군과 뿔피리로 환신수를 조종하는 『창궁사단』이 전투 중인 가운데, 몇 분 정도 이동해서 목적지에 가까워졌을 때.

짜악!

"윽······?!"

갑자기 채찍에 가격당한 듯한 충격을 받고 룩스는 경악했다.

'뭐지? 《파일 앵커》는 확실하게 피했을 텐데?!'

《바하무트》의 동체가 충격을 받아 흔들리면서 활공 궤도가 크게 틀어졌다.

예상치 못한 공격에 혼란을 느끼면서 어렵사리 자세를 가다듬으려고 하는데 조금 전과 비슷한 타격을 재차 받았다.

"이건, 내 비행 경로 전방으로 사출한 앵커를 회수하면서 채찍처럼 쓰고 있는 건가?!"

오른쪽 어깨에서 와이어를 사출한 다음 장갑팔로 그 밑동을 쥐고 휘둘러서 채찍처럼 사용하며 룩스를 때려눕히는 전법.

이를 위해 일부러 《바하무트》에 닿지 않는 궤도로 앵커를 몇 번 사출해서 룩스를 방심시킨 것이다.

게다가 눈치 챘을 때는 이미 늦었다.

피르히도 타이밍을 파악했는지 연속해서 채찍으로 타격을 가했다.

공격 자체의 파괴력은 낮았지만 배면 날개를 맞은 탓에 속

도가 대폭 저하됐고, 《티폰》이 활주로 접근해서 손이 닿을 사
정거리 안에 들어가고 말았다.

"에잇."

퍼엉, 하는 소리가 날 만큼 폭발적인 기세로 발을 굴러 도
약한 《티폰》이 거대한 장갑의 양손을 깍지 끼고 머리 위로 힘
껏 들어 올렸다.

커다란 망치를 방불케 하는 그 손을 《바하무트》의 배면 날
개에 때려 박으려는 순간, 룩스는 전력으로 가속했다.

목표 지점인 『아카이브』는 바로 아래에 있었고, 먼저 도착한
에이릴이 그곳에서 룩스를 기다리는 중이었다.

룩스가 지상에 내려선 순간 『아카이브』 내부로 전송해서 도
망칠 채비를 하고 있었다. 그러나―.

"헉―?!"

"놓치지, 않아."

피르히도 공격 정밀도를 더욱 끌어올렸다.

팔맷돌로 새를 잡는 것처럼 양손을 내려찍는 동시에 와이어
를 사출해서 룩스의 장갑에 《파일 앵커》를 휘감았다.

그리고 착지 지점에도 앵커를 꽂아서 《티폰》을 지상으로 끌
어당겨 착지했다.

"룩스 군! 그 와이어를 풀어! 이대로라면―."

"아니, 괜찮아! 이대로 『아카이브』에서 목적을 달성하는 동
시에 결판을 내겠어!"

애초에 룩스의 노림수는 피르히를 놓치지 않는 것이었다.

『대성역』의 일부— 지하시설 『아카이브』로 끌고 가 그곳에서 엘 파쥴라와 《피톤》을 파괴한다.

이 싸움으로 체력이 소모된다 해도 피할 수는 없는 상황이었다.

룩스는 라피 여왕의 계책에 기꺼이 넘어가 주기로 결심했다.

키이잉— 하는 소리와 함께 연한 빛이 원형으로 솟으며 룩스와 에이릴, 피르히를 감쌌다.

중력이 사라지는 감각이 몇 초 정도 느껴지다가 주변 풍경이 일변했다.

†

"통괄자 엘 파쥴라의 통신입니다. 룩스 아카디아 및 에이릴 뷔 아카디아와 교전 중. 장소는 여기서 북동쪽에 있는 『아카이브』입니다."

라피 옆에 서 있는 자동인형 아샤리아가 부하인 엘 파쥴라의 통신을 받고 상황을 파악했다.

하지만 라피는 놀란 기색을 드러내기는 커녕, 전부 처음부터 예상한 바라는 듯한 표정을 지었다.

"역시 온 건가요. 무슨 수로 지금까지 남들 눈을 속이면서 움직여 왔는지는 모르겠습니다만."

"어쩌면 《자하크》의 신장을 사용한 게 아닐까요?"

신장 《쌍두의 사지》는 대상에게서 특정한 기억을 빼앗을 수 있다.

룩스라는 존재에 대한 인식을 의식에서 지워버리면 숙소를 드나들든, 어디서 뭘 하든 그 사람을 룩스라고 인지할 수 없다.

그러나 존재 자체를 지우면 그로 인한 부자연스러움 탓에 《쌍두의 사지》를 쓴 사실이 명확하게 드러난다.

따라서 룩스의 정체만을 숨겨서 『창궁사단』이라는 가면을 만들어낸 것이다.

과거에 후길이 룩스라는 존재를 이용해서 구제국을 멸망시키는 혁명을 이룩한 것처럼.

"뭐, 피르히에게 맡기면 되겠죠. 세리스티아와 싸운 직후라 그녀에게 이길 여력은 없을 테고— 만에 하나 쓰러뜨린다고 해도 그만큼 체력이 소모될 테니까요. 그럼 이제 배신한 것으로 보이는 아이리를 자동인형에게 맡겨서 처리하고 막을 내리도록 하죠. 후길, 그래도 될까요?"

"어째서 내 의견을 묻는 거지? 당신이 원하는 대로 하면 돼."

라피는 『대성역』 중추를 지킬 파수병으로 후길을 배치해두었지만, 룩스의 위치가 완벽하게 판명된 후에 다시 곁으로 불러들였다.

"제가 세계의 적— 나아가서는 당신의 적이 되지 않기 위해서예요. 『창조주』 리스테르카도 분명 그러다가 당했을 테니, 가능한 한 당신의 의향을 따를 거예요."

"……지금으로선 그럴 일은 없어. 당신은 신왕국의 적으로서 처리해야 하는 것만을 선별하고 있다. 『기사단』을 보낸 것도, 그 어리석은 아우가 만에 하나의 확률로라도 죽이지 못하리라는 걸 알고 보낸 거지."

"후훗, 그 말을 듣고 안심했어요. 그럼 저도 슬슬 움직여도 될까요? 부하에게서 긴급 보고도 들어오기도 했고."

『창궁사단』이 뿔피리로 지하의 생산 플랜트에서 전송된 대량의 환신수를 조종하고 있기 때문에 신왕국군은 열세에 몰렸다.

트라이어드와 아이리는 리샤를 데리고 숨어서 이동 중.

크루루시퍼는 환신수의 대군을 홀로 상대하는 기염을 토하고 있지만, 수가 수인지라 중과부적으로 전선이 조금씩 밀려나고 있다.

"그럼 아르마의 관리를 맡기겠어요, 리 프리카."

"알겠습니DA. 만일에 대비해서 힘 내겠습니DA."

라피는 기계로 된 여우 귀를 달고 있는 『달』의 통괄자 리 프리카에게 명령했다.

모든 추격의 손길에서 룩스가 벗어나는 것에 대비해 아르마를 관리하면서, 상황에 따라 룩스의 발목을 붙잡을 인질로 써먹을 계획이었다.

"……."

아르마는 구속당한 채 아무 말도 할 수 없었다.

이런 상황에서 할 수 있는 일은 룩스가 무사하기를 기도하는 것뿐이었다.

"자, 그럼—."

라피가 중얼거리는 동시에 주위의 대기가 쩌적 소리를 내며 얼어붙었다.

일곱 마리 라그나뢰크의 모든 힘을 통합한 최강의 『성식』은 자신의 사명 및 융합한 사람을 구제하는 목적을 완수하고, 이윽고 그 힘을 무한대로 증대시킨다.

그 후 인간의 사념과 육체를 모조리 먹어치우고 폭주.

라피는 자신이 모든 것을 파괴하는 대재앙으로 진화한다는 사실을 모른다.

길어봐야 앞으로 몇 개월.

혹은 이르면 몇 주 안에 라피는 인간의 자아를 잃고 재앙으로 거듭나게 된다.

그리고, 종점에 도달한 역사를 《우로보로스》와 『대성역』의 힘으로 후길이 리셋한다.

세계를 개변하여 사람들의 기억 속에서 유적에 관련된 내용을 전부 지워버린다.

그리고— 또다시 누군가가 유적을 발견하고, 역사를 되풀이한다.

이것이 세계가 붕괴하는 과정의 서막이자 『성식』의 진상.

"내가 나갈까? 아니…… 됐어, 당신에게 맡기지."

"……? 별일이네요. 당신이 솔선해서 움직이려고 하다니."

"……."

라피가 후길의 진의를 알 길은 없다.

이제부터 수많은 환신수를 게걸스럽게 잡아먹는 비참한 모습을, 『성식』의 추악한 측면을 보고 싶지 않다는 의도가 있음을.

"그럼, 여긴 맡기겠어요. 저는 살짝 날뛰고 올게요."

그후, 앳된 여왕의 등에서 날개가 돋아나더니 그대로 날아 올랐다.

그리고, 유린이 시작됐다.

†

"여긴, 대체—?"

한편, 정보관리 시설인 『아카이브』에 전송된 룩스 일행은 불가사의한 상황에 놓여 있었다.

한치 앞도 보이지 않는 칠흑 같은 어둠.

그 속에서 기룡을 제외한 그들의 모습만이 연한 빛에 감싸인 채 떠있었다.

몸을 약간 움직이는 정도만 가능했다.

"진정해, 룩스 군. 우리가 지금 체감하는 시간은 현실의 수십 배나 돼. 그러니까 《바하무트》를 장착한 채로도 체력은 거의 소모되지 않아. 『모형 정원』에서 찾은 정보기록매체의 내용물을 지금 여기서 재생한 거야."

아무래도 『대성역』의 『아카이브』라는 시설은 뇌에 직접 간섭해서 단시간에 정보를 입수할 수 있는 구조인 것 같았다.

피르히도 바로 근처에서 보고 있는 듯했지만, 당황한 건지 아니면 단순히 평소대로인 건지, 무표정으로 멍하니 허공을 바라보고 있었다.

위도 아래도 알 수 없는, 의식만이 존재하는 암흑의 방.

그 중앙에 아샤리아라는 자동인형과 똑같이 생긴 인물이 존재했다.

은발과 잿빛 눈동자.

호화로운 순백색 드레스를 입은 사랑스러운 장발 소녀.

룩스 일행의 존재를 확인한 것처럼 눈을 뜨고, 미소 지으며 인사했다.

"『아카이브』에 어서 오세요. 여러분의 방문을 환영합니다."

"당신은……?"

의식뿐인 룩스가 무심코 물어보았다.

그 직후, 정보기록매체에 말을 건 자기 자신에게 어이가 없었지만, 뜻밖에도 대답이 돌아왔다.

"제 이름은 아샤리아. 과거 아카디아 황국의 황녀였으며, 『열쇠 관리자』가 제공한 기술로 유적을 개조한 사람입니다. 입장상 『창조주』라고 불릴지도 모르겠네요."

"……?! 그럼, 그『대성역』의 통괄자인 자동인형은 역시—."

똑같이 『창조주』라고 불리는 황족이었던 에이릴이 묻자 소녀의 홀로그램은 고개를 끄덕였다.

"네. 제 외견을 본떠 제작한 것입니다. 하지만 제 의식을 투영한다곤 할 수는 없지요. 단순한 인공지능— 즉 인공적으로 만들어낸 유사인격이며, 저와는 관계없는 존재입니다. 그런 의미에서는 저 역시 마찬가지입니다만…… 기억하고 있는 것

이 다릅니다."

"······."

이제껏 유적과 『대성역』의 고대 기술에 수없이 압도당해왔지만, 눈앞에 아샤리아라는 존재가 나타난 사실이 당황스러웠다.

하지만 룩스는 즉시 마음을 다잡고 질문하기 시작했다.

"당신은 뭘 알고 있죠? 아니, 『대성역』과 『성식』······ 그리고 개변기룡 《우로보로스》가 무엇인지, 쓰러뜨릴 방법은 있는지— 아는 것을 가르쳐줄 수 있나요?"

"······좋습니다. 여러분은 숱한 고난을 이겨내고 이곳에 도달한 이들. 알 권리는 충분하지요. 모든 것의 시작은 천 년도 더 전— 저와 그의 만남에서 시작됐습니다."

"그······?"

에이릴은 모르겠다는 듯 의아한 표정을 지었지만, 룩스에게는 짐작 가는 바가 있었다.

"후길 아카디아로군요······."

"네······."

아샤리아는 룩스의 중얼거림에 수긍했다.

실물이 존재하지 않는 소녀의 표정에서는 어딘가 상냥하면서도 쓸쓸한 분위기가 감돌았다.

"『대성역』 중추에 도달하셨으니 이미 알고 계시겠지만, 저희가 살던 시절의 아카디아 황국은 지옥 같은 전란을 겪는 중이었습니다."

"……."

『대성역』의 심층부.

룩스 일행도 폐도 게르니카에 투영된 과거의 기록을 보고 사실을 알게 됐다.

세계를 통치하던 아카디아 황국은 이윽고 왕후 귀족들을 위한 정치를 펼치게 됐고, 종국에는 더욱 순도 높은 엘릭시르를 정제— 자신의 재능과 수명, 육체를 강화하기 위해 신분 낮은 백성들을 포획해서 살육하고, 그 원료로 삼았다.

그것이 원인이 되어 반란이 일어났고, 그 중심에 있던 것이 『배신자 일족』이라고 불리는 집단— 즉 아카디아 제국의 선조가 된 이들이다.

룩스와 에이릴은 그렇게 인식하고 있었지만—.

"당시 왕후 귀족 전용이었던 장갑기룡을 탈취한 반란군이 리더로 내세운 자는, 아카디아 혈족 내에서도 기룡적성이 가장 뛰어난 혈통인 사람이었습니다."

"……?!"

그 말을 들은 순간 룩스는 헛숨을 삼켰다.

룩스와 아이리의 기룡적성이 이상하리만치 높은 이유. 그건 바로 후길과 같은 피를 이어받았기 때문이었다.

"황녀인 저와 『배신자 일족』의 자식이었던 후길. 저는 어느 날 우연히 사람들에게 학대당하던 개와 고양이를 구해주기 위해 싸우던 후길을 보았습니다."

아샤리아의 입체영상이 조용히 눈꺼풀을 닫으며 얘기했다.

그 섬세한 동작은 단순한 모조품이 아닌 살아 있는 소녀 본 인처럼 보였다.

"저는 철이 들었을 때부터 『배신자 일족』은 악이라고 배웠어요. 저는 제게 협력하는 『열쇠 관리자』의 기술을 이해해서 응용하는 재능이 있었고, 덕분에 황녀 자매들 중에서도 큰 권한을 가졌습니다. 하지만 친족들은 장갑기룡이나 유적의 기술을 이용해서 자신들의 배를 불릴 생각만 했지요. 참으로 진저리가 났습니다."

"그럼, 그래서—."

룩스가 불쑥 입을 열자 아샤리아는 눈을 뜨고 그를 보며 미소 지었다.

"네. 원래는 서로를 미워하는 입장이었지만, 저는 당시의 후길을 보고 확신하게 됐어요. 『배신자 일족』은 태어날 때부터 사악한 존재인 건 아니라고. 누군가가 이용하기 편하게 만들어낸 가치관에 불과하다고—. 그들 모두를 죽이지 않고 구해줄 길을 후길과 함께 걸어보는 게 어떨지, 생각하기 시작했습니다."

"……."

이야기를 듣는 에이릴은 오묘한 표정을 유지한 채 미동도 하지 않았다.

아마도 자신들 『창조주』를 이 아샤리아의 의사 인격에 겹쳐 보고 있는 것이리라.

리스테르카 세대 때도 같은 분쟁이 일어났고, 긴 잠에서 깨어난 현재 시대에서는 타국의 권력자들을 한꺼번에 처리하려고 했다.

그런 와중에 에이릴만이 지금 시대의 인간들과 공존하는 길을 선택했으니 어찌 보면 당연한 반응이었다.

"저희의 계획은 무척 잘 풀렸습니다. 지금 생각해보면 자만하기도 했지만, 재능과 운이 좋았지요. 제가 유적의 기술을 이용해서 새로운 기술이나 장비를 개발하면 후길이 그것을 써서 위기를 해결했습니다. 그는 기룡사로서 어느 누구보다도 뛰어난 실력을 지녔으며, 수많은 싸움 속에서 그 재능을 꽃피워 나갔던 것이죠."

아샤리아는 자신의 가슴에 손을 얹고, 어둠 속에서 그 과정을 계속 얘기했다.

후길과 함께 일그러진 세계를 차근차근 바로잡아 나간 얘기.

엄청난 부정을 저지르던 중신을 토벌한 얘기.

개조 끝에 폭주한 병기를 막아낸 얘기.

아샤리아의 암살을 꾀한 파벌을 처리한 얘기.

반란군의 이름을 사칭해서 극악무도한 짓을 일삼던 집단을 섬멸한 얘기.

자동인형이라는 통괄자에게 유적 관리를 맡기게 된 얘기.

다양한 기룡을 새로 개발한 얘기.

투쟁의 과정이기에 피비린내 나는 결말을 따랐지만, 결말은 조금씩 평화로워졌다.

"저는, 그를 좋아하게 됐어요. 그는 어렸을 적부터 계속 불행한 처지였으니 아카디아의 황녀인 제게는 마음을 열어주지 않으리라고 생각했습니다만, 그래도 아마 뿌리는 같은 마음이 었을 겁니다."

—이 세상을 구하고 싶다.

사람이 사람에 의해 부조리를 겪는 일 없는 세상을 만들고 싶다.

그런 마음이 근저에 깔려 있었고, 두 사람은 힘을 합쳐 앞으로 나아갔다.

"—그러나 그러는 와중에도 분쟁은 끊이지 않았습니다. 아니, 싸움이 길어지면 길어질수록…… 궁지에 몰리면 몰릴수록 사람은 여러 가지를 희생했고, 앞뒤 가리지 않으며 더욱 큰 증오를 마음에 싹 틔웠죠."

자신의 딸에게 폭탄을 설치하고 귀족에게 팔아 넘겨 복수한 아버지.

평화를 타진하러 온 사자를 산채로 해체해서 엘릭시르의 원료로 쓴 귀족.

한몫 크게 잡고 싶었던 욕심 많은 상인은 각 진영에 무기를 팔아 치우면서 쌍방의 분노를 부채질하는 공작까지 펼쳤다.

어떤 연구자는 빨리 죽진 않지만 오랫동안 고통을 가하는 맹독을 무차별로 살포해서 전쟁이 정체되기를 바랐지만, 가장 심하게 고통받은 것은 무고한 민간인이었다.

"저와 후길은 한 걸음씩 나아가며…… 적을 쓰러뜨렸고, 동시에 슬프고 잔혹한 현실을 봐 왔습니다. 끊임없이 반복되는 처참한, 악귀 같은 사람들의 행위를 보고 의심을 갖게 되었죠. 사람의 본질은— 우리 아카디아 일족은, 추악한 악마와 다름없는 존재가 아닌가 하고. 후길에게 꾸중을 들었지만 말이에요. 『네가 그런 답을 내렸다면, 내가 해온 일은 무의미한 짓이었군』이라고요."

"……."

압정과 차별로 백성들을 괴롭히고 비웃던 구제국 시절.

원망에 가득 찬 백성들의 역습.

룩스가 경험한 과거보다도, 황국의 말기는 더욱 지독했던 것이리라.

그 지옥 같은 7년의 기억을, 두 사람이 저항하고, 격려하고, 함께 싸우면서 살아온 역사를 아샤리아는 막힘없이 얘기했다.

현실 시간으로는 고작 몇 초도 안 될 테지만, 이 의식 속에서는 수십 분에 걸친 이야기를— 그러나 길다고 느끼지는 않았다.

전란이, 인간의 악한 성격이 극한에 다다랐던 고대의 이야기.

하지만 무한히 계속될 것만 같던 그 투쟁은, 후길의 분전으로 종언을 맞이했다고 한다.

"후길은 정말 굉장했습니다. 처음에는 그렇게 대단한 실력은 아니었지만 노력을 게을리하지 않았고, 그 어떤 고난도 견디고 극복해서 강해졌지요. 저는 그의 모습에서 힘을 얻었습니다. 올바른 길을 포기하지 않는 영웅. 죽음의 고비에 직면할 때마다 엘릭시르를 투여했지만, 그때 어떤 돌연변이가 발생한 사실을 알아차렸습니다."

"돌연변이?"

룩스는 고개를 갸웃했지만 내심 짐작이 갔다.

"네. 그의 육체…… 뇌에 있는 브레이크가 변질되었죠. 본디 일정량 이상의 엘릭시르를 투여하면 죽게 되지만, 그는 한계 허용량 이상을 투여해도 죽지 않게 되었습니다."

"설마, 그는 우리처럼 잠에 든 게 아니라— 불로불사가 된 거야?"

에이릴이 당황한 목소리로 묻자 아샤리아는 고개를 끄덕이며 말을 이었다.

"그것도 그렇습니다만, 당시 저는 다른 생각을 품었습니다. 최후의 거대한 악을 쓰러뜨리고 세상은 평화로워져야 했지요. 하지만 오랜 세월을 거치면서 사람들의 마음에 뿌리내린 슬픔과 증오는 사라지지 않았습니다."

한때는 전쟁이 끝난 것 같다가도 이내 각 진영에서 새로운 불씨가 피어올랐고, 그것을 막으려고 하면 더욱 거세게 타올랐다.

왕후 귀족들은 평생 누려 온 부유한 생활을 되찾아 백성들을 부리고 싶어 했으며, 지금까지 학대받아온 백성들은 그들에게 그 이상으로 갚아줘야 직성이 풀렸다.

"저는 고민했습니다. 저와 후길이 필사적으로 왕정을 바로

잡으려고 해도 멋대로 분쟁이 일어날 뿐이었습니다. 약자만이 상처를 입지만, 결국은 그들 역시 힘을 얻어 또다시 날뛰었죠. 그처럼 무한히 계속되는 부정적인 연쇄를 어떻게든 끊어내기 위해서, 저는 어떤 연구에 몰두하게 됐습니다."

—사람들이 증오를, 지금까지 싸워온 역사를 잊게 된다면.

무슨 수를 써도 해결되지 않는다면, 차라리 모든 것을 잊고 다시 시작하면, 어쩌면—.

"《영겁회귀》^{엔드리스}……. 일곱 개의 유적을 공명하여 실행하는 세계 개변……."

"거기까지 알고 계셨군요. ……그 말대로입니다."

아샤리아가 룩스를 쳐다보며 말했다.

"최대 최강의 능력을 지닌 개변기룡《우로보로스》. 일곱 개의 유적을 동시에 기동, 사람들의 기억을 개변하여 증오의 역사를 없애는 힘. 하지만 제가 만든《우로보로스》는 신장기룡 십여 기 몫의 부하가 걸리는 탓에, 처음에는 후길조차 제대로 다루지 못했습니다."

따라서 후길은 각지의 전쟁을 막으면서《우로보로스》를 다루기 위한 훈련도 병행했고, 그렇게 몇 년의 시간이 흘렀다.

한편 아샤리아도 세계를 구제하는 시스템— 새로운 인간형 라그나뢰크의 개발에 착수했고, 이를『성식』이라고 명명했다.

사람의 마음을 감지하고 투영할 수 있는 시스템이 내장된, 도움을 바라는 사람의 외침에 응하고 판단하여 모든 이를 구제해주는 장치.

후길이 《우로보로스》를 쓰고, 아샤리아가 『성식』을 써서 세계를 올바른 방향으로 이끌고자 했다.

　『시작의 영웅』과 『구제의 여신』.

　천부적인 재능을 타고났으면서도 부단한 노력을 기울여 온 두 사람은 그렇게 불리게 되었고, 평화를 염원하는 사람들이 우러러 보는 희망의 별이 됐다.

　"그러나 거기서 사건이 일어났습니다. 후길은 《우로보로스》를 제어할 수 있는 몸이 되기 위해, 어떤 전투에서 입은 상처를 치유하기 위해 다량의 엘릭시르를 투여하고, 긴 잠에 빠졌습니다. 그 사이에 완성을 앞둔 『성식』에 독이 섞이고 말았죠."

　"독…… 이라고요?"

　아샤리아의 우울한 중얼거림에 룩스는 의아한 표정을 지었다.

　입을 다문 그녀가 다음 말을 꺼내기 전에 갑자기 이변이 일어났다.

　―쩌어엉!

　"윽……?!"

　암흑세계가 부서지고, 『아카이브』 내부의 원래 형태가 룩스 일행의 시야에 들어왔다.

　지금까지 아샤리아와 대화하던 상황이 일변하고 피르히와 《티폰》이 룩스에게 달려들었다.

　"시스템간섭완료토벌대상의정보수집방해와함께― 말살하

겠음."

"엘 파쥴라?! 네가 기록 재생을 방해한 거야?!"

어느새 『아카이브』 내부에 자동인형 하나가 들어와 있었다.

새의 날개처럼 생긴 기계 귀를 지닌 장의 차림의 소녀.

예전에 상대했을 때처럼 가면 같은 무표정을 유지하고 있지만 이번에는 무언가 달라 보였다.

원래는 명령받은 일을 기계적으로 처리할 뿐인 자동인형이 명확한 적의를 뿜어내는 듯한 착각이 들었다.

에이릴의 외침에 엘 파쥴라는 반응하지 않았다.

그저 분노라는 감정을 표출하는 것처럼 몸을 감싼 《엑스 와이번》의 팔을 휘둘렀다.

반사적으로 블레이드로 방어한 에이릴의 얼굴이 경악으로 물들었다.

"헉……?!"

"『창조주』의배신을재인식— 제거행동으로이행."

에이릴의 눈에는 엘 파쥴라의 블레이드가 보이지 않았다.

그런데 블레이드를 맞댄 채 힘겨루기를 하는 감각은 고스란히 느껴졌다.

아마도 칼날을 투명하게 바꾸는 효과를 지닌 희소 무장 부류이리라.

"네놈들 따위가 감히 마스터의 기억에서 정보를 얻어내려고 드느냐. 『성식』의 옳고 그름을 따지지 마라. 너희 인간 놈들이 시작한 일이다. 자신들의 번영만을 바라는 부정적인 연쇄를."

"……?!"

지금까지 철저하게 도구의 역할을 수행해온 자동인형이—그중에서도 엘 파쥴라가 감정 같은 것을 드러냈다는 사실에 룩스는 놀라움을 금할 수 없었다.

평소의 독특한 말투도 거칠게 변하기 시작했다.

하지만 지금은 그런 점을 신경 쓸 겨를이 없었다.

룩스 쪽으로 피르히와 《티폰》이 육박해서 노도의 공격을 퍼붓고 있었다.

"—에잇."

구동음과 함께 대기를 뚫고 거대한 장갑 주먹과 발차기가 날아온다.

각부 프레임을 유연하게 움직여서 신장기룡의 중량을 싣는 피르히의 타격은 하나하나에 필살의 위력이 담겨 있었다.

설령 《바하무트》를 장착했더라도 직격으로 맞는 순간 끝장이다.

심지어 《티폰》은 엘 파쥴라의 신장기룡과 결합해서 강화장갑까지 추가된 상태였다.

"피르히 씨! 정신 차려! 그는 룩스 군이야!! 《자하크》의 신장은 이미 해제했다고!"

에이릴은 압도적인 파워에 밀리는 룩스를 보고 피르히에게 소리쳤다.

하지만 엘 파쥴라의 본체는 자신이 조종하는 《엑스 와이번》의 블레이드로 에이릴을 공격하면서 그 호소를 비웃었다.

"―헛수고다. 내《피톤》으로 그 녀석에게 건 인식 착각은 내가 죽어도 바로 풀리지 않는다. 여기서 달아나지 않는 한 멈추는 일은 없지. 나도 놓칠 생각은 없다."

"뭐……?! 큭!"

《엑스 와이번》이 휘두르는 보이지 않는 블레이드에 밀려 에이릴과《자하크》는 후퇴했다.

신왕국 진영의 눈을 속이기 위해서 신장을 계속 사용한 탓에 체력은 이미 바닥나기 직전이었다.

게다가 기룡과 한 몸이 된 자동인형은 정신이나 육체로 기룡을 조작하는 게 아니라 직접 기룡 시스템에 간섭하는 게 가능하다.

따라서 조작에 지연시간이 생기지 않아 일반적인 기룡사보다 더욱 매끄럽게 움직일 수 있다.

하지만 그런 유불리 문제가 아니라 기백에서 엘 파쥴라에게 밀렸다.

혼이 없는 자동인형에게 압도당한 에이릴은 반격의 실마리를 잡지 못하고 있었다.

"너희 인간 놈들이 주제넘게 손을 댄 탓에 마스터의 꿈은 더럽혀졌다. 네놈들이 이 기억을 훔쳐보는 것은 용납할 수 없다."

"큭! 으으……?!"

에이릴은 보이지 않는 참격을 필사적으로 방어했지만 검의 궤도가 점점 예리해지기 시작했다.

"어떻게 된 거야?! 왜 자동인형의 공격이 강해지는 건데?!"

그것은 『창조주』이자 유적의 시스템을 아는 자만이 알 수 있는 이변이었다.

인공지능으로 움직이는 자동인형은 정비만 잘 되어 있으면 항상 최상의 퍼포먼스를 발휘할 수 있다.

그런 반면에 완성된 동작을 충실하게 따르기 때문에 원래 지닌 능력 이상의 힘은 발휘할 수 없다.

그런데—.

"아샤리아 님을 능멸하지 마라. 나는 네놈들의 행동 패턴을 분석해서 더욱 최적화된 움직임으로 대응할 수 있다. 내 충의를 얕보지 마라!"

"우와앗?!"

다음 순간, 페인트를 섞은 블레이드의 일격이 교차했다.

《자하크》와 《엑스 와이번》이 칼날이 서로의 장벽을 뚫고 사용자의 어깨에 박혔다.

그 탓에 엘 파쥴라는 팔이 절단됐지만 눈썹 하나 까딱하지 않았다.

뼈와 살로 된 인간인 에이릴에게 유효한 타격을 주기 위해 일부러 크로스 카운터를 노린 것이었다.

엘 파쥴라는 하울링 로어를 방출해서 밀착한 에이릴을 날려버렸다.

'나는 지지 않아. 『대성역』과 계약한 자가 나타난 덕에 내 목적을 알게 됐다.'

라피는 『대성역』의 기능을 이용해서 자동인형들에게 기억을 재입력했다.

엘 파쥴라를 비롯한 자동인형들이 아직 인간이었던 시절. 아샤리아라는 소녀는 그녀들의 인격을 인형에 옮기고 유적을 지키는 중요한 역할을 맡았다.

병에 걸려 죽을 운명이었던 그녀들에게 희망을 준 소녀.

『구제의 여신』이라 불리던 아샤리아를 경애했고, 그녀가 이루고자 하는 위업을 지키기 위해 싸우기로 결심했다.

"『성식』에는 독이 섞였다. 어리석은 『배신자 일족』은 마스터를 고문해서 완성되기 직전이었던 구제 시스템을 개조하려 들었지. 소망하는 이에게 악의나 적의를 품은 존재를 감지하고, 그것들을 살육하는 기능을 추가한 것이다!"

"—?!"

엘 파쥴라가 밝힌 진상에 룩스와 에이릴은 헛숨을 들이켰다.

'『배신자 일족』이 『성식』을 개조했다고? 하지만 뭐지, 이 위화감은……?'

충격적인 사실에 놀라긴 했지만, 동시에 묘한 의문이 들었다.

그러나 피르히는 룩스가 생각에 잠길 여유를 주지 않고 그의 간격 안쪽으로 더욱 파고들었다.

『아카이브』의 내부— 은색 금속벽으로 구성된 직사각형 공간은 장식된 기둥이 몇 개 서 있을 뿐이라 장애물이 적고 천장도 낮았다.

다시 말해 장갑 다리의 바퀴를 최대한 활용할 수 있는 환경이라 육전형 신장기룡이 유리했다.

"크, 윽……!"

거침없이 돌진하며 우박처럼 자잘한 연타를 날려서 룩스의 기세를 완벽하게 찍어 눌렀다.

그 직후, 그녀가 감추고 있던 『세례』의 힘이 작렬했다.

†

그 무렵, 지상.

리샤를 보호하는 중이던 아이리와 트라이어드가 숨어있는 『고대의 숲』의 어느 지점에도 위기가 찾아왔다.

"—자 그럼, 배신자는 모조리 죽여드리겠다는 거예요."

"……자동인형?! 어째서 여기에—."

신장기룡을 장착한 자동인형의 출현에 아이리의 얼굴이 창백해졌다.

보석처럼 반짝이는 장갑— 비행형 기룡을 조종하고 있는 것은 라 클루세다.

과거에 『방주』에서 만났을 때처럼 얼빠진 말투였지만, 아이리 일행에게 명확한 적의를 드러내고 있었다.

"……의미를 모르겠군. 너희는 무슨 소릴 하는 거냐?! 배신자는 또 뭐고?!"

리샤는 당혹스러워하면서 허리의 기공각검에 손을 댔지만 아직 힘은 돌아오지 않았다.

기룡 소환을 시도해 봤지만 정신조작이 잘 되지 않아 실패했다.

그 순간, 동요에서 벗어난 아이리가 트라이어드에게 호령했다.

"여러분! 부탁드려요!"

"Yes. 맡겨주십시오."

"티르파, 가자!"

"오케이…… 우와아, 벌써부터 힘들 것 같아."

한편 아이리는 신속하게 자신의 장갑을 해제하고 리샤의 손을 잡아당겼다.

녹트는 두 사람을 《엑스 드레이크》로 감싸 안고 자동인형에게서 등을 돌려 도약했다.

아이리는 만약 누군가가 자신들을 습격할 경우에 대비해서 적의 위험도에 따른 대응 방법을 트라이어드와 미리 생각해 뒀지만, 그래도 이 상황은 예상 밖이었다.

'에이릴 씨가 아는 『대성역』의 지하시설 배치 정보는 오빠를 통해 받아 두긴 했지만—.'

느닷없이 근거리에서 레이더 반응이 나타난 이유는 라 클루세가 『대성역』의 지하시설에 미리 배치되어 대기하고 있었기 때문이리라.

아니, 그런 것보다도 라피가 자신이 배신한 사실을 알아차린 점이 위험했다.

이번에 나타난 자동인형의 실력은 요루카와 동급에 가까운 것으로 예상됐다.

제아무리 트라이어드라고 해도 적수가 되지 못하겠지만, 라피로서는 굳이 신왕국의 전력을 깎으려고 하진 않을 터다.

물론 100퍼센트 확신할 수 있는 것은 아니지만, 나머지는 운에 기댈 수밖에 없다.

'샤리스, 티르파, 죄송합니다! 부디 무사하기를—.'

녹트는 《엑스 드레이크》의 은폐 기능으로 숨어서 오직 자동인형과 거리를 벌리기 위해서, 그리고 아이리의 지시대로 한 발 먼저 『아카이브』로 향한 룩스와 에이릴을 쫓기 위해서 북동쪽으로 날았다.

그것으로 다소나마 시간을 벌 수 있을 거라고 생각했지만—.

"이봐! 날 내려놓아라! 뭐가 어떻게 된 건지 모르겠지만, 내가 그 녀석과 싸워야—."

"됐으니까 지금은 가만히 계세요! 일단 도망쳐야 해요!"

기공각검을 뽑아 들고 다시 《티아마트》를 소환하려고 하는 리샤를 아이리는 필사적으로 만류했다.

리샤가 싸우는 건 좋지 않다.

아직 체력이 회복되지 않은 리샤가 자동인형에게 패배해서 라피의 수중에 떨어지면 『창궁사단』의 패색이 뚜렷해진다.

아이리가 그런 생각을 하고 있는데 별안간 녹트가 미심쩍은 표정을 지었다.

"대체 뭘까요. 레이더에 뜨는 이 반응은— 환신수?"

"……? 대량의 환신수가 『고대의 숲』에 나타난 것 말인가요? 그거라면 마주치지 않도록 우회 루트로 빠지면—."

아이리는 룩스가 생산 플랜트에서 환신수를 해방하고 『창궁사단』이 뿔피리로 조종하는 작전을 알고 있어서 놀라지 않았지만, 녹트가 지적한 것은 다른 부분이었다.

"아뇨, 숫자가 줄고 있어요. 백 마리를 넘는 환신수가 점점 빠르게……. 이 속도라면 앞으로 몇 분이면 전멸할 지도—."

"으……?!"

녹트가 레이더를 확인하며 혼잣말처럼 중얼거리는 내용을 듣고 아이리는 전율했다.

현재 신왕국에 1백 마리 이상의 환신수를 압도할 수 있는 강자는 몇 명 없었다.

'그게 가능한 건 오빠나 요루카 씨 정도의 클래스…… 아니, 설마 후길이나 라피 여왕 폐하가—.'

두 사람이 움직이기 전에 룩스가 『아카이브』에서 그들을 쓰러뜨릴 힌트를 알아내지 못하면 이 싸움은 외통수에 몰린 거나 다름없다.

"—아이리! 리샤 님!"

녹트가 소리친 순간, 아이리의 의식이 퍼뜩 현실로 되돌아왔다.

무심코 등 뒤를 보자 라 클루셰와 그녀가 장착한 보석 같은 광택을 발하는 신장기룡이 바싹 따라붙어 있었다.

"대충 당신이 생각하는 게 맞을 거예요. 그러니까 얌전히 공주님을 넘기세요. 그러면 무익한 살생을 안 해도 되는 거예요."

"큭……."

녹트가 잽싸게 앞을 가로막으며 《엑스 드레이크》가 장비한 희소 무장을 해방했다.

"—《원월용린》!"

<small>서큘러 에지</small>

에너지를 띤 원형 칼날이 서로 다른 네 개의 궤적을 그리면서 회전하여 라 클루셰의 신장기룡에 엄습했다.

그리고 1초 후, 시간차를 두고 원형 칼날 네 개를 추가로 날려서 피하기 힘든 상황을 만들었다.

그러나 라 클루셰의 신장기룡은 우측 대각선 뒤로 후퇴하면서 손에 든 롱 블레이드로 칼날 세 개를 쳐냈다.

"……윽?! 그걸 피하다니?!"

녹트가 경악한 포인트는 라 클루셰가 최선의 동작으로 정밀하게 회피했다는 것보다 《서큘러 에지》를 날리기 직전에 이미 대응하려는 낌새를 보인 점이었다.

"대상의 마음을 읽는 것이, 그 신장기룡의 능력인가요……?"

아이리가 속을 떠보는 것처럼 묻자 라 클루셰는 순순히 긍정했다.

"뭐— 들켜도 상관없으니 인정하겠다는 거예요. 제 《뷔브르》의 신장은 《천리안》……. 사람의 마음을 꿰뚫어보는 힘을 가지고 있죠. 근거리에서 대상을 한정하지 않으면 읽을 수 없고, 어디까지나 두루뭉술하게 파악하는 거라 만능은 아니지만요—."

<small>트루 아이즈</small>

그리고 라 클루셰는 일단 자세를 가다듬은 후 다시 아이리 일행을 쳐다보았다.

"이길 수 없다는 걸 알았다면 이제 쓸데없는 저항은 그만하라는 거예요. 당신들이 다치면 신왕국의 전력이 그만큼 줄어들게 돼요. 거기 있는 『기사단』 애들은 아무것도 모르는 모양이지만—"

룩스의 반역 사실을 아는 아이리와 다르게 리샤와 녹트는 자동인형이 기룡사로 행동하고 있는 이유를, 그리고 자신들을 쫓아오는 이유를 몰랐다.

하지만 리샤는 그런 와중에도 이 이상한 상황 속에서 어떤 점을 깨달았다.

'무슨 일이 일어나고 있지? 지금 신왕국에서, 이 세계에서—'

아르마를 필두로 내세운 『창궁사단』이라는 침략자의 존재만이 아니라 무언가가 이상했다.

"녹트, 이젠 됐어요. 투항하죠."

다음 순간, 장의 차림의 아이리가 투항을 제안했다.

하지만 녹트는 고개를 살짝 가로저으며 거절했다.

"아뇨. 아이리, 도망치세요. 저는 여기서 그녀를 막겠습니다. 무슨 일이 일어나고 있는지 짐작도 가지 않습니다만, 그래도 당신을 믿어요."

"윽……."

과묵한 녹트가 보여준 미소에 아이리는 가슴이 아팠다.

그러나 지금은 그녀의 후의에 기댈 수밖에 없었다.

"리샤 님! 이쪽이에요!"

아이리는 그렇게 소리치며 다시 리샤의 손을 잡고 달렸다.

조금 전까지 두르고 있던 《드레이크》의 레이더로 지형을 파악해 두었기 때문에 룩스가 먼저 향한 『아카이브』가 있는 방향으로 도주했다.

운 좋게 룩스와 합류하는 희망에 걸긴 했지만, 사실상 궁여지책에 가까운 도주에 불과했다.

"유감이지만 당신들은 현재의 마스터의 적수가 아니었던 거예요."

"……윽!"

녹트가 무기를 부딪치며 싸우는 소리가 아이리의 귓가에 쟁쟁했다.

라 클루셰는 녹트의 방어를 예측하고 블레이드로 장벽을 억지로 열었다.

"이런?!"

라 클루셰의 블레이드가 자유자재로 신축하면서 녹트의 허를 찔러 어깨 장갑을 강타, 행동불능에 빠뜨렸다.

그 틈을 놓치지 않고 라 클루셰와 《뷔브르》가 활공해서 아이리와 리샤 뒤를 쫓았다.

"결국 그릇이 달랐던 거예요. 마스터는 압도적인 힘을 손에 넣었으면서도 자만하지 않고 상대의 의중을 읽어내서 지혜 대결에서 이겼어요. 이번에는 그런 거예요."

"저 고물 로봇이 무슨 헛소리를 하는 거야! 젠장!"

《티아마트》의 기공각검을 꽉 쥐면서 리샤는 답답한 듯이 소리쳤다.

리샤는 『기사단』 멤버 중에서 최초로 『세례』를 받았지만, 신체능력을 강화하는 것이다 보니 몸이 완벽하게 적응할 때까지 컨디션에 기복이 있었다.

인질로 잡힌 동안 피로가 쌓인 탓에 지금은 휴식을 취하고 있지만, 시간이 지나 회복이 끝나면 지금까지 약점이었던 체력 부족이 해소돼서 『초월장갑』도 자유자재로 쓸 수 있으리라.

아이리는 그런 사정을 알 길이 없었지만— 그녀는 다시 《드레이크》를 소환해서 장착하고, 리샤를 빼앗기지 않으려고 방패가 됐다.

"여긴 못 지나갑니다! 어서 가세요! 리샤 님!"

"큭……?! 젠장!"

지금 자신이 있어 봐야 방해될 뿐이라고 생각한 리샤는 아이리의 목소리에 떠밀려서 달렸다.

아이리는 기룡을 장착하더라도 싸우는 기술을 배우지 않은 자신은 이기는 건 고사하고 시간벌이조차 할 수 없다는 걸 잘 알고 있었다.

그래도 몇 초만이라도 버텨서 룩스가 나타나는 기적에 걸어 봤지만—

"방해할 생각이라면, 당신은 없애겠다는 거예요."

결론부터 말하자면 이 자리에서 룩스와 아이리가 재회하는 일은 없었다.

"윽……!"

"아이리?!"

떨어진 위치에서 들려오는 녹트의 외침을 들으며 아이리는 눈을 질끈 감았다.

라 클루셰의 신장기룡 《뷔브르》의 블레이드가 아이리의 정수리를 노리고 일직선으로 떨어졌다.

†

"―이 승부, 왕으로서 지닌 그릇을 가늠하는 싸움은 라피 여왕이 승리할까요?"

『고대의 숲』으로 이동한 『대성역』의 『중추』 부근.

『성식』의 본체 모습을 해방한 라피 여왕이 하늘을 누비며 환신수를 잇따라 먹어치우는 가운데, 자동인형 아샤리아는 하늘을 우러러보며 중얼거렸다.

백은의 진눈깨비는 어느새 눈으로 변하여 눈앞에서 펼쳐지는 피비린내 나는 사투를 덮어서 감추려는 것처럼 끊임없이 내려왔다.

라피는 힘을 얻기 전에는 세상을 두려워하는 평범한 여인에 불과했다.

그러나 『성식』과 융합한 뒤로는 예상치 못한 적의 출현에도 적절하게 대응하면서 실수하지 않고 싸움에서 우세를 점했다.

지배하에 둔 자동인형과 『대성역』 시설의 얘기가 아니다.

적을 룩스라고 확신하고, 그 성격을 예측해서 최적의 해답을 도출해냈다.

자신의 군대가 농락당하는 시늉을 해서 아이리가 룩스의 스파이였다는 사실을 알아내고 자객을 보냈다.

만에 하나 룩스가 피르히와 엘 파쥴라를 이긴다고 해도, 그 다음에 보낼 자동인형을 이미 준비해 뒀다.

라피 자신은 환신수 무리를 제거하는 겸 에너지를 모으고 있었다.

룩스가 꾀했던 반역의 운명은 머지않아 끝나려 하고 있다.

라피는 웬만하면 신왕국의 영웅이나 다름없는 룩스를 죽이는 대신 세뇌하고 싶었지만, 여차하면 죽일 각오도 되어 있었다.

적대자를 과감하게 쳐낼수 있는 각오.

자신의 손을 더럽혀서라도 나라의 악성(惡性)을 잘라낼 수 있는 각오.

자동인형 아샤리아는 그런 현재 상황까지 감안해서 그렇게 말했지만―.

"그릇, 이라……. 확실히 왕으로 만들기 위해 부여한 시련을, 여왕 폐하는 완수하려 하고 있다. 그릇으로서 아쉬운 점은 없어. 하지만―."

아샤리아의 질문에 후길은 작은 바위에 앉은 채, 잿빛 하늘을 똑바로 쳐다보았다.

"그렇군. 그게 네 대답이란 말이냐…… 룩스."

"……?"

불현듯 혼잣말을 중얼거리는 후길을 보며 아샤리아는 고개를 갸웃했다.

†

　—까아아앙!

　숨 쉴 틈도 주지 않는 피르히의 연타가 대기를 가르는 소리
를 내며 쏟아진다.

　룩스의 오의— 영구연환과 다르게 피르히의 공격은 끊임없
이 이어지는 것은 아니다.

　다만 장갑으로 구사하는 주먹질, 발차기, 붙잡기, 던지기,
《파일 앵커》를 이용한 저격 및 끌어당기기, 혹은 피르히 자신
의 고속 이동 등 다채로운 방법으로 공격하는 탓에 반격이나
방어 타이밍을 좀처럼 잡을 수 없었다.

　사람이 기룡을 다루는 것처럼 보이지 않을 정도였다.

　육체와 정신으로 장갑기룡을 조종하는 이상 체력이 소모되
기 때문에 숨을 돌릴 타이밍이 반드시 오기 마련이지만, 오지
않았다.

　오히려 방어에만 전념하는 룩스의 호흡이 먼저 가빠져서 공
격을 완전히 방어하지 못하고 있었다.

　처음에는 엘 파줄라의 기생 장갑기룡 《피톤》의 짓이라고 생
각했지만, 아니었다.

　그 모습을 옆에서 지켜보던 에이릴은 실상을 깨닫고 룩스에
게 소리쳤다.

　"룩스 군! 안 돼! 그대로 계속 방어해봤자 그녀는 멈추지 않

을거야!"

"……?!"

에이릴은 엘 파쥴라가 조종하는 《엑스 와이번》의 맹공을 버티면서 간신히 말을 이었다.

"온몸을— 몸의 내부마저 제어할 수 있는 능력……! 그게 그녀가 『세례』로 얻은 힘이야!"

유심히 살펴보니 피르히의 전신에는 희미하게 빛나는 기하학적 문양이 떠올라 있었다.

육체 제어.

대다수의 사람들은 의식하지 않고 자신의 능력을 100퍼센트 발휘하고 있다고 생각하기 마련이지만, 자기 의지로 완벽하게 제어할 수 있는 육체 기능은 의외로 한정적이다.

반사, 면역, 발한 등은 상황에 따라 의식 바깥의 영역에서 일어나며, 자신의 의지로는 조절할 수 없다.

"그녀가 육체기능을, 환신수의 힘을, 완벽하게 제어할 수 있게 됐다면— 호흡도 평범한 사람보다 훨씬 오래 유지할 수 있을 테고, 신체의 유연성이나 내구력도—"

과거에 엘릭시르로 인해 환마인^{녹터널}으로 변한 사람들은 육체에 가해지는 부담을 개의치 않는 스타일로 기룡을 다뤘다.

그리고 지금 피르히는 그들과 같은 전술로 룩스를 몰아붙이고 있었다.

'그런, 거였나……!'

피르히가 『세례』로 얻은 육체 제어 능력.

그것이 그녀의 강함을 한 단계 상승시킨 건 틀림없지만, 그 외에도 아직 알 수 없는 힘이 느껴졌다.

만약에 피르히가 힘을 얻었다 치면, 그것만으로 끝낼 수 있는 걸까?

"알아봤자 소용없다. 네놈들은, 녀석과 날 이길 수 없으니까! 우리에게는 『성식』을— 마스터가 믿은 『대성역』과 유적을 지킬 의무가 있다. 이 세상의 평화를 위해서!"

엘 파쥴라가 조종하는 《엑스 와이번》 주위에 추가 장갑이 소환됐다.

『한계돌파』^{오버 리미트}— 기룡의 리미터를 해제한 최종형태로 결판 내려는 것 같았다.

"크윽—!"

"망가진 채찍으로 나를 상대하려 드는가. 어리석은 놈."

중형 블레이드를 놓쳐버린 에이릴은 특수 무장 《용인광편》^{블레이즈 웝}을 손에 들었다.

비록 룩스를 몇 차례 원호하는 과정에서 반쯤 파손됐지만, 가장 자신 있는 무기를 들고 최후의 응전에 나서겠다는 각오를 다졌다.

"지켜야만 해……. 이 힘을 쓰면, 분명…… 자유로워질 수 있어."

한편 피르히는 공허한 의식 속에서 무언가를 기원하고 있었다.

신왕국을 지키기 위해서 그 힘을 모조리 끌어낼 작정이리라.

'그렇게는 안 돼……! 피이를 녀석들에게 빼앗길 수는 없어!'

죽음을 맞이하게 될지도 모르는 자신 따위는 잊어 주기를 바랐건만.

자신을 위해서 목숨을 거는 것을 원치 않았건만.

어째서 그녀의 마음을 빼앗기자 이다지도 가슴이 쓰라린 걸까.

알고 있다— 아니, 알고 있었다.

누적된 대미지 때문에 《바하무트》의 프레임이 비명을 지르고, 각 부분의 움직임이 차츰 둔해지기 시작했다.

어째서 아무도 피르히를 건드리지 않기를 바랐던 걸까.

언제까지고 지금 이 모습을 그대로 간직하기를 바란 이유가 뭘까.

'나는 변치 않기를 바랐어. 내 유일한 마음의 지주로, 그대로 있어줬으면 했어⋯⋯.'

피르히를 지키겠다고 한 주제에 그녀에게 어리광을 부렸다.

그녀가 보내는 호의를 깨닫지 못했고, 모르는 척을 했다.

신장 《폭식》이나 기룡조작 삼대 오의를 봉인하기 위해서는 룩스가 숨 돌릴 여유를 주지 않고 몰아붙일 것.

이론적으로는 가능하지만, 실제로 실천할 수 있는 기룡사가 있을 줄은 몰랐다.

패색이 짙은 열세 속에서, 그럼에도 룩스는 계속 견뎠다.

그 역시 『세례』를 받아 강화된 간파력 덕분에 치명상을 가까스로 피하고 있었다.

'조금만 더 버티면 《티폰》의 움직임을 외울 수 있어. 간파하

는 데 성공하면 일격으로 끝내야 해. 피르히가 이 이상 환신수의 힘을 쓰는 걸 막기 위해서도—.'

"으…… 하악!"

한계를 넘었는지 피르히의 숨결이 거칠어지고 공격 기세가 살짝 수그러들었다.

이를 간파한 룩스는 《티폰》이 내지른 주먹을 블레이드로 궤도를 틀어서 흘려 넘겼다.

무방비한 어깨 뒤쪽에 신속제어의 일섬을 날리기 위해서 잠시 힘을 모은 찰나—.

"루……우?"

"윽……?!"

공허한 표정의 피르히가 불쑥 이름을 부른 순간 룩스의 머릿속이 새하얗게 변했다.

의식을 되찾은 걸까? 아니면 그냥 반사적으로 중얼거린 걸까.

체내에 깃든 환신수의 힘은 어떻게 된 걸까? 만약 기룡에 위그드라실의 뿌리를 뻗었다면, 영향은—.

순식간에 온갖 생각이 머릿속에 떠올랐다 사라진 직후, 《티폰》의 정권이 《바하무트》에 꽂혔다.

"크, 앗!"

순간적으로 장벽을 강화했지만 막아내지 못했다.

나가떨어진 방향에 있던 금속벽에 격돌한 룩스는 온몸에 퍼지는 충격 탓에 한순간 호흡이 멎었다.

장갑이 해제되는 상황만은 간신히 피했지만 뒤가 없었다.

이제부터 몇 초 동안은 상대의 공격을 고스란히 받아내야 했다.

하지만 만약 방금 전에 피르히가 의식을 되찾은 거라면—.

"……"

"피……이?"

피르히의 상태는 아무것도 변하지 않았다.

공허한 눈으로 룩스를 내려다보며 《티폰》의 거대한 주먹을 높이 들어 올렸다.

"걸려들었구나, 어리석은 놈. 그건 현재의 마스터께서 지시하신 책략이다."

"—."

에이릴과 검을 맞대고 있던 엘 파쥴라의 말에 룩스는 한순간 정신이 멍해졌다.

이 일련의 전투가 흘러가는 과정— 룩스의 반격을 피하는 것마저도 그녀를 조종하는 라피의 모략.

수많은 강적을 무찔러 온 룩스의 저력— 그 원천인 정신력을 봉인하기 위해서 피르히를 이용한 것이다.

'내, 패배인가……. 만만치 않은 적이구나, 라피 여왕 폐하는—.'

그래도 피르히가 라그나뢰크의 힘에 얽매이지 않고 무사히 있어준다면, 그걸로 괜찮지 않을까 하고 룩스는 생각했다.

단 하나, 미련이 있다면.

'리샤, 님…….'

룩스가 자신의 왕도를 맡길 수 있다고 믿는 소녀가—.

†

같은 시각, 왕도 로드갈리아에 위치한 어떤 은신처의 방.

낡고 허름한 방에서 두 남녀가 난로 앞에 앉아 있었다.

"마기알카 님, 정말 괜찮은 건가요?"

"괜찮냐고? 롤로트, 그대를 지원군으로 보내지 않은 것 말인가?"

휠체어에 앉은 마기알카를 보좌하는 종자 소년─ 롤로트의 질문에 주인이 대답했다.

『창궁사단』의 이름 하에 물밑에서 룩스와 손잡고 힘 닿는 데까지 지원하던 마기알카는 커튼 사이로 보이는 흐린 하늘을 올려다보았다.

"아뇨. 그에게 전부 다 맡겨도 괜찮은 거냐…… 라는 뜻입니다. 애초에 이 싸움을 벌인 것까지 포함해서요……."

보좌관이자 충실한 종자인 롤로트의 질문은 객관적으로 생각하면 지당했다.

세계가 위험한 건 사실이지만, 『성식』과 융합한 라피와 《우로보로스》를 가진 후길을 이긴다는 것이 과연 가당키나 한일일까.

이미 사망한 것으로 알려진 마기알카가 위험을 무릅쓰면서까지 룩스를 지원한다는 무모한 도박에 뛰어든 것을 롤로트는 지지할 수 없었다.

하지만 그가 신뢰하는 주인은 붕대를 칭칭 감은 모습으로 당당하게 웃었다.

"알고 지낸 기간이 긴 것치고는 신용도가 영 형편없구먼. 내가 사업과 관련해서 이때다 싶을 때 도박을 안 한 적이 있던가?"

"……하지만 싱글렌 경이라면 몰라도 그 소년은 너무 깨끗해요. 위정자로서, 사람 위에 서는 자로서 모든 수단을 동원할 게 분명한 라피 여왕에게는—."

라피 여왕은 『성식』과 융합해서 룩스와 동급, 그 이상의 힘을 손에 넣었다.

반면에 룩스는 아무도 모르게 『성식』과 후길을 토벌한다는 너무나도 힘겨운 싸움에 도전하고 있다.

종합적으로 봤을 때 룩스에게 승산은 없다고 롤로트는 판단했다. 그러나—.

"뭘 모르는군. 내가 뭣 때문에 기억이 돌아오지 않은— 세계 개변의 주박에서 벗어나지 못한 『칠용기성』들을 『고대의 숲』으로 보냈다고 생각하는가?"

"……?"

보좌관이 고개를 갸웃하자 마기알카는 심술궂게 웃으면서 말을 계속했다.

"그건 말이지, 그 사내가…… 룩스가 싱글렌이나 라피에게 밀리지 않는 걸물이기 때문일세. 그 사내는 귀찮아하지 않고, 도망치지 않고, 사람을 보고, 대화하고, 죽을 각오로 맞서 싸워왔지. 때문에 강자들이 그 사내의 편을 드는 걸세. 그것이 야말로—."

룩스가 지향하고, 추구해온 왕도.

라피나 싱글렌과 전혀 다른, 그 자신이 지닌 왕의 자질이었다.

†

"……윽?!"

라 클루셰의 신장기룡 《뷔브르》의 블레이드가 떨어지는 순간 아이리는 죽음의 공포를 느끼고 질끈 눈을 감았다.

하지만 아이리의 몸은 고사하고 그 위를 뒤덮고 있는 《드레이크》의 장갑에도 충격이 없었다.

그래서 주뼛주뼛 눈을 뜨자 예상치 못한 광경이 펼쳐져 있었다.

"……아무래도 딱 맞게 도착한 것 같네—."

"당신은—?!"

떨어진 위치에서 기룡을 일으켜 세우던 녹트가 자기도 모르게 눈을 동그랗게 떴다.

《뷔브르》의 블레이드를 대형 낫 형태의 무장— 용각곡인(사이즈)으로 받아내서 아이리를 지켜낸 것은 거대한 진회색 장갑을 두른 적발 소녀였다.

"로자 그랑하이드?! 당신이 왜 여기에 있는 건가요?"

라 클루셰가 의아한 표정으로 질문하며 낫과 교차한 칼날을 밀어붙였다.

반면에 로자는 살벌한 웃음을 흘리며 사이즈로 흘려 넘겼다.

"그건 내가 할 소리라고—. 뭐가 어떻게 돼먹은 상황인진 모르겠는데, 룩스 님의 동생이 공격당하고 있으면 지켜주는 게 당연하잖아—. 당신이야말로 각오는 됐겠지?"

번뜩이는 진홍빛 눈동자로 노려보며 로자가 으름장을 놓는 로자.

하지만 라 클루셰는 씁쓸한 표정으로 자신과 대치 중인 『칠용기성』을 응시했다.

"이게 대체 무슨 일인가요. 예정에 없는 상대가 이런 타이밍에—. 하지만, 아직……."

라 클루셰는 경악하면서 다른 자동인형에 대해 생각했다.

아르마를 맡고 있는 리 프리카는 현재 룩스의 숨통을 끊기 위해 그쪽으로 가는 중이었다.

"흐응. 뭐, 아무렴 어때. 저쪽은 저쪽대로 알아서 잘 하겠지."

로자가 의미심장하게 웃자 라 클루셰는 고개를 갸웃했다.

현시점에서 그 의미를 알 수 없었다.

한편, 조금 떨어진 장소에서도 사건이 일어났다.

"뭘 하러 온 겁니KA? 너는—."

같은 시각. 로자와 함께 『고대의 숲』에 도착한 소피스 엑스퍼도 제7 유적 『달』의 통괄자, 자동인형 리 프리카와 대치하고 있었다.

소피스의 금색 신장기룡 《브리트라》의 장갑팔에는 리 프리카에게서 빼앗은 아르마 킬조레이크가 안겨 있었다.

"너는…… 아니, 당신은—?"

"응, 소피스라고 해. 토르키메스 연방의 『칠용기성』이고 룩스의 친우. 아마도."

독특한 무표정으로 담담하게 말하는 갈색 피부의 소녀를 보며 아르마는 조심스럽게 질문했다.

"왜 나를, 구해준 거야—?"

"당신이 내 친우의— 룩스의 동료라는 얘기를 마기알카에게 들었어. 그리고 눈앞에 있는 자동인형에게 볼일이 있으니까."

소피스 또한 세계 개변 전의 기억을 되찾은 것은 아니었다.

그래도 이 『고대의 숲』에서 일어나고 있는 위화감을 어렴풋이 깨닫기 시작했다.

"룩스에게 구원받은 사람끼리, 힘내자."

"으……! 신세를 졌어!"

소피스 덕분에 자유의 몸이 된 아르마는 숲 안쪽으로 달려갔다.

이리하여 룩스에게 가세한 『칠용기성』 두 명과 자동인형들의 싸움이 전개됐다.

†

"하아, 하아……. 젠장! 저 괴물은 대체 뭐야?"

리샤는 나무 그늘 속에 숨어서 천천히 호흡을 골랐다.

저 멀리 하늘에서는 하늘을 나는 무수한 환신수와 그것들을 끊임없이 잡아먹고 있는 수수께끼의 비행물체가 희미하게 보였다.

신왕국 진영과 『창궁사단』.

어느 쪽이 우세한지는 몰라도 심상치 않은 사태라는 것만은 알 수 있었다.

아이리, 녹트와 떨어져버렸지만 기룡을 사용할 수 없는 상태에서 둘을 찾는 것도 쉽지 않았다.

주위에는 눈이 내려 기온이 상당히 떨어졌다.

기룡 장착 중에는 체온을 유지할 수 있지만, 이대로는 동사할 가능성이 있었다.

'그래도 조금만 참으면 《티아마트》를 다시 소환할 수 있는 체력이 돌아와. 그러면─.'

호흡을 가다듬고 자신의 의식을 강하게 상기한다.

"─룩스. 돌아가서 너를 다시 만날 때까지 나는 죽을 수 없다고……."

마치 5년 전 그날 같았다.

왕성에서, 구제국이 멸망하는 광경을 지켜보던 기억이 떠올랐다.

그때 리샤는 의지할 대상을 전부 잃고 절망에 빠져 있었다.

'아버지에게 버림받고, 하나뿐인 여동생을 배신해서─ 나는 모든 걸 잃어버렸어.'

하지만 지금은 룩스가 있다.

진심으로 신뢰할 수 있는 자신의 기사가.

아니— 훨씬 전부터, 혹은 처음으로 룩스에게 구원받은 그날부터, 룩스는 특별한 존재였다.

"다음에 룩스를 만나면…… 제대로 말해야지. 사실은 그 녀석이 먼저 말해주면 좋겠지만—"

살며시 가슴에 손을 얹으며 눈을 감고 소년의 모습을 떠올린다.

룩스 덕분에 리샤는 몇 번이나 구원받았고, 강해질 수 있었다.

'결심했어. 룩스와 함께 어마마마를 돕고, 신왕국을 지켜내겠어. 그러니 여기서 그깟 녀석들에게 질 수야 없지.'

리샤의 마음에 생겨난 각오.

그것이 『세례』의 힘을 불러일으켜서 체온이 올라갔다.

"좋아, 지금이라면 할 수 있어! 기다려라! 룩스!"

심호흡을 한 차례 하고 난 다음 리샤는 다시 기공각검을 하늘을 향해 들어올렸다.

그 가슴에서는 희망의 불길이 타오르고 있었다.

†

"아니—?!"

그런 리샤의 현재 지점에서 그리 멀지 않은 지하에 위치한 『대성역』의 시설 『아카이브』.

피르히가 들어 올린 주먹은 룩스에게 꽂히지 않았다.

대신에 엘 파줄라가 장착한 《엑스 와이번》의 장갑을 《파일 앵커》 끝부분이 물고 있었다.

전혀 예상 못한 현실에 엘 파쥴라와 룩스는 동시에 눈을 부릅떴다.

"무슨 속셈이냐? 너는— 내 꼭두각시 인형일 텐데! 왜 나를 노리는 거지?!"

불가능한 일이었다.

《피톤》에 정신을 조종당하는 피르히는 정상적인 의식과 사고를 빼앗겼을 터다.

하지만 에이릴의 존재를 간과하고 있었다는 것을 그제야 뒤늦게 깨달았다.

"미안한데, 《피톤》은 이미 다 해체했다고."

《티폰》의 장갑에서 기생형 신장기룡의 장갑이 분리되며 우수수 떨어졌다.

장갑 틈새로 미끄러져 들어간 《블레이즈 윕》이 짐승 가죽을 벗기는 것처럼 장갑을 파괴한 것이다.

에이릴이 도중까지 계속 한 손으로만 블레이드를 사용한 이유.

그건 바로 《자하크》의 신장— 《쌍두의 사지》로 반대쪽 손으로 휘두르는 채찍의 존재를 엘 파쥴라의 의식 속에서 없애기 위해서였다.

거기까지는 엘 파쥴라도 이해했다.

하지만 《피톤》이 해체되어도 그 의식이 곧바로 정상으로 돌아오지는 않는다.

피르히의 의식은 여전히 텅 빈 껍데기에 불과할 터였다.

"인형이 아니야. 나는, 나. 루우가, 그렇게 가르쳐줬으니까."

"큭……?!"

와이어가 되감기며 《엑스 와이번》을 장착한 엘 파쥴라가 《티폰》 쪽으로 고속으로 끌려갔다.

동시에 《티폰》의 오른손에 고열을 띤 에너지가 집속됐다.

"말도 안 돼! 나는 질 수 없어! 내가 믿는 마스터를 위해서 라도!"

『한계돌파』를 사용한 엘 파쥴라의 《엑스 와이번》은 끌려가는 도중에 블레이드를 힘껏 들어 올렸다.

피르히에게 카운터를 먹여서 공멸을 노리려고 한 찰나.

"……?!"

검을 내려치려던 기룡의 오른쪽 손목을 《바하무트》가 잘라냈다.

리로드 온 파이어
―《폭식》.

피르히의 주먹이 멈춘 직후, 룩스는 그녀의 마음이 돌아온 것을 알고 즉시 《바하무트》의 신장을 기동했다.

그리고 피르히 또한 룩스의 의도를 알아차리고 엘 파쥴라의 의식을 분산시키기 위해 망설임 없이 공격했다.

순간적인 의사소통.

세부적인 절차를 정한 것도, 미리 말을 맞춘 것도 아니었다.

그저 두 사람이 함께 싸운다면, 서로가 서로를 믿으며 도움을 줄 수 있게 행동할 뿐.

'그런 게 가능할 리가……. 거의 무의식이나 다름없는 상태

에서, 그렇게까지 상대를 믿다니―.'

이해할 수 없는 인간의 사고에 엘 파쥴라가 당황한 직후,

―쿠콰아아아앙!

대기를 뒤흔드는 굉음과 함께 뜨거운 열풍이 휘몰아쳤다.

직후, 《티폰》의 특수 무장 《바이팅 플레어》의 막강한 화력이 장갑과 엘 파쥴라를 한꺼번에 격파했다.

"……하아, 하아."

"―끝났, 네."

에이릴과 룩스, 피르히는 장갑을 해제하고 그 자리에 우뚝 섰다.

힘겹게 숨을 헐떡이면서 서로의 얼굴을 마주보았다.

"피르히 씨는 이 싸움을 어디까지 기억하고 있어?"

"이 숲에 도착했을 때? 그 뒤로는 잘 모르겠지만."

에이릴의 질문에 피르히는 멍한 표정으로 고개를 갸웃거리며 대답했다.

원래는 숙소에 남아있어야 하는 룩스가 여기에 있는 것에 대해서는 아무것도 물어보지 않았다.

그저 한 마디.

"루우는 여왕 폐하를, 해치울 거야?"

"어떻게, 그걸―."

"여왕님 몸에서, 조금이지만 환신수 냄새가 났으니까. 지금

은 잘 모르겠지만—."

똑같이 라그나뢰크의 인자를 보유한 피르히는 라피에게 모종의 변화가 일어났음을 감지한 것이리라.

그것이 들통났으니 이제는 진상을 숨겨도 의미가 없었다.

2주 전, 폐도 게르니카에서 있었던 일.

사흘 간의 퍼레이드가 반복되며 일어난 일.

『성식』에 대한 것을 전부 피르히에게 전달했다.

신왕국의 모두가—『기사단』이 말려들지 않도록 룩스 홀로 싸울 생각이라는 것도.

"그렇구나. 그럼, 나도 도울게."

"……아니, 그건 안 돼! 피이에게 그런 일을 시킬 수는 없어."

그녀도, 그녀의 언니인 렐리도 이 나라에서 꽤 중요한 위치에 있었다.

신왕국에 반기를 든 역적이라는 오명을 씌울 수는 없었다.

하물며 후길과 『성식』을 물리치기 위한 무모한 싸움에 가담시킬 수도—.

"그리고 더는 피이에게 부담을 주고 싶지 않아. 왜냐하면……."

"……환신수에 좀먹힌 몸뚱이 때문이겠지?"

"헛—?!"

갑자기 발 밑으로 굴러온 엘 파쥴라의 부서진 머리가 말을 하더니 두 눈을 부릅떴다.

—위이이이이이이이이잉!

다음 순간, 입에서 나온 뿔피리 소리가 『아카이브』 내에 울려 퍼졌다.

"그놈을 죽여라, 괴물! 네년의 기공각검으로 그 남자의 심장을 후벼 파라!"

"……큭?!"

엘 파쥴라의 마지막 집념에 룩스는 전율했다.

피르히가 훈련을 통해 뿔피리 소리에 저항할 수 있게 되었다고 해도, 지금처럼 지친 상태에서 기습을 당한다면—.

그런 룩스와 에이릴의 불안에 호응하는 것처럼 피르히는 즉시 검대에서 단검형 기공각검을 뽑았다.

그리고 등을 돌려서 엘 파쥴라를 향해 던졌다.

"컥……?!"

머리가 뚫린 엘 파쥴라는 이번에야말로 정지했다.

주위에는 다시 정적이 내려앉았다.

"피이?!"

"괜찮, 아. 내 안에 있던 환신수는, 이미 사라졌으니까."

"뭐—?"

생각지도 못한 대답에 룩스는 아연실색했다.

룩스의 기억이 정확하다면 지금까지 그녀가 거짓말을 하는 모습을 본 적은 없다.

그럼에도 불구하고 룩스는 피르히의 말을 의심했다.

"라그나뢰크의, 위그드라실의 씨앗이 사라졌다고? 대체, 어떻게?"

피르히가 말하기를 그녀의 체내에 남아 있던 라그나뢰크의 씨앗의 감각은 이제 사라졌다고 한다.

지금까지 피르히에게 힘을 주는 동시에 부담까지 주었던 종언신수를, 자신의 몸을 치료하기 위해 사용한 결과였다.

『세례』로 얻은 육체 제어 능력.

보통은 의식적으로 제어할 수 없는 부분을 자의로 제어하는 힘.

라피가 『세례』로 강화할 능력을 제안했을 때 문득 떠올라 시도해보았다고 한다.

자신의 육체 일부인 라그나뢰크의 씨앗을 흡수해버리는 방법을.

물론 그대로 거부반응이 일어나 목숨을 잃게 될 가능성도 있었다.

룩스나 아이리에게 얘기하면 말릴 거라고 생각해서 말하지 않았다고 한다.

"그러니까 이제, 내 걱정 안 해도 돼. 과거의 실수 때문에, 루우가 죄책감을 느낄 필요는 없어. 그러니까, 말해줬으면 해. 도와달라고."

"……."

룩스는 아무 말도 할 수 없었다.

자신을 위해서, 그녀는 이미 목숨을 걸었다.

룩스와 마찬가지로 소중한 것을 위해서.

"피이……."

피르히의 몸을 끌어당겨서 힘껏 안아주었다.

"응. 괜찮아."

룩스는 소꿉친구의 체온과 부드러운 감촉, 그리운 향기를 느끼면서 하염없이 눈물을 흘렸다.

말로 표현할 수 없는 그녀를 향한 마음이 흘러넘쳤다.

세상 그 어떤 말로도 이 감정을 표현할 길이 없었다.

"—아이 참, 언제까지 그러고 있을 거야? 어떤 마음인지 충분히 이해하지만 시간이 없어. 이 『아카이브』도 엘 파쥴라랑 싸우다가 고장 난 것 같고."

시간상으로는 고작 몇 분.

서로 꼬옥 부둥켜안은 채 떨어지려 하지 않는 룩스와 피르히를 흘겨보며 에이릴이 투덜거렸다.

촌각을 다투는 상황에서 몇 분이나 두 사람을 기다려주었으니 이보다 더 배려심이 넘칠 수는 없을 것이다.

유감스럽게도 엘 파쥴라의 방해 때문에 여기서 추가 정보를 얻는 것은 불가능할 것 같았다.

"일단 『중추』에서도 아까 그 이야기를 마저 들을 수 있긴 할 텐데……."

말끝을 흐리는 에이릴의 목소리에서는 체념이 묻어나왔다.

『성식』 및 《우로보로스》의 약점에 관해서는 결국 룩스 일행이 아는 정보 이상의 내용은 듣지 못했다.

『그랑 포스』를 하나 빼앗은 시점에서 상대를 약화시키는 건 성공했지만, 역시 앞으로 한 번 더 『성식』을 죽여야 한다.

그러려면 라피를 쓰러뜨리고 중추에 진입해서 기능정지 명령을 내릴 필요가 있지만―.

"우리 중에서 중추에 접속할 수 있는 사람은 없어. 하지만 만약 조금 전에 얘기한 아샤리아의 의사 인격을 중추에서도 만날 수 있다면―."

그녀를 설득해서 『대성역』의 자동인형인 아샤리아를 움직이면 『성식』을 막을 수 있을지도 모른다.

후길과 싸우는 것을 피하기 위해서 이 『아카이브』를 노렸는데, 결국 중추에 잠입해야만 한다.

하지만 여기까지 온 이상 돌아갈 수도 없는 노릇이다.

리샤와 크루루시퍼, 『성식』과 직접 맞붙는 상황을 피하면서 싸움에 임하는 게 최선이다.

"그럼 피이, 나중에 봐."

룩스는 에이릴과 피르히를 두고 한 발 먼저 『아카이브』 밖으로 나가기로 했다.

두 사람 다 심하게 지쳐서 당장은 움직일 수 없었고, 아이리가 안전한지도 궁금했다. 그래서 룩스 홀로 지상으로 올라간 그때―.

"……여, 영웅님?! 여기 계셨어요?!"

"아르마! 너야말로 왜 여기 있어?!"

근처 수풀에 숨어 있던 아르마가 룩스 곁으로 달려왔다.

얼굴은 초췌했지만 외상은 보이지 않았다.

"자동인형에게 감시당하고 있었는데, 자기를 룩스의 친우라고 소개한 『칠용기성』이 구해줬어요."

"친우?"

"검은 머리에 갈색 피부의, 어딘가 이상한 성격의 소녀였어요."

"아, 소피스구나."

얼마 전까지는 친구였는데, 언제 친우로 랭크가 오른 걸까.

마기알카가 『칠용기성』에게 정보를 줘서 이 『고대의 숲』으로 유도했다는 얘기는 들었다. 그들이 과연 기억을 되찾을 수 있을지, 룩스 편이 되어줄지는 미지수였으나— 아무래도 그녀가 도와준 모양이었다.

"아직 싸울 수 있어요. 제 기공각검은 적에게 빼앗겼지만, 당신 대신 『창궁사단』의 지휘를—."

아르마는 씩씩하게 고개를 들고 말했지만, 다리에서 힘이 빠졌는지 몸을 가누지 못해서 룩스가 재빨리 부축해 주었다.

"무리하지 말고 쉬어. 라피 여왕 폐하가 보낸 자객은 일단 제압했어. 이제 신왕국이 보유한 카드도 얼마 안 남았지. 뒷일은 내가……."

아르마를 타이르던 룩스의 시간이 멈췄다.

부서진 신전의 잔해가 쌓여 있는 곳 조금 앞쪽에, 한 소녀가 서 있었다.

지금까지 함께 걸어오며, 충의를 다하겠다고 맹세한 소녀.

신왕국의 공주, 리즈샤르테가.

"룩, 스······?"

《자하크》의 신장으로 특정 기억을 지우는 것은 이제 불가능하다.

그리고 자신이 『창궁사단』이라고— 신왕국을 무너뜨리기 위해 반역을 일으킨 장본인이라고, 방금 아르마와 나눈 대화를 통해 실토하고 말았다.

단 몇 초.

하지만 영겁처럼 느껴지는 시간 속에서 눈송이가 떨어져 내린다.

두 사람의 시간이 멈추었고.

이윽고 다시 천천히 움직이기 시작했다.

■작가 후기

오랜만에 인사드립니다. 아카츠키입니다.
드디어 17권까지 왔군요.

직업 탓인 건지, 아니면 제가 평소에 관심이 없을 뿐인 건지 평소에는 편집자님 외에는 사람들과 얘기할 기회가 거의 없는데요. 그래도 인상에 남는 대화 시추에이션이 있습니다.

바로 『어떤 방면의 프로』가 『본인의 전문분야에 관해 굉장한 열의를 갖고 해설』하는 상황인데, 꽤 좋아합니다.

한 17년 전에 대형 침대를 사려고 대형 가구점에 갔는데, 『슬립 어드바이저』라는 직함의 점원이 쾌적한 잠자리를 위한 팁이나 침구를 고르는 법을 정말 친절하게 설명해준 기억이 납니다. 최근에는 마사지기 제조사의 판매원이 그랬네요.

기쁜 듯이, 혹은 자신만만하게 자신들이 습득한 기술이나 지식을 피로할 때면 왠지 사람이 빛나는 것처럼 보입니다. 그게 무척 부럽기도 하고, 보고 있으면 즐겁습니다.

이러는 저도 제 분야에 대해서 얘기하는 건 좋아하는데요, 괜히 친구들에게 관심 없는 이야기를 끝도 없이 떠들어대다가 짜증을 유발하면 좀 그러니까 평소에는 자제합니다.

업무와 관련해서 지식을 피로할 수 있는 상황이라면 당당하게 말할 수 있는데, 그런 기회가 좀처럼 오지 않네요. 아쉽습니다.

그럼 감사 코너입니다.

새로 일러스트를 담당하게 되신 무라카미 유이치 님. 맡으시자마자 고퀄리티 일러스트를 한가득 그려주셔서 감사합니다.

그럼 다음 권에서 다시 만나 뵙기를 기대하겠습니다.

2018년 12월 모일 아카츠키 센리

최약무패의 신장기룡 17

초판 1쇄 발행 2022년 3월 10일

지은이_ Senri Akatsuki
일러스트_ Yuichi Murakami
옮긴이_ 원성민

발행인_ 신현호
편집장_ 김승신
편집진행_ 권세라 · 최혁수 · 김경민 · 최정민
편집디자인_ 양우연
관리 · 영업_ 김민원

펴낸곳_ (주)디앤씨미디어
등록_ 2002년 4월 25일 제20-260호
주소_ 서울시 구로구 디지털로 26길 111 JnK디지털타워 503호
전화_ 02-333-2513(대표)
팩시밀리_ 02-333-2514
이메일_ lnovellove@naver.com
L노벨 공식 카페_ http://cafe.naver.com/lnovel11

ISBN 979-11-278-6376-0 04830
ISBN 979-11-278-4266-6 (세트)

값 7,800원